魔王スローライフを満喫する

勇者から「攻略無理」と言われたけど、そこはダンジョンじゃない、トマト畑だ

1

一路傍

画＝Noy

ディン
DIN
ルーシー
LUCY
Characters

エメス
EMETH
ドゥ
DOE
セロ
CELLO

「来ないならば、僕から行くぞ」

セロは淡々と告げた。
吸血鬼たちにとって、不思議とその言葉は
死刑宣告のように響いた。
そこからは一方的な蹂躙が始まった――

「喰らえ！」

セロがモーニングスターを
振るうたびに、
吸血鬼の数がどんどん減っていくのだ。

魔王スローライフを満喫する

勇者から「攻略無理」と言われたけど、そこはダンジョンじゃない、トマト畑だ

1

EVIL KING ENJOYS THE SLOW LIFE

VOL.ONE

ICHIROBOU PRESENTS

GC NOVELS

GC NOVELS

contents

ichirobou presents.
illustration by Noy.

新たな魔王

「呪いにかかった司祭など、このパーティーの面汚しだ。さっさと出て行け！」

光の司祭セロは、勇者バーバルの一言でパーティーから追い出された。

第六魔王の討伐報告を王の御前にて行って、その祝宴が始まるまで王城の客間で待機していたときのことだ。無駄に広い客間には、バーバルの傲岸な声がよく響いた。

「出て行けって……そんな……」

勇者バーバルの罵倒に対して、セロは言葉を失った。

バーバルとは幼馴染だった。同じ村の出身で、駆け出し冒険者だった頃からずっと一緒にやってきた仲だ。

当時はまだバーバルが勇者に選ばれておらず、二人して手探りで魔物（モンスター）を倒して地道に力をつけていった。バーバルが前衛で剣を振るって、セロは後衛で支援に徹する――その息もぴったりですぐに評判の冒険者となった。

そして、王都に拠点を移して、バーバルが聖剣に選ばれて勇者として認められた頃には、セロも大神殿から最も『賢者』に近いと評されるまでになっていた。そんな二人に導かれるようにして、勇者パーティーには最高の仲間たちが集まった。

そんな仲間たちと共に、第六魔王だけでなく、いつかは他の魔族も全て討ち果たして、王国の歴史にその名を残すパーティーになる。そう信じて疑わなかった。

が。

セロは助けを求めて王城の広い一室を見渡した。

祝宴に呼ばれるまで客間でゆっくりしていた仲間たちは——結局のところ、誰一人としてセロに手を差し伸べようとはしなかった。

女聖騎士のキャトルはじっと俯いたまま、その美しい金髪を弄んでいる。

数多くの聖騎士を輩出してきたヴァンディス侯爵家の長女で、若くして聖盾を使いこなすことから勇者パーティーに入った実力者だ。

バーバルやセロより二つほど年下ではあるが、いつも落ち着き払っていて、言葉数も少なめなので、セロもあまり当てにはしていなかったが……それでも目も合わせようとしてくれないのはさすがに辛かった。

また、エルフの狙撃手であるトゥレスも無関心を装って、先ほどから机上で弓矢の手入れを続けていた。セロたち人族とは異なって、長寿の亜人族ということで、いつもパーティーに最も的確なアドバイスをしてくれた人物なのに、今回だけはなぜか無言を貫いている。

だから、セロは再度、そんな仲間たちに振り向いてもらえるように声を張り上げた。

「僕は、まだ戦えるよ！　たしかに呪いは受けてしまったけど……こんなものに負けてたまるか！　頼むよ、バーバル。最後まで一緒に戦わせてほしい！」

セロがそう主張するも、勇者バーバルは「ふん」と鼻を鳴らした。

傲岸不遜な顔つきがさらに歪んで、話し合うことすら面倒臭いといったふうに、バーバルは髪を掻き毟ってから大袈裟にため息をついてみせる。

「本気でそう考えているとしたら、余程おめでたいやつだ。そうは思わないか？　パーンチよ？」

急に話を振られたモンクのパーンチだったが、やれやれと両肩をすくめてみせた。

セロは一縷の望みを持って、パーンチに視線をやった。パーンチは竹を割ったような性格で、己の肉体のみを信じる武道家だ。やや戦闘狂なところが玉に瑕だが、曲がったことが大嫌いなので、セロはきっと助け舟を出してくれると信じていた。

だが、パーンチは両腕を組んでセロをきつく睨みつけてくる。

「勇者の幼馴染だか何だか知らんが、所詮、法術もろくに使えん司祭ではなあ……」

モンクのパーンチの歯に衣着せぬ一言は、セロに真っ直ぐに突き刺さった。

たしかにセロは『光の司祭』と謳われていたが、法術が得意ではなかった。神官職の専売特許ともいえる法術による回復や支援がどういう訳か上手く出来ないのだ。

だが、セロはそれを克服するべく、パーティー戦闘を俯瞰して捉える目を養って、戦況によって的確に回復薬などを使い分けることで、これまでも貢献してきたつもりだ。本来は後衛にいるべき神官職にもかかわらず、中衛の位置まで上がって、何なら前衛にも打って出て、敵からの攻撃を身代わりとなって受けてまで、このパーティーを陰ながら支えてきたと自負していた……

もっとも、そんなセロの自信はあっけなく崩された。

「まあ、たしかに司祭なのに、かけられた呪いが解けないいんじゃねー」

セロのすぐそばでそうこぼしたのは、魔女のモタだった——

ハーフリングという亜人族で小柄なモタは、感情をころころと表に出すので、このパーティーではムードメーカーでもある。

しかも、パーティーの最古参だ。駆け出し冒険者の頃からバーバルやセロと一緒に旅してきた仲だったのに、そんなモタまでもが同じ後衛職でよくつるんでいたセロを非難し始めた。

これでは最早、全会一致と言ってよかった……

勇者バーバルは満足げに、セロに向けてにやにやとした笑みを浮かべてみせる。

「これでよく分かっただろう？　つまりは総意だ。お前にこのパーティーは相応しくない。役に立たない者など、祝宴が始まる前に出て行ってくれないか」

「でも、そもそもこの呪いだって――」

セロはそこまで言うと、「うっ」とその場に蹲（うずくま）った。

どうやら呪いがずいぶんとセロの体を蝕（むしば）んでいるようだ。呪いの本質は反転だ――光は闇に。生者は死者に。本来、呪いにかかった者は一日も持たずにじわじわと死に至ることになる。

ただし、何事にも例外はある。力ある生者はたまに呪いに抗して不死者となって、いずれは魔族に変じていって、世界の全てを憎んで破壊すると伝えられている。だから、すぐにでも解呪しなくてはいけないのだが、呪いには段階があって、セロが王国に戻って来たときには、すでに大神殿でも解呪することが出来ない状態になっていた。それほどに第六魔王こと、吸血鬼の真祖カミラが最期に放った呪いは強烈だったわけだ。

とはいえ、セロは聖職者なので、呪いの進行自体は何とか自力で抑えつけている。

それにこんな状態でも、闇属性や不死者に陥ることなく、セロはパーティーに貢献出来るとまだ信じていた。

むしろ、そう強く信じることで、呪いに対してギリギリで抗してもいた。少なくとも、魔王を一人倒しただけという冒険の途上で、仲間たちに見放されてしまうなんて信じたくもなかった……

「で、その呪いがいったいどうしたっていうんだ？」

すると、勇者バーバルが苛立った口ぶりで聞き返してきた。

セロは項垂れながらもこう叫びたかった――「この忌まわしい呪いだって、もとはと言えば、バーバルを庇って受けたものじゃないか」、と。

そう。たしかにセロにかけられた呪いは、吸血鬼の真祖カミラがバーバルに向けて放ったものだった。

真祖カミラが死に際に上げた『断末魔の叫び』に対して、無防備となったバーバルを庇おうと、セロが身代わりになって引き受けてしまったのだ。

だが、バーバルはいかにも理解出来ないと言わんばかりに頭をゆっくりと横に振って、蹲ったセロのもとまでやって来てから、その胸ぐらを掴んで持ち上げた。

「まさかと思うが、勇者であるこの俺があの程度の攻撃をかわせないと、本気で考えていたのか？　だとしたら……思い上がるのもいい加減にしろよ、この屑野郎が！」

勇者バーバルはそう吠えると、客間の扉付近にセロを強引に放り投げた。

「ぐうっ！」

柱に頭を打ちつけたせいで、一瞬だけ、セロは目が回った。

それでも額のあたりに片手をやって、視界が定まってきたことを確かめてから、仲間たちを信じて、もう一度だけ、客間をゆっくりと見渡した――

女聖騎士のキャトルは終始、髪をいじっていた。

エルフの狙撃手トゥレスは淡々と矢じりを研いでいた。

モンクのパーンチは掌に拳を当てて、いかにもセロを強制的に追い出しそうな雰囲気だ。

魔女のモタはそわそわしつつも、セロからふいに視線を逸らして、「祝宴では何が食べられるのかなー」と呑気なことを言い出した。古株の後衛職同士、ずっと仲良くしてきたはずなのに、今ではもう目も合わせてくれない。


……

…………

…………………


セロの目からは涙がこぼれそうになった。

勇者バーバルは、同い年で、幼馴染で、それでいてずっとセロの憧れだった。

だからこそ、その背中に追いつこうと、たとえ法術が上手に使えなくても、セロは血反吐が出るほど訓練して、前衛、中衛、後衛での戦い方も学んで、支援の為の広い視野も身につけて、さらには冒険先の魔物や魔族の知識も頭に詰め込んできた。

バーバルと少しでも一緒にいたかった。

かけがえのない親友でいたかった。そのはずなのに――

今では視界が滲んでしまって、バーバルがどこにいるのかさえ分からなかった。

そんなセロとは対照的に、バーバルはというと、さながらゴミでも見るかのような眼差しをセロにずっと向けていた。

「なあ、早く消えろよ。役立たずめが」

勇者バーバルの冷たい声が客間にまた響き渡った。

セロは目もとを右腕で拭うと、バーバルとやっと視線を合わせた。すぐに愕然とした。まるでそこらへんにいる雑魚の魔物にでも投げつけるような眼差しをセロにも向けていたせいだ。もう必要とされていないのだと、嫌でも理解するしかなかった。

同時に、呪いがセロを一気に蝕んでいくような感覚があった。

セロはまた躊りかけた。それでも、せめて無様な姿を仲間には見せないようにと、

「…………」

さよなら――さえもろくに言えずに。

セロは込み上げてくる闇や死にも似たドス黒い何かを喉もとでぐっと堪えつつも、王城の客間から勢いよく飛び出して行った。

こうして、光の司祭セロは勇者パーティーから追放されたのだ。


「どうして……」

こんなことになったのか、と。

セロは悔やみながらも、王城の中庭までやって来た。

胸中の疼(うず)きを片手で何とか押さえつけながらも、いったん「ふう」と呼吸を落ち着けてから、噴水前のベンチにゆっくりと座った。

その直後だ――

遠くの空で花火が上がった。

おそらく王城の大広間で祝宴が始まったのだ。玉座にて第六魔王の討伐報告をしたときは、セロが呪いにかかったことは伏せていた。だが、祝宴に欠席した以上、そろそろ余計な詮索が始まって、噂もすぐに広まっていくはずだ……

セロもそう易々と呪いに負けるつもりなどなかったが、それでも呪いつきこと『呪人』は何かと誤解を受けやすい。そのことを考えると、今は少しでも早く大神殿に行って、本格的な解呪の方法を探るなり、呪いの進行を止める治療を受けるなりして、この体としっかり向き合った方がいいのかもしれない……

「むしろ、皆が祝宴で浮かれているうちに、すぐにでも大神殿に行った方がいいか」

セロは鬱々と呟いて立ち上がった。

すると、遠くで足音がした。

視線をやると、中庭の入口に騎士団の小隊がいたのだ。

騎士たちを引き連れている者は――聖女クリーンだった。セロと同い年で婚約者でもある。

すらりとした体つきで、煌めく聖衣を身に着け、いつも微笑みを絶やさず、軽やかなアッシュブロンドの長い髪が風になびいている。

実は、聖職者のセロにとって、クリーンもまた憧れの存在だった。ただ、同じ村出身だった勇者バーバルとは違って、クリーンとは昨年まで面識すらなかった。

それでも、その聖なる力の凄さは、どんな場所にいてもよく耳に入った。曰く、魔物に全滅させられかけた騎士団を一瞬で全回復したとか、凶悪な瘴気を無効化したとか、魔族が侵略してきた際には『聖防御陣』を展開してそれを押し止めたとか――

何にしても、聖女クリーンとは、そんな桁違いな逸話に事欠かない人物だった。

もっとも、聖女は戦闘職ではなく、本来は大神殿の祭祀祭礼の為に存在しているので、勇者パーティーに加わって戦うことは一度もなかった。とはいえ、その実力については、セロはもちろんのこと、勇者バーバルさえも超えるのではないかと噂されたほどだ。

だから、セロが昨年、たまたまこの中庭ですれ違い様に、クリーンから話しかけられたときには天にも昇る気持ちになったものだ。

賢者と聖女は番(つが)いとなる――

そんな伝承について書物で読んだことはあったが、まさかまだ司祭でしかないセロがその栄誉にあずかるとは思ってもいなかった。あのとき、クリーンはこの中庭でセロを名指しして、将来の夫としてその力を認めてくれたのだ。

「もしや、そこにいらっしゃるのは……セロ様?」

聖女クリーンはそう言って、慈しむようなやさしい笑みをセロに向けた。

セロはどぎまぎしながら、その御前に跪いた。

「クリーン様、お久しぶりです」

「ええ。セロ様もお変わりはありませんか？」

「…………」

セロはつい無言になってしまった。

変わりなら……当然あった。呪いを受けたのだ。

正直にそのことを言うべきかどうか迷ったが、大神殿の協力があればいずれ解呪出来るはずだとセロは信じて、今はあえて説明しなかった。

それにもう一つだけ、いつもとは違うことがあった——セロの神官衣のポケットには婚約指輪が入っていたのだ。第六魔王討伐の暁に渡そうかと思って、先に大枚をはたいて購入していたわけだが……残念ながら今はそんな気分にはなれなかった。

クリーンはそんなセロの様子に首を傾げつつも話を続けた。

「祝宴はすでに始まったようです。それなのにこんなところでどうなさったのでしょうか？」

「ええと、その……ちょっとだけ、風に当たりたくなったんです。クリーン様こそ、今到着なさったようですが、何かご用事でもあったのでしょうか？」

「はい。少し調べ物をしておりました。新しい魔王が誕生するかもしれないという報せを受けて、その真偽を確認する為に手間取ってしまったのです」

「まさか！　第六魔王の真祖カミラを倒したばかりだというのに？」

「ええ、本当に嘆かわしいことです」

現在、王国で知られている魔王は七体いる——

太古には七十二体もいたというから、ずいぶんと減ったものだが、もともと魔族はその領地で戦い合って、互いに格付けをする傾向があるので、魔王の数の多さはあまり意味をなさない。むしろ、七十二の中堅どころよりも、七体の強大な魔王の方がよほど厄介だとも言える。

だが、そのうちの一体が討伐された直後に、新たな魔王が即座に就くなど、セロは聞いたこともなかった。あるいは史書に記載がないだけで、実はそのような事例がこれまで秘匿されてきたのだろうか。

「いったい、どのような魔王が生まれたのですか？」

セロはつい興味本位で尋ねた。

もっとも、聞いたところで、勇者パーティーからはすでに外された身だ。あまり意味のない質問だなと、セロもすぐに気づいて何だか胸が苦しくなった……

すると、クリーンの目つきが急に険しくなった。

「確証はまだ持っておりません。だからこそ、私がここに来たわけです」

「……え？」

「貴方に最初にお会いしたのは、たしかこの中庭でしたね。懐かしいものです。向上心が強く、自己犠牲も厭わず、法術が苦手とはいえ内包する魔力（マナ）は誰よりも群を抜いていた」

クリーンがそこまで言うと、また花火が幾つか上がった。

ただ、セロにはそれらを見る余裕がなかった。何だか嫌な予感がしたせいだ。

「術式の扱いはどのようにでも学べますが、魔力の多寡だけは絶対的なものです。努力などで増やすことは出来ません。だから、魔術師も、聖職者も、その魔力量によって評価が下されます。現在の王国において、貴方は誰よりも多くの魔力を持っています。聖女である私よりも。主教たちよりも。もしかしたら、教皇よりも」

「そのお言葉……大変うれしく存じます」

「さぞかし優れた聖職者になるものだと思っていました。婚約者として、私も鼻が高かった」

セロは今度こそ訝(いぶか)しんだ。なぜ過去形なのか、と。

すると、クリーンはアイテムボックスから聖杖を取り出してきた。

「だからこそ、本当に残念でなりません。何にしても、ここで宣誓させて頂きます。光の司祭セロよ。貴方との婚約はたった今、破棄させて頂く、と」

「それはいったい、どういうこと――」

と、セロが言うよりも早く、聖女クリーンは『聖防御陣』を張った。

セロの周囲に光の円陣が形成されていく。まるでセロをその中に閉じ込めるかのように。

「こ、これは――?」

本来なら聖職者に対して光の陣で囲んでも意味はない。

だが、セロがそっと手で触れてみると、ジッと指先が焦げついた。そのことにセロは呆然自失した。それほどまでに呪いが全身を蝕んでいたのだ。

「司祭が呪いによって反転すれば、暗黒司祭(ダークビショップ)になります。では、『賢者』が反転してしまったら、いったいどうなると思いますか?」

聖女クリーンは顔色一つ変えることなく、淡々とそう尋ねてきた。

もっとも、円陣の中でぼうっと突っ立っているセロには答える余裕など持ち合わせていなかった。

「答えは――『愚者』になります。古い文献を調べたところ、過去にこの大陸に災禍をもたらした最悪の魔王こそ愚者と称されたロキでした。そして今、私は確信いたしました。貴方の内包する、その禍々しいまでの魔力は、愚者にならんとする可能性を示しているのだ、と」

セロにはその言葉の意味がよく理解出来なかった。

今まさに魔王認定されようとしているのだ。これではまるで呪人に対する異端審問だ。

すると、聖女クリーンの背後に控えていた騎士団の小隊が唐突に二つに割れた。その間をこつこつと、わざとらしく足音を立てながら悠然と歩いてくる者が一人だけいた。

セロは思わず、「馬鹿な」と呟くしかなかった。

「そういうことでよろしいのですね、勇者バーバル様?」

騎士たちの隊列を抜けて、勇者バーバルは聖女クリーンのすぐ横に立ってから、さりげなく頬にキスをしてみせると、その華奢な肩にいかにも気安く、ぽんと左手を乗せながらにんまりと笑った。

「ああ、その通りだ。だから、呪いが反転してしまう前にさっさとこの屑野郎をどこかに消してくれ」

「バーバル!」

セロは叫んだ。

婚約者に手を出すなど許されることではなかった。

が。

勇者バーバルは卑屈な笑みを浮かべ続けた。

「セロよ。まさか貴様は、賢者が聖女と番いになれるとでも、本気で信じていたわけじゃないよな？」

そう言って、勇者バーバルはやれやれと頭を横に振って、いかにも無知は救えないなといったふうに両肩をすくめてみせると、

「そんなものは祭祀祭礼の形式上の話だ。もとより、俺とクリーンはずっと前から出来ていたのだからな」

「…………」

セロは驚きのあまり、無言で後退（あとずさ）った。

その言葉を信じたくはなかった。追放のことも含めて全て嘘だと言って欲しかった。

だが、セロは背後にあった円陣に背中を焼かれて、「うっ」と前のめりになって倒れてしまった。

その場に四つん這いになりながら、セロは上目遣いで勇者バーバルに視線をやった。

「しかし、バーバル。君には……王女のプリム様という婚約者がいたじゃないか？」

セロの問いかけに対して、勇者バーバルは「ふん」と鼻で笑った。それから右拳をギュっと固く握って、堂々と言ってのける。

「強き者が全てを得る！　ただそれだけのことだろう？」

セロは聖女クリーンをちらりと見た。

その表情からはとっくに慈しみの笑みは消えて、今では憐憫（れんびん）さえも浮かんでいなかった。

さながら汚物でも見るかのように——クリーンは呪いに蝕まれてしまったセロを魔族同様に見下し

ていた。

「さあ、聖女クリーンよ。さっさとその目障りな屑野郎をどこぞにでも消し去ってくれ」

「しかし、勇者バーバル様。お言葉ですが、この場ですぐにでも処刑なさった方がよろしいのでは？」

「これでも、もとは俺のパーティーにいた者だ。王城の中庭で殺してしまっては、醜聞以外の何物でもないではないか。しかも、俺だって何とかこっそりと抜けてきたが、今は祝宴の真っ最中なんだぞ？」

「では、捕らえて、後ほど処刑でもすれば――」

「くどい！　言ったはずだ。もう目障りなのだ、と」

聖女クリーンがいかにも御しがたいといったふうに頭を横に振ると、勇者バーバルはクリーンに腕を回して肩を組んでから、愛の言葉でも囁くように言った。

「なあに。責任は取ってやるさ。他の魔王同様に、すぐに俺が処分しに行けばいい。何せ、俺はあの第六魔王こと真祖カミラを討った勇者なのだからな！」

「……畏まりました。そのお言葉を信じます」

聖女クリーンはそう応えると、『聖防御陣』をじわじわと狭めていった。

セロの全身を無数の針で刺すかのような痛みが走った。呼吸がろくに出来なかった。そのせいで眼前の二人に対して何も言うことも出来なかった。

助けても。さよならも。ふざけるなも。

もちろん、いつか必ず復讐してやるとも――

後悔も。諦めも。哀しみも。憎しみも。そう、何一つとして言えずに――

セロは胸の内から一気に込み上げてくるドス黒い感情と共に、『聖防御陣』に飲み込まれるようにして、その場から転送させられてしまった。

残されたのは、ポケットからふいに落ちた婚約指輪だけだった。

もっとも、勇者バーバルはそれに気がつくと、近づいて踏みにじってから大声で言い放った。

「さあ、祝宴の続きだ！　皆で祝おうじゃないか！」

つん、つん、という感触が右頬にあった。

「おい、生きているか？」

すぐそばで女性の声がした。どうやら枝先か何かで突かれているらしい。

セロは「ん……」と呻いて、何とか瞼（まぶた）を押し上げた。今まで地面にうつ伏せになっていたようで、まずはセロ自身の両手が視界に入った。なぜか浅黒くなっている。

そういえば、光の円陣で焼かれたんだっけ……と、セロは思い出しつつも、ゆっくりと上体を起こした。

ダメージはそれほど残っていない。実際に、聖女クリーンは攻撃をしてきたわけではなく、あくまでもセロを転送しただけだった。

「おお……よし。生きているのだな？」

セロは声の主を見つめた。

眼前には、吸血鬼らしき少女がしゃがんで、セロをじいーっと見つめ返してきた。

「――――っ！」

起きがけだったが、セロは一気に目を覚ました。

というのも、その吸血鬼の少女がさながら美しい彫像のようで目を奪われたからだ。決して黒タイツ越しに白い下着（パンツ）がうっすらと視界に入ってきたからではない……

いや、待て。まさかこれは『魅了』か。精神異常を引き起こす攻撃をこれみよがしに仕掛けてきているのかと、セロはすぐさま警戒したが、当の吸血鬼の少女はというと、いまだに下着丸見えできょとんとしたままだ。

第六魔王のカミラも吸血鬼の真祖だったので、戦いながらもとてもきれいな女性だなと感心させられたものだ。もちろん、真祖カミラは明らかに危険な『魅了』をセロたちに散々振り撒いてきたし、逆にセロたちはきちんとアクセサリーなどで対策も施した。

それでも、煌めく銀の長髪に、すっきりとした鼻梁と淡い唇。

何より、月明りだけで消え入りそうな儚げな外見なのに、双眼だけは赤い宝石のように輝いていて――真祖カミラの美貌には、対策をしていても尚、心底ゾっとさせられたものだ。

そんなカミラによく似た少女がなぜかセロのすぐ前にいる。

カミラからは大人の女性の色気が隠しようもなく漂ってきたが、この少女からは何色にも塗れてい

ない無垢な印象があった。

身に纏っているのは胸もとを強調するようなワンピースで、頭にはカチューシャ、腰にもベルトを巻いて、どちらにも可愛らしいリボンがあり、その全てが血でも垂らしたかのような赤色で統一されている。また、セロが一目で少女を吸血鬼だと看破したように、背には魔力によって血の小さな羽が形成されていた――

「君は……いったい誰だ？」

「名を聞くのならば、まずは貴方から名乗るべきだろう？」

吸血鬼の少女はそう言って両頬を膨らませたので、セロはつい素直に答えてしまった。

「あ、ああ……すまない。僕は……セロだ」

もちろん、魔族に対して名乗るのは、危険以外の何物でもなかった。

そもそも、セロの名前は勇者パーティーに所属する光の司祭としてよく知られている。人族にとって魔王が討伐対象であるように、魔族からすれば勇者一行はお尋ね者みたいなものだ。

「ふうん。やはり、貴方がセロか」

だが、吸血鬼の少女はその場で立ち上がると、

「聞いて驚け。妾（わらわ）は真祖カミラが長女、ルーシーだ」

それだけ言って、腰に手を当てて、「ふんす」と平たい胸を張ってみせた。どうやらそこだけは母親のカミラから何も受け継がなかったらしい……

とはいえ、セロはやや首を傾げた。

吸血鬼の少女ルーシーの真意が掴みかねたからだ。

それよりも、セロはむしろ別のことに驚いていた。あれほど胸の内で身を貪るように渦巻いていたドス黒い執念が、今ではきれいさっぱりとなくなっていたのだ。

セロはよろよろと立ち上がって、周囲を見渡してみた。

どうやら岩山のふもとにいるようだ。竜の頭を象った洞窟が大きな口を開けている。

一方で、その山に沿うように段々と丘陵が上がっていって、その先の峰には見覚えのある城があった——魔王城だ。間違いない。あれはたしか第六魔王こと真祖カミラの居城だったはずだ。

「ということは……ここは、王国北の魔族領か」

ただ、その魔王城は半壊していた。

先の討伐でモンクのパーンチや魔女のモタが派手な立ち回りをしたせいだ。今はちょうど昼のようで、日がよく当たっているせいか、崩壊ぶりがよく分かる。

「ふむ。やっと気づいたか。貴方には責任を取ってもらう」

「責任?」

「そうだ。少しの間、遊びに出かけて帰って来たら、住処があんなふうになってしまった。雨漏りがひどい。何とかせよ」

「…………」

半壊しているのだから、雨漏りがひどいというレベルじゃない気もしたが……

セロはとりあえず、「はあ」と大きなため息をついた。

「僕を殺すつもりはないのか?」

「貴方を殺す? なぜだ?」

「僕は第六魔王の真祖カミラを倒した。君の母親だろう?」

「うむ。その通りだ。だから、どうした?」

「僕は、君のお母さんの仇だ」

セロは、はっきりと告げた。

いっそここでルーシーに討たれても構わないと思った。

大切な仲間に役立たずだと見捨てられ、憧れていた二人からはゴミでも見るかのように蔑まれたばかりだ。聖職者としての出世も見込めず、おそらくもう人族の領地に戻ることも出来まい。

今のセロには何も残されていなかった……

この身もとうに呪いに塗れてしまったことだろう……

いずれ呪いで死ぬのか、それとも不死者として魔族になるのかは分からないが、何にしても司祭としては最も忌避すべきことであって、また賢者になりたいと強く願っていたセロの存在意義(アイデンティティ)に関わることでもあった。

が。

ルーシーは「ふむん」と、首を九十度ほども傾げてみせる。

「貴方が何を言いたいのかさっぱり分からない。もしや、妾の住処を直したくないと駄々をこねているのか?」

「い、いや、そういうことじゃないよ」

「ならば、きちんと直してくれるわけだな?」

セロはまた大きなため息をついた。

議論が全く噛み合わない。そもそも、セロはいっそ死に急いでいるわけで、そんな気分のときに壊した住処の話なんてしたくもなかった……

だが、そこはセロも聖職者になるだけあって、もともと生真面目な性格だ。セロはやれやれと肩をすくめてから渋々と答えた。

「分かった。住処は……一応、僕にも責任があるから直すよ」

「うむ。それならば構わない。では、早く直しに行こうではないか」

「いやいや、だからそうじゃなくてさ。僕は君のお母さんの仇なんだよ。本当にそれでいいの？」

さらにルーシーは柔軟にも、今度は体全体を右に傾げた。

「仇というのは何だ？」

「君の大切なものを奪った人という意味だよ」

「たしかに、母は大切ではあったな」

「でしょう？　だったら、僕のことが憎くはないの？」

「ん？　全く憎くはないぞ。そもそも、母は貴方に騙し討ちされたわけでもないのだろう？」

「まあ、たしかにそうだね……正々堂々と戦ったよ。本当にギリギリの戦いだった。君のお母さんはこれまで戦った中で一番強かったよ」

「ならば、母も本望だろう。妾もそのような戦いで死にたいものだ」

「……え？」

セロはつい言葉を失った。

そして、やっとルーシーの真意に気づいた――

魔族とは不死者だ。もちろん、人族が心臓を貫かれれば死ぬのと同様に、魔族も魔核を壊されたら消滅する。だが、基本的には肉体や精神のピークでいったん成長が止まって、そのまま不死性をもって生き続けることになる。

だからこそ、魔族はそんな長い生の気晴らしに戦い続ける。

魔族同士で戦い合って、互いに格付けをして、その上位にいる者が広い領地を得て統治者である魔王を名乗る。人族の世界に王国が幾つも興るように、魔族でも種族などによってまとまって複数の王が立つ。

そんなふうに戦いに明け暮れた魔王にとって、戦場で死ぬということは不名誉には当たらない。それどころか、ルーシーが言う通り、戦いで死ねるのならば本望でさえある。それほどに魔族とは過酷で強烈な種族なのだ。

「そうか。なるほど……戦って、死ぬことこそ……本望か」

セロはふと、そう呟いた。

その瞬間、何かが胸の内で弾けたような気がした。

呪いに蝕まれたはずなのに、なぜこれほどに気分が晴れやかになったのか。今、やっと分かった気がした。心と体が求めているのだ――死と。誉れと。何より、戦いも。

つまり、セロはもうすでに不死者となって魔族に変じていたのだ。

この浅黒くなった肌も、聖なる陣で焼きついたせいではなく、セロが魔族になった証左なのかもしれない。

もちろん、全ての魔族が浅黒いわけではない。実際に、吸血鬼ルーシーの肌は白磁のように美しい。何にしても、セロがいったいどんな種族になったのかはまだ分からないが、魔族として魔力が安定していけば、たとえば吸血鬼に牙があるように、いずれ身体的な特徴もはっきりと出てくるはずだ。

セロはじっと空を見上げた。

魔族領だというのに、王国の澄んだ青さと何ら変わりはなかった。

「抗って……死ぬか」

セロは己の右拳をギュッと握り締めた。

こうして魔族に変わった以上、セロも種族のルールに従うべきではないのか。戦って、抗って、何もかも出し切って、そんな修羅のような生き様の先で死に果てることこそ、今のセロにとって、望むべきあり方なのではなかろうか……

もとが生真面目だからこそ、セロはつい長考して、そういう考えに至った。

もちろん、何と戦うべきかはまだ決めかねていた――

それはいずれやってくるだろう勇者バーバルかもしれないし、何なら聖女クリーンなのかもしれない。あるいは、他の魔王か、セロをこんな身の上に貶めた呪いか、はたまた運命そのものか……

何にしても、セロは空から峰の方に視線を移した。

ふう、と。今日何度目かのため息をつく。

「行こうか。魔王城へ」

セロはやっと、わずかに笑みを浮かべた。

もっとも、そんなセロとルーシーとの出会いが世界を大きく変えていくことになろうとは――このとき、二人とも、もちろん知る由もなかった。

「貴方はいったい何をしているのだ?」

吸血鬼ルーシーはついに体を傾げすぎて、頭が地に着いてしまった。

体がとても柔らかいんだなあと、セロは無駄に感心しつつも、吸血鬼の種族特性なのかどうか少しばかり考え込んだ。

「いや、何をしていると言われても……見ての通りだよ」

ちなみに、今、セロは魔王城の裏山の坂道にて小休憩中で、アイテムボックスからポーションを幾つか取り出して、左手を腰にやってごくごくと飲んでいる最中だ。何だかポーションの宣伝でもしているかのような豪快な飲みっぷりだ。

しかも、体力を回復するポーションだけでなく、他にも状態異常などを治す物まで並べて、

「うー、不味い」とこぼしながらも一気に飲み干していく。

「ふむん。話が噛み合わんな。まず疑問なのだが、貴方はさほどダメージを負っているようには見えないのだが、なぜそのようにポーションで回復を試みているのだ?」

「ああ、そういうことか。ええと、何というか……ちょっとした確認だよ」

「確認だと?」

「うん。ほら、こういうふうに肌が浅黒くなってしまっただろう?」

と言ってから、セロは「しまった」といった表情を浮かべた。

だから、ルーシーとは初対面なのだから、セロの以前の肌色を知るはずもない。

説明を始めた。話としては遠回りになるものの、セロはいったん勇者パーティーから追放された経緯から説明を始めた。そして、肌が褐色になったのが聖女クリーンの『聖防御陣』によって焦がされたせいなのか、それとも魔族になったからなのか、それを確かめる為にこうして回復を試みたのだと話を結んだ。

「なるほど、理解した。そうなると……やはり、いかにも奇妙なことだな」

ルーシーはそう応じて、「ふむん」と顎に片手をやった。

「奇妙? 僕の肌の色がってこと?」

「いや。肌の色などどうでもいい。そもそも、貴方の職業は司祭だったはずだろう?」

「まあ、今はもう暗黒司祭(ダークビショップ)になっちゃったみたいだけど……」

セロはそう言って、自嘲気味に笑った。

呪いの反転の効果で、すでに職業は光の司祭から闇の暗黒司祭へと変じている。

もっとも、司祭のとき、法術をろくに使いこなせなかったから気にはならないものの、座学でせっかく修得した光系の法術は全て闇系のいかにも胡乱なモノに置き換わってしまった。むしろ、魔術の方によほど適性があるようにも思える。

すると、ルーシーは相変わらず眉をひそめながら話を続けた。

「暗黒司祭になったことも別に問題ではない。だが、司祭にしろ、暗黒司祭にしろ、なぜそれほどの魔力を持っていながら、回復や治癒程度の術式を構築出来ないのだ？」

今度はセロが首を傾げる番だった。

そう尋ねられても、これまで幾ら努力してもろくに出来なかったのだから仕方がない……

というか、セロからすれば、本当に魔力があるのかどうかさえ怪しかった。何せ、初歩的な回復の祝詞すら途中で謡えなくなることがよくあったのだ。

「司祭だったのに法術が使えない。それなのに、これほどまでに禍々しい魔力を放っている。はてさて、これ如何に？　ふふ。面白くなってきたぞ」

ルーシーはそう呟いて小さく笑みを浮かべると、二本の指でピースサインを作って、それを左目にそっと添えた。そのとたん、宝石のような赤い目が燃えるように揺らめいた――『魔眼』だ。

人族も職業によってステータスなどを見破る鑑定系のスキルを持つことはあるが、魔族の場合は『魔眼』といって、その上位互換となる能力（アビリティ）をもともと有している。

その対象の上っ面の部分だけでなく、その成長限界などの本質まで見抜く力と言われていて、戦うことが好きな魔族はそれで生涯の好敵手を探すのだとされている。

逆に言うと、魔族にとって相手の前であからさまに『魔眼』を使うのは、求婚にも似た行為なのだと人族側には伝えられてきた。だから、セロはついびっくりして、おどおどと身構えるしかなかった。

「ふ、ふふ。何だ、これは……面白い。かほどに傑作なものを見るのは初めてだぞ！」

ルーシーはそう言って、セロの両肩をがっしりと掴んできた。

食い入るようにセロの両目をじっと見つめている。互いの額がぶつかって、「はあ、はあ」と吐息が感じられるものだから、セロはさすがにドギマギした。

それにこんなふうに夢中になっていても、ルーシーはやはり美しいものだから、セロはついに真っ赤になってしまった。一応、セロには聖女クリーンという婚約者がいたものの、ろくに手も繋いだことさえなかったから、これほどに異性と距離が近いと百面相するしかない……

「な、何か……分かったことはあるのかな？」

セロが尋ねると、ルーシーは「ふむ」と肯いてから目の赤い煌めきを抑えた。

「なるほどな。これでは法術など使えなかったはずだ」

「どういうこと？」

セロは食いついた。

それについては人族の誰に鑑定してもらっても、結局、分からなかったことだ……

実際に、全ての聖職者を統括する大神殿でも、体内を巡る魔力経路の不具合だろうから成長すれば直るかもしれないと、いい加減な診断を下された。もちろん、セロにとっては納得いくものではなかった。そもそも、成長してもちっとも良くならなかったのだ。

「いったい、僕の体はどうなっているんだ？」

だから、今度はセロがルーシーの両肩を掴んで問い詰めると、

「少し落ち着け。痛いではないか」

「あっ、ごめんなさい」

セロはルーシーから距離を取って、いったん落ち着こうと「ふう」と一息ついた。それから答えを求めて、じっとルーシーを見つめる。

「誰にでも自動スキルはあるだろう？」

「うん」

自動スキルとは、職業固有で自然に発動されるものだ。

たとえば、勇者なら『勇気(ブレイブ)』で、魔物や魔族と対峙するときにステータスアップの補正がかかるし、魔女なら『魔力制御』で、魔術を使用する際に必要な魔力量が半減する。

また、人族は誰しもが何かしらの職業を持つので、村人でも、商人でも、必ず何らかの自動スキルを有している。もちろん、司祭も、暗黒司祭も、共通して『導き手(コーチング)』を持っている。仲間を鼓舞して、その戦いを支援するものだ——

「貴方の場合は、魔力が無意識のうちにほとんど自動スキルに割り当てられているようだ。だから、普通のスキルが使えない。法術も、魔術も、何なら杖やメイスによる攻撃スキルも、使いたくてもすぐに魔力切れを起こして出来ないという寸法だ」

「そ、そんな……」

ちなみに、一般的には自動スキルに割り当てられる魔力など総量の百分の一にも満たない。だが、ルーシーの話によると、セロの場合はこれが百分の九十九を優に超えてしまっているらしい。

驚天動地の事実を知らされて、セロはがっくりと地に両手を突いた。

どうしてこんな特異体質になったかは分からないが、このままだと一生スキルが使えないということになってしまう。

「これじゃ……本当に役立たずじゃないか」

ふと、勇者バーバルの言葉が反芻された。

王城で罵られた記憶が今さらながら重く伸(の)しかかってくる。

切なくて、哀しくて、苦しくて、セロの目から涙がこぼれかけた。なぜセロだけが、呪いばかりでなく、こんな不可解な運命まで背負わなければいけないのか……

「ちくしょう……」


が。


「何を言っているのだ。役立たずどころではない。役に立ち過ぎるぐらいではないか」

「……え？」

「これほど強力な『導き手』が発揮されるのだ。貴方のいたパーティーはさぞかし強かったことだろう。なるほど。真祖である母カミラが負けたのも、それなら肯けるというものだ」

ルーシーは堂々と言って、セロを真っ直ぐに見つめた。

セロはいまいち理解が覚束ないといったふうにルーシーに視線を返した。だから、ルーシーはわずかに肩をすくめてから話を続ける。

「そもそも、魔物や魔族は最初に貴方を攻撃してこなかったか？」

「たしかに……女聖騎士のキャトルが『挑発』しても、僕に向かってくる敵は多かったけど……」

「当然だ。貴方がパーティーにいる以上、強力無比な『導き手』によって、その仲間の戦いぶりは二倍にも、三倍にも強化される。たまったものじゃない」

「じゃあ……もしかして、僕は皆の役に立っていたってこと？」

「むしろ、誇れ。貴方がいる限り、そのパーティーは百万の援軍を得たのと同義だったわけだ」

ルーシーにそこまで言われて、セロは初めて救われた思いがした。

パーティーからは役立たずと蔑まされ、大神殿にも分からないと匙を投げられたのに、今、魔族の少女の言葉がどれほどセロの心に響いたことか……

「ありがとう、ルーシー」

「む？　感謝されるようなことを言った記憶はないが」

「むしろ、逆だよ。君がいてくれたから、僕はまるで千万の援軍でも得たような気持ちになれた。本当にありがとう」

セロはもう一度だけ感謝してから、どこか遠い目をした。

誰かに認めてもらった。だからこそ、初めて自分に価値を見出すことが出来た。そのことが心の底からうれしかった。やっと何者かになれたような気分だ。

すると、ルーシーは意外にも、セロに対して初めて満面の笑みを向けた。


「何にせよ、貴方の本質は――誰かを導くことにある」


その言葉がセロの中にすとんと落ちた。

心の水面に波が立ち、しだいに全身に熱意となって溢れていく。

ルーシーは笑顔を浮かべたことに照れたのか、赤面して俯いてしまった。おそらく、これまでほとんど笑ったことなどなかったのかもしれない。だから、もしセロの本質が誰かを導くことだというなら、セロに道を示してくれたルーシーの笑顔の為に何かをしてあげたいと思った。

「わ、妾に、魔眼まで使わせたのだ。セロよ。その責任もしっかりと取れ」

まるで逆にプロポーズを受けたような雰囲気ではあったが、当然のことながらセロは責任をしっかりと取るつもりだった。

「ふふ。分かったよ。じゃあ、まずはお城を直さなくちゃだね」

「ふむ。道理だな」

二人は並んで、魔王城に向かってまた歩き始めた。

もっとも、このとき二人はまだ気づいていなかった。真祖カミラに匹敵するほどの強大な魔族が牙を剥いて、すぐ近くまでやって来ていたことに――


午後も遅くなって、半壊した魔王城の門前に着くと、セロはルーシーに言った。

「うわあ。こりゃあ……ひどく壊れてしまったものだね」

「歴史ある建築物だったのだぞ。人族は本当に野蛮なことをしてくれるものだ」

「ええと……ごめんなさい」

セロは素直に謝った。

壊したのは勇者パーティーの中でも、主にモンクのパーンチと魔女のモタだったはずで、支援に回っていたセロは城壁に傷すら付けなかったはずだが、そんなのは言い訳に過ぎない。

とりあえず、崩れた正門から入って、瓦礫に埋め尽くされた入口広間を見渡してみる。

「そういえば、この広間だったんだよなあ」

セロはふいに第六魔王こと真祖カミラの最期を思い出した。

たしか女聖騎士キャトルが聖盾でカミラの血の魔槍による乱撃を受け流し、その隙をついて横合いからモンクのパーンチが殴り込んで吹っ飛ばし、この広間の中央に落ちてきたところを魔女のモタが重力魔術で押さえつけて、最終的に勇者バーバルが聖剣で止めを刺したのだ。

だが、その直前にカミラは『断末魔の叫び』を上げた――

勇者バーバルが必殺技の構えをしていた途上だったこともあって、セロが咄嗟にその前に立ち塞がって、呪いを一身に引き受けたわけだ。

「あのとき、もし……」

セロはそう呟いて、それから頭を横にぶんぶんと振った。

もう意味のない仮定だ。それに過去に固執したくもない。これからは戦うと決めたばかりだ。

「よし！」

ルーシーの後を追って入口広間から反時計回りで進んでいくと、ちょうど裏側の廊下に着いた。

不思議とこの崩壊した城の中にあってもきれいな一角だった。ここだけ瓦礫になっていないし、壁にも床にもほとんど傷跡がない。

そういえばと、セロはまた思い出した。

真祖カミラは城のこちら側を守るようにして戦っていた……

あのときは対峙しながらも、なぜだろうかと不思議に思ったものだ。宝か何か大切な物でも隠しているのかと疑問でもあった。だが、ここにきてセロはやっと気がついた――

「こちらだ。妾の部屋だぞ」

そうか。真祖カミラは娘の部屋に戦禍を残さないように戦っていたのか……

母親と娘の関係については、セロも推し量るしかなかった。

ルーシーは「母は大切ではあった」と割り切っていたが、少なくとも真祖カミラは間違いなく娘を大切にしていた。この傷一つ付いていない部屋を見渡すと、それがよく分かる。

とはいえ、部屋はやけにファンシーだった。

ぬいぐるみやタペストリなど、やけに可愛らしい物で溢れている。

魔族領にもこういった物が売っているのかと、セロはやや首を傾げつつもルーシーに尋ねた。

「それでいったい、どこが雨漏りしているんだ？　別に壊れた箇所なんて見当たらないんだけど？」

「ここだ。よく見てみよ」

指摘された箇所を確認すると、たしかに壁の煉瓦にクラックがあった。

だが、雨染みの具合から考えると、ずいぶん前から染み込んでいるはずで、先の戦闘で出来たものとは到底思えない……

「このクラック……ずっと前からあったでしょ？」

セロが疑わしげな視線をやると、ルーシーは目を逸らして、わざとらしく下手な口笛を吹き出した。

その様子を見て、セロは「はあ」と息をついた。ルーシーはというと、いかにもしてやったりと、ぺろっと舌を出してみせる。

セロは釈然としない顔つきになった。とはいえ仕方がない。乗りかかった船だ。そもそも、この程度のクラックなら片田舎で育ったセロならさして手間もかけずに直せる。

「じゃあ、パパっと済まそうか」

と、セロが言った直後だ。

セロも、ルーシーも、表情を一変させた。

「ねえ、ルーシー。この気配は？」

「うむ。どうやら厄介な者が訪ねて来たようだ」

二人は慌てて、廊下に出て入口広間に戻り、それから城の前庭に駆けつける。

すると、そこには吸血鬼の青年が宙に浮かんでいた——真祖カミラに匹敵すると謳われる、ブラン公爵だ。

北の魔族領ではカミラの次に長く生きる吸血鬼で、王都の冒険者組合でも最重要討伐対象として長らく手配されている有名な魔族だ。セロも実際に会うのは初めてだったが、手配書の姿絵と変わらぬ姿なのですぐに分かった。

美麗な伊達男といったふうだが、いかにも慇懃無礼で、己の美しさにしか興味がないナルシストにも見える。身に纏っている外套が青い炎のように揺れて不気味だ。

しかも、日が暮れて、空に悠々と浮かぶその炎は、さながらブラン公爵自らが新たな日になったのだとでも言わんばかりの態度に見えた。

「久しぶりだね。ルーシーよ」

そう声をかけられるも、ルーシーは無表情で全く応じなかった。

「ふん。お前の母親であるカミラが亡くなったのだ。わざわざ弔意を表しに来てやったのだがね」

「眷属をこれほど引き連れてか？」

ルーシーがそう返すと、ブランは顎を上げて「くっくっ」と笑った。

セロの眼前には数百もの吸血鬼がいた。気配から察するに、公爵級とまではいかなくとも、爵位を持った者もいるようだし、他にもほとんどが純血種の実力者に違いない。

ルーシーとブランに視線をやるも、二人の仲はどうにも良好には見えなかった。むしろ、ここでルーシーを葬り去ることで、ブランが真祖としての正統性を新たに主張してもおかしくないといった雰囲気だ。まさに一触即発といった状況か。

ただ、これほど劣勢だというのに、ルーシーはやはり顔色一つ変えずに言った。

「おかしいと思っていたのだ。勇者パーティーが攻めてきた日に、妾はなぜか遠戚の家に出されていた。異変を聞いて戻ってきたら、母は倒されていて、その後にタイミングよくこれだけの手勢を連れて貴様がやって来た」

「何が言いたいのだね？」

「なぜ母の助勢にわざと遅れた？」

そんなルーシーの問いかけに、かえってセロの方が眉をひそめた。

たしかに魔王討伐に赴いたとき、抵抗する吸血鬼たちはやけに少なかった。

魔王城にもほとんど手勢はおらず、真祖カミラが入口広間に一人で出迎えに来たほどだ。幾ら魔族が強い者と対峙することが好きだからといって、魔族にとって勇者パーティー戦は一種のお祭りのようなものだ。大勢の配下が見守る中でその実力を見せつけることも、魔王の役割として重要なはずだ。

　すると、ブランはにやにやとした表情を崩すことなく白々しい言い訳をした。

「それは言いがかりだよ。私とて全てを見通せるわけではないのだから」

「違うな。逆だ。ブランよ」

「ほう。逆とはいったいどういう意味かな？」

「貴様は全てを見通していたのだ。何もかも、仕組まれていたことだったのだな？」

　ルーシーがそう指摘すると、ブランは大袈裟に、ぱち、ぱち、と拍手をしてみせた。

「いやはや、勘の鋭い娘は嫌いだね。全くもってその通りだよ。真祖カミラに勇者パーティーを差し向けたのも、助勢が間に合わないように仕向けたのも、何よりここでお前を殺すのも——全て私の計画通りだ」

「魔族の面汚しめが！」

「何とでも言え。今どき、戦って死ぬことが誉れなどとほざく貴様らこそ古いのだ」

　直後、ルーシーは左手の長い爪で右手首を掻き切った。

　ドバっと血飛沫が上がると、それが禍々しい片手剣へと変じていく。まさに血の魔剣だ。

「ブランよ。ここが貴様の墓標と思え！」

　ルーシーがすぐにでも仕掛けそうだったので、それよりも早くセロは叫んだ。

「待ってください！　ブラン卿に尋ねたい！」

　その声で、ルーシーはいったんぴたりと動きを止めた。

　ブランは「ん？」と、いかにも興醒めといったふうな視線をセロにやった。

「今、ブラン卿は勇者パーティーを真祖カミラに差し向けたと言いましたよね？」

セロが大声を張り上げると、ブランは「ふん」と鼻を鳴らした。それから、「おや?」とセロの顔をまじまじと見つめた。次いで、「ふふふ」と笑い出し、ついには腹を抱えてしまった。

「おい、小娘よ！　どんな男を城に連れ込んだのかと思ったら、こいつは光の司祭セロではないか！　しかも、どういうことだ？　闇に属性が変じているとは！」

何が楽しいのか、ブランはひとしきり宙で笑い転げると、「ふう、ふう」と呼吸を整えてから、

「ああ、すまなかったな。非礼を詫びようか、セロ殿よ。で、何だったか……そうだ。勇者パーティーを仕向けたという話だったかな?」

「そうです。なぜ、そのようなことが出来たのですか?」

「ふはは。光の司祭とはよくぞ言ったものだ。仲間を疑ったこともなかったのか？　まさか、かほどに純粋な人族がまだいたとはな」

「どういうことですか?」

「無知とは罪だということだよ。人族が一枚岩だとでも、本気で思っているのかね?」

その瞬間、セロはゾっとした。

ブランの言葉が本当なら、人族の中に魔族に通じている者がいるということだ。しかも、よりにもよって勇者パーティーの中に――

「何にせよ、お喋りはこれで終いだ。真祖カミラの長女ルーシーと、勇者パーティーの光の司祭セロを討ち取ったとなれば、実績は十分だろう。私に真祖という称号だけでなく、わざわざ新たな魔王の座までプレゼントしてくれて本当にありがとう。君たちには心から感謝するよ。その礼に、何もかも貪り喰ってやろうじゃないか！」

そう言って、ブランは口を開けると、血に飢えた牙を見せつけたのだった。


「いったい、どうすればいい？」

セロはそう呟いて、自問自答した。

吸血鬼の真祖カミラならいざ知らず、公爵ブランは正々堂々と戦う魔族ではないようだ。

しかも、かなり慎重な性格らしく、真祖の長女たるルーシーを過小評価していない。だからこそ、これほどの数の吸血鬼で攻めてきたわけだ。

おそらく、まともにやっても勝ち目はない……

しかも、四方を固められているのでこの場から逃げることすらままならない……

もっとも、ルーシーは臆することもなく言ってきた。

「セロよ。雑魚どもを任せてもいいか？　妾はブランが許せない」

その言葉に、セロはつい武者震いした。

そして、戦いを避けることばかり考えていた己を恥じた。何より、戦って死ぬ——それこそがセロにとって本望なのだと考え直した。

「分かった。出来る限りの足止めはするよ」

セロはそう答えて、数百もの吸血鬼たちと魔王城前で対峙した。

この場所こそが死地だと悟った。だが、意外なことに全く怖くはなかった。

勇者パーティーにいたときよりも、いっそ心が晴れやかに感じられた。セロのことを役立たずとも、法術が使えないとも蔑む者はここにいない。むしろ、ルーシーはセロを信頼して、はっきりと大役を任せてくれた――

だから、セロはアイテムボックスから凶悪なモーニングスターを取り出した。

司祭は本来、杖かメイスを装備するのが通例だが、セロは勇者パーティーでも中衛で戦うことが多かったので、中距離でも攻撃できる武器を選んだ。

結果として、棘付き鉄球と鉄柄を鎖で繋いだモーニングスターを振り回しまくる光の司祭が爆誕したわけだが……闇の暗黒司祭となった今ではさほど違和感がなくなっている。これにはセロもさすがに苦笑した。

「さあ！　僕と共に死にたい者だけかかって来い！」

そんなセロの決死の覚悟に対して、数百もいた吸血鬼たちは躊躇した。

そもそも、セロは勇者パーティーの一員として真祖カミラを撃退するほどの力を持っている。しかも、誰でもいいから道連れにしようと、凶悪極まりない武器を構えてもいる。

一方で、ブラン公爵側は圧倒的に有利な立場だ。だから、こんな戦いで傷すら負いたくないという心理が吸血鬼たちについ働いてしまった。それに戦って死ぬことこそ誉れと考えるような潔い魔族はブラン公爵に味方などしていなかった。

要は、この場にいるほとんどの吸血鬼は日和見主義者なのだ。真祖カミラがいなくなったのでブラン公爵に付いた。ただそれだけなのに、決死のセロと馬鹿正直に戦いたくない……が。

「来ないならば、僕から行くぞ」

セロは淡々と告げた。

吸血鬼たちにとって、不思議とその言葉は死刑宣告のように響いた。

そこからは一方的な蹂躙が始まった――

「喰らえ！」

セロがモーニングスターを振るうたびに、吸血鬼の数がどんどん減っていくのだ。

吸血鬼も鬼のはずだが――棘付き鉄球を振るって吸血鬼たちをミンチにして、鉄柄で原形がなくなるほど殴打して、鎖で首を無慈悲に締め上げて、そうやって累々と積み重なっていく死体に片足をかけて、さらなる獲物を物色するセロはまさに悪鬼羅刹、あるいは修羅といってもよかった。

実際に、このときセロの髪は一部が硬質で鋭い角と化して突き出て、魔族としての凶悪さを強調するかのように象られていった。

「助けてええ！」

「俺の足が！　手が！」

「ヤバい……あれはヤバい……」

「この戦いが終わったら、屍喰鬼(グール)のあの娘と結婚するんだ……ぐぎゃ」

圧倒的に有利な立場にいたはずなのに、吸血鬼たちはパニックを起こしていた。

弱い吸血鬼などはその場から逃げ出そうとして、逆に「貴様だけ逃げるなあああ！」と、他の吸血鬼の手にかかる始末だ。

さらに、鬼ごっことはよく言ったもので、獲物を求めてセロは「次は誰だあああ？」と舌舐めずりまでしてみせる。こうなってしまうと、セロもいわゆるゾーンに入っていた。

だから、ルーシーとブランとの決戦はいまだ始まってすらいないというのに、もうすでに吸血鬼たちは半壊といった酷い有り様だった。

「あ、あ、あれは……いったい何だ？　私は……何を見せられているというのだ？」

ブランは呆然と、宙からその光景を眺めていた。

ルーシーとて、セロがここまで強いとは思っていなかった。

いや、強さは分かっていた。先ほど魔眼で確認したばかりだ。だが、そのルーシーとてセロの本質の一面しか見ていなかった――

勇者パーティーはセロが自動スキルの『導き手（コーチング）』を発揮していたから強かったわけではなかった。

むしろ逆だ。そう。セロそのものも、決定的かつ絶対的に強かったのだ。

決死の覚悟にて、自らも鼓舞し、そして高みへと導く。

さらなる強敵を求めて――

力を望んで。今はただ誉れだけ願って――

そうして、己の持つほとんどの魔力を自動スキルに注ぎ込んで、力の頂（いただき）へと己も導いていく――あの姿こそ、まさに魔王に相応しい。

「ふ、ははは」

ルーシーは思わず笑ってしまった。

そもそもルーシーこそ、今まさに実感しているのだ――

セロの自動スキルである『導き手』によって、本来の力よりも何倍にも強くなってしまったことを。

「ブランよ。すまないが、手加減をしてやれる自信がない」

「何だと……？」

「これほどに昂ったのは初めてだ。今の妾なら、第一魔王の地獄長サタンすら倒せそうだよ」

直後だ。

ブランがわずかに瞬きした間に――

「行くぞ、『浮遊』」

眼前にルーシーが跳んで来て、ブランの胸を血の魔剣で貫いていた。

「ば、馬鹿な……」

「言っただろう。手加減など出来ないと」

「これ、ほどの、力が、ありながら……なぜ、カミラの、もとで、大人しくしていた？」

ブランが震える手をルーシーへと伸ばすも――

ルーシーは「ふん」と鼻を鳴らして、突き刺した魔剣をそのまま上へと逆袈裟斬りにして、ブランの腕も飛ばしてしまった。そう。ルーシーも本来、セロの『導き手』がなくとも十分に強かったのだ。

「魔王になぞ興味がなかったからだ。母に何度も譲られかけたが、ずっと断ってきた」

「地位も……名誉も……求め、なかった、と言うのか？」

ブランの問いかけに対して、ルーシーは魔剣を上段に構えると、

「欲のない子だと、母からは散々言われたよ。ただ、そんな妾でも、今、やっと——心の底から欲するものができた」

「それ、は……何だ？」

「貴様程度の小物には一生かけても分かるまい」

刹那、真っ向からブランを斬りつけた。

ブランの体はバラバラになって地へと落ちていく。

「セロ！」

ルーシーが呼びかけると、セロも気づいたようだ。

モーニングスターを振り回して、棘付き鉄球でブランの体を魔核ごと一瞬でミンチにした。

その力強さに、ルーシーは改めて惚れ惚れとなった。

すると、まだ残っていた吸血鬼たちの残党は我先にと逃げ出した。峰で戦っていたので、転げ落ちて死ぬ者もいたほどだ。

「逃がしてもよかったの？」

セロが問うと、ルーシーは「ふふ」と微笑して肩をすくめた。いかにも有象無象などどうでもいいといったふうに——

「それよりも、セロよ。妾の前に立ってみよ」

セロは「ん？」といったん首を傾げるも、言われた通りにした。

すると、ルーシーは息がかかるほどの距離で、また魔眼を使ってみせた。こんなに無防備に魔眼を

使うものだから、もしかしたら求婚を意味するといった話は俗説なのかなとセロも訝しんだ。

「ふむん。やはりか。どうやらセロは戦っている最中に暗黒司祭から卒業したようだぞ」

「え？」

「すでに『愚者』になっている。これで古の魔王の力を継承したわけだな」

「ええと、それは……どういうことかな？」

セロがおどおどと尋ねると、すぐ眼前でルーシーは屈託のない笑みを浮かべてみせた。まるで殺伐とした峰に美しい花が一輪だけ咲いたようだった。

「皆まで言わせるな。セロは新たな魔王となったのだ。母たる真祖カミラに代わって、この地を治めなくてはいけない。まあ、せいぜい精を出すことだ」

ルーシーはそう言って、迷うことなくセロの頬にキスをした。

そして、両手を広げて、くるり、くるりとゆっくり回って離れていった。月明りに照らされて、そんな無邪気に振舞う姿を見つめながら、セロはつい頬をさすった。これほどに美しいルーシーを守る為にも、王になるのも悪くはないかなと思った瞬間だった。

こうして仲間はというと、ルーシーたった一人しかいない魔王が誕生したわけだが——何にしても、世界はすぐにセロを中心にして回っていくことになる。

物語は今、まさに動き出したばかりなのだ。

セロたちがいる王国北の魔族領から、ダークエルフが管轄している広い森林を超えた先に、西の魔族領がある。第七魔王の不死王リッチが治めている所領だ。

もっとも、領土のほとんどは湿地帯で、その最奥に不死王リッチは要塞のような墳丘墓を構えている。

そもそも、この湿地自体もかつて人族と魔族とが争って流れた血で出来たという曰く付きの古戦場でもある。十字の墓碑が幾つも不気味に立ち並び、いつもどんよりとしていて、晴れた日などあったためしがない……

そんな薄暗い魔族領に、勇者パーティーは侵攻していた。

「マジで陰気くせー場所だよなあ、おい」

モンクのパーンチがそう不平を漏らすと、勇者バーバルも「ふん」と鼻で笑った。

「所詮、最弱の魔王。相応しい領地じゃないか」

そう。第七魔王の不死王リッチは最弱として知られていた。

そもそも、リッチは今でこそ生ける屍（リビングデッド）の王を名乗ってはいるものの、もとはと言えば第四魔王こと死神レトゥスの配下に過ぎなかった。

それがどういう経緯なのかは伝わっていないが、地下世界にいる死神レトゥスと決別して地上に出てきた。そして、土地がほぼ湿原なので、ろくに治めようとする者がいなかったこの地に腰を落ち着けたわけだ。

だから、バーバルからしてみても、今回は魔王討伐というより、中ボスでも倒しに行くかといった気軽な感覚でしかなかった。ただし、不死王リッチは個体としてはたしかに強くないものの、何しろ無尽蔵の屍鬼（ゾンビ）や屍喰鬼（グール）などを配下に従えている。

その為、今回だけは亡者退治の専門家でもある聖女クリーンと大神殿に所属する騎士団にも同行してもらっている格好だ。いちいち生ける屍の群れを倒すのも面倒なので、魔女モタらが中心となって、全員に『擬態』、『不可視化』や『静音』などの認識阻害の魔術をかけて慎重に進んでいる。

さて、その同行者の聖女クリーンはというと、すでにため息をついていた――

「おい、バーバルよ。不死王リッチってのは、真祖カミラと比べるとどんなもんなんだ？」

「勘弁してくれ、パーンチ。そのぐらいは事前に調べておけ。あの屑野郎（ゼロ）でも、それぐらいの知識は持っていたぞ」

「オレは実戦派なんだよ。それにあいつだって、お頭（つむ）の出来は褒められたもんだっただろう？」

「ふん。どのみち役立たずには違いないが……」

聖女クリーンはそんなやり取りを聞いて、不安を感じたのか、つい額に片手をやった。勇者バーバルとモンクのパーンチに緊張感の欠片もなかったせいだ。

背後にちらりと視線をやると、本来はパーティーの前衛にいて、いついかなる攻撃にも対処すべき女聖騎士のキャトルがなぜか中衛の位置にいて、きれいな金髪をずっといじっている。

魔女のモタは「くらーい。こわーい。お家に帰りたーい」と、ぶつぶつと不満しか言っていなかったし、唯一まともなはずのエルフの狙撃手トゥレスはというと、なぜか騎士団に交じって行動している。どうやら騎士たちを壁や囮にするつもりのようだ……

これが本当に勇者パーティーなのかと、クリーンはその実態を初めて見て、頭痛がしてきた。まあ、そうはいっても第六魔王の真祖カミラを討伐した実績はあるのだ。本番になれば一騎当千の活躍をしてくれるに違いないとクリーンは考え直した。

が。

「『索敵』に反応あり！　敵、生ける屍（リビングデッド）、多数！　囲まれています！」

声を上げたのは、騎士団に所属している若い弓士だった。

なぜ下級職業の弓士の方が上級の狙撃手よりも先に警告を発したのかと、聖女クリーンはエルフのトゥレスをきつく睨みつけた。すると、トゥレスはいかにも気分を害したといった表情を浮かべてみせる。

「エルフはこういったどんよりした場所が苦手なのだよ。力が減じることぐらい、ご存じだったのではないかね？」

そんなもの知るわけがない、と聖女クリーンはつい怒鳴りつけたくなった。

だが、「ふ、ははは」と、勇者バーバルが呑気に笑い声を上げた。

「まあ、クリーンよ。そう責めてやるな。せっかくの美しい顔が台無しだぞ。それに今日はトゥレスもお休みということだろう？　たまにはそういう日もあっていい。所詮、相手は雑魚に最弱だ」

勇者バーバルがそう声をかけると、狙撃手のトゥレスは「ふっ」と含み笑いを浮かべてみせた。

「よっしゃあああ！　いっちょ、派手に喧嘩をおっぱじめようぜ！」

同時に、モンクのパーンチが雄叫びを上げる。

スキルの『ウォークライ』だ。神殿の騎士団も含めて味方全員にわずかだが攻撃力上昇の効果（バフ）がかかった。

それに加えて、勇者バーバルは聖剣で横薙ぎにして、迫りくる亡者たちを一刀両断にした。さらには魔女モタが範囲攻撃の『火炎暴風（ファイアストーム）』の魔術で一斉に焼き払っていく。

これにには聖女クリーンも目を見張った。

やるときはやるタイプが集まったのかなと、評価を上方修正したわけだ。

クリーンも負けてはいられないと、配下の騎士団に向けて手慣れた指示をてきぱきと出す。

「皆様！　勇者パーティーを援護いたします！　勇者バーバル様の背後を固めて、勇者様が開いた進路に続いてください！　後方支援は私が務めます！」


……

…………

……………

そうこうして小一時間も経たないうちに、聖女クリーンの勇者パーティーに対する評価は——

あっけなく地に落ちることになった。


「この方々では……駄目ですね。神殿騎士団で何とか窮地を切り抜けないと……」

聖女クリーンは大きなため息をつくしかなかった。

というのも、勇者パーティーの戦いぶりが散々だったせいだ——

まず、パーティーに連携が全くなかった。それぞれが好き勝手に動いているのだ。

モンクのパーンチは少しでも強い敵を求めて、湿地帯を適当に駆け回っているし、女聖騎士キャトルは前衛に行くべきか、後衛に回るべきか、守るべき対象をいまだに決めかねている有り様だ。

エルフの狙撃手トゥレスはやる気がないのか、さっきから騎士団のそばでじっとしていてかえって邪魔になっているし、魔女モタに至っては、初手で範囲魔術を仕掛けたせいで亡者たちにつけ狙われて、さっきから「わーん」と逃げ惑っている状況だ。

そんな中でも唯一、まともに動いていたのが勇者バーバルだったわけだが――

生ける屍(リビングデッド)を薙ぎ払うたびにクリーンに白い歯を見せつけて、いちいち爽やかな眼差しまで送ってくる。

最初のうちは聖女クリーンも、バーバルのモチベーションを保つ為にも笑みで応えてあげていたが、そろそろいい加減に鬱陶しくなってきた……

しかも、時間が経つにつれて、勇者パーティーの動きは鈍くなっていった。

クリーンも当初は湿地に『鈍重』などのフィールド効果があって、能力低下(デバフ)にでもかかったのかと疑ったが、騎士たちの奮戦を見るに、どうやら敵の設置罠に嵌ったわけではなさそうだ。

となると、単純に継戦能力が足りていないことになるわけだが……真祖カミラを討つほどのパーティーなのに基礎的な体力に欠けているというのはいかにもおかしい……

そもそもからして、勇者バーバルはそれほど強くもなかった。

墳丘墓に近づくと、不死王リッチの配下である不死将デュラハンが出てきたわけだが、勇者バーバルは手も足も出なかったのだ。

モンクのパーンチが横槍を入れてきて、女聖騎士キャトルもやっと前衛に応戦に出て、三対一にて戦いぶりも様になってきたのだが……それを見てクリーンはむしろ頭を抱えた。やはり連携も何もろくになかったせいだ。

こんな状況下で不死王リッチや他の配下の将が打って出てきたら、間違いなく勇者パーティーも騎士団も壊滅することだろう。

ここに至って、クリーンは決断するしかなかった——

「撤退いたします！　騎士団は退路の確保を優先してください！」

聖女クリーンはそう声を張り上げて、それから逃げ回っていた魔女モタの首根っこを押さえると、

「騎士団が護衛いたします。範囲魔術で退路にいる亡者どもを優先的に倒してください。お願いします」

「えー。でも、バーバルたち、まだやる気だよー」

「やる気だけでは勝てません！　このままでは全滅です！　ここが私たちの墓場になってしまうのですよ！」

「ううー」

魔女モタは「もうやだー」と泣きべそになりながらも、『火炎暴風』で後方にいた生ける屍（リビングデッド）の群れを焼き尽くしていった。驚いたことに、狙撃手トゥレスはいまだ何もせずに一番安全な場所にいる始末だ。

すると、勇者バーバルは当然のように怒鳴ってきた。

「聖女クリーンよ！　撤退するとは何事だ！」

「冷静にお考え下さい。不死将デュラハンだけでも苦戦しているのに、さらに不死王リッチがこの場

に出てきたら壊滅してしまいます」

「俺は勇者だ！　何とかしてみせる！」

「それほどまでに戦い続けたいと仰るのでしたら貴方がただけでどうぞ。これ以上はどう考えても危険です」

「ふん！　所詮は聖女か！　身の安全が一番と見える！」

「もう付き合いきれません！　こんな戦いぶりで、よくもまあ真祖カミラを討伐出来たものですね」


よほど光の司祭セロが支援役として優秀だったのではないですか――


とは、聖女クリーンもさすがに言葉を飲み込んだ。勇者バーバルは血走った眼差しを聖女クリーンに向けてきたが、それでも戦況を理解するくらいのお頭(つむ)は持っていたようだ。

「ちぃ！　退くぞ！　パーンチ、キャトル――俺を援護しろ！」

こうして勇者パーティーは不死王リッチに接敵することすら出来ずに、初めて敗北したのだった。


勇者パーティー、聖女クリーンと神殿の騎士団は這(ほ)う這(ほ)うの体(てい)で王国に帰還した。

聖剣に選ばれて勇者となってから初めての敗北に、さすがの王女プリムも青ざめたが、玉座の間にて勇者バーバルが現王の前で跪いて、「不甲斐なくも、亡者の軍勢の数の暴力に抗しきれませんでした」と自己弁護すると、クリーンも口裏を合わせてくれたので何とかその場は収まった。

すると、現王の横にいた王女プリムがいかにも世間知らずのお嬢様といったふうに、

「最弱とされる不死王リッチはそれほどに強かったのですか?」

と、勇者バーバルをいかにも逆撫でするようなことを尋ねてきた。

もっとも、王女プリムに他意はなかった。お人形のような可愛らしいお姫様なので、純粋に疑問に思っただけだろう。

バーバルからしても、寝物語でこの婚約者に己の強さがどれほどのものか散々語ってきたこともあってか、その配下の不死将デュラハンにすら太刀打ち出来ませんでしたとは答えられず、さすがに答えに窮してしまったのか、

「いえ、敵が強いだなんてこれっぽっちも思っていませんよ。聖女クリーンが逃げ出さなければ勝てた戦いです。足を引っ張られたようなものですよ」

そう強がって、何とまあ、恥ずかしげもなく責任転嫁してしまった。

聖女クリーンはすぐにかちんときたものの、現王の御前で口喧嘩するほど短絡的でもなかった。

一方で、色めきだったのはむしろ神殿の騎士団だ。勇者パーティーがどれだけ情けない戦いぶりだったのか——そんな噂が広まっていくのに一日とかからなかった。

さて、王城の客間に入った勇者バーバルはロングテーブルをドンっと叩きつけた。

「役に立たない聖女と騎士団どもめ! 彼奴らこそ、ただのお荷物だったではないか! 勝手に逃げ

やがって！」

　聖女クリーンが機転をきかせて騎士団に退路を確保させなければ、パーティーは間違いなく全滅していたであろうことは棚に上げて、勇者バーバルは不満を募らせた。

「俺は勇者だぞ！　負けるはずなどないのだ！」

「でもでも、デュラハンにー、手こずっていたんじゃない？」

　魔女モタが唇を尖らせながら聞くと、勇者バーバルは「ふん」と鼻を鳴らした。

　激昂したバーバルは手に負えない性質（たち）だったが、パーティー最古参のモタの言うことだけは昔から意外と素直に聞いた。実際に、バーバルを宥めるのは、同郷で幼馴染のセロか、古株のモタの役割だった。

「モタよ。あれは仕方がなかろう？　相手が変則的に過ぎたのだ」

「どんなふうにー？」

「首から上もなければ、鎧の中身さえもないのだぞ。いったい剣でどう切れというんだ？」

「ふうーん」

　魔女モタが曖昧な相槌を打つと、モンクのパーンチが話に割って入ってきた。

「だから、オレに全て任せて、拳一つでぶっ潰させろとあの場で何度も言ったじゃねえか」

「それで何とかなる相手には見えなかったぞ」

「いーや、何とかなったね。次からはオレの判断で戦わせてもらうぞ」

「はん。勝手にしろ」

　すると、ドアをこんこんと丁寧にノックする音がしたので、魔女モタが振り返って「どぞー」と応

じると、

「失礼いたします」

意外なことに、聖女クリーンが供回りも連れずに一人で客間に入ってきた。

クリーンからすると、先ほどの玉座での勇者バーバルの言い様をよほど詰問したかったのだが、

「ふう」と一つだけ息をついて、いったん気持ちを落ち着かせると、

「まず、勇者パーティーの皆様にお聞きしたいのですが……なぜ、不死将デュラハン如きに後れを取ったのですか？」

真剣な表情でそう尋ねた——

たとえ勇者パーティーと神殿の騎士団が不仲になろうとも、第七魔王の不死王リッチはいずれ討たなくてはいけない相手だ。だから、第二次討伐があった場合を考慮して、今度は本当にまともに戦えるのかと、あくまでも実務的な話し合いがしたかったわけだ。

が。

勇者バーバルは聞く耳など持っていなかった。

「後れなど取っていない！」

「ですが、三対一でも苦戦していたように見えましたが？」

「ふん！　ド素人の聖女様にはせいぜいそんなふうに見えたんだろうな」

「ド素人？　お言葉ですが、あの戦いは失態以外の何物でもないはずです。御前では仕方なく口裏を合わせて差し上げましたが、何でしたら今から改めて現王に奏上いたしますが？」

聖女クリーンに詰め寄られて、勇者バーバルは玉座のときと同様にまた答えに窮した。

「くそっ……ただ、調子が悪かっただけだよ……次は上手くやるさ」

もっとも、しばらくして出てきた言葉はまるで子供じみた返事だった。

聖女クリーンは頭を横に振った。なぜこのような男に惚れてしまったのかと、百年の恋も冷めたような気分だ。

すると、意外なところから声が上がった。

「バーバルよ。素直に認めればいいではないか。セロがいなくなったせいだろう？」

エルフの狙撃手トゥレスの唐突な問いかけに、客間は数瞬だけ、しーんとなった。まるで静寂がその場を支配したかのようだった。

そんな静けさをモンクのパーンチが破った。

「まあ、セロはたしかに法術は使えなかったが、支援役としては優秀ではあったよな」

「ふざけるな！　あんな屑のことなど、どうでもいい！」

「どうでもよくはねえだろ？　テメエの調子が悪かったのも、トゥレスの言う通り、セロがいなかったせいじゃねえか？」

「パーンチよ。貴様、何が言いたい？」

「もともとこのパーティーはセロの『導き手(コーチング)』ありきだったという話さ」

直後だ。

勇者バーバルはロングテーブルを拳一つで叩き折った。

「それ以上つまらんことを言ったら、ここで殺すぞ。パーンチよ」

「ほう。いいぜ。一回、勇者様とは殺り(や)合ってみたかったんだよなあ」

二人は即座に立ち上がった。睨み合いで火花が散っている。

だが、聖女クリーンは「お止めなさい！」と一喝した。

「この王城で戦うというのなら、大逆罪と国家転覆罪が適用されますよ！」

そう指摘されて、勇者バーバルとモンクのパーンチは「ちい」と舌打ちしてから渋々と腰を下ろした。「ふん」と互いに顔を背ける様はまるで子供みたいだ。そんな様子に聖女クリーンは「はあ」と大きなため息をついてから、パーンチに改めて尋ねた。

「それよりも、セロ様の『導き手』ありきというのはどういうことですか？」

その質問に対して、モンクのパーンチは思案顔で椅子の背にゆっくりともたれて、一呼吸してから答えた。

「オレはこのパーティーに正式に加入したのが一番遅いんだ。だが、バーバルたちが駆け出し冒険者だった頃から、依頼（クエスト）で何度か共闘したことはあってよ。そのたび、オレはいつもの倍以上の力を得ている感覚があったんだ。まあ、オレに話せるとしたらそんなところだ」

「その感覚がセロ様の自動スキルである『導き手』による効果だったということですか？」

「多分な。実際に、パーティー本来の力が知りたいからっていうバーバルの口車に乗っかって、ためしにセロを追い出してみたらこの様（ざま）だ」

モンクのパーンチが皮肉を含んだ口調で言うと、勇者バーバルは怒りを滲ませた眼差しを向けてきた。

「パーンチ！」

「事実だろうがよ」

再度、二人は立ち上がった。

さすがに聖女クリーンも付き合いきれないと、呆れたように頭を横に小さく振った。

だが、そんな二人はというと、ぶるりと一瞬だけ体を震わせた。空気がどこかざわついていたからだ。実際に、すぐそばには二人よりもよほど怒りに打ち震えている者がいた。

「わたし、そんな話……聞いてないんだけど……」

そう呟いたのは、魔女のモタだった。

「セロは強情だからって！　呪いの解呪に専念させてあげる為に、いったんこのパーティーから離れてもらっただけなんじゃなかったの？　追い出したってどういうこと？　口車って何？　ねえ！　答えてよ、バーバル！」

魔女モタの叫びはさながら呪言のように部屋に漂い続けて、勇者バーバルはしばらく言葉を失った。バーバルの詭弁がパーティー内に亀裂を入れたのだった。


さて、少しだけ時間は遡る。勇者パーティーが第六魔王国に赴く、数日前の話だ――

その第六魔王こと真祖カミラに言われて、吸血鬼ルーシーは魔王城よりずっと北にある古城を訪れていた。

ここは遠戚である女吸血鬼モルモの居城だ。

もっとも、居城とはいっても円塔しか残されていない。廃墟の中にぽつんと建っているだけだ。

北海に面した崖上にあって、なだらかな丘陵をずっと上った先にある城だ。かつては海を望む保養地だったのだろうが、今となっては寂れた場所に過ぎない。

ただ、寂れているのは当の建物だけで、その周辺一帯は菜園と果樹園が広がっている。よく手入れされた庭園にもなっていて、こぢんまりとした居城とはいかにも対照的だ。

モルモはブランと同様に公爵の爵位を持っていて、真祖カミラに次ぐとされる吸血鬼の大物だ。カミラを第一真祖、モルモを第二真祖と呼ぶ者もいる。だが、ブランとは違って、モルモは眷族をほとんど持たない。野心もとうに捨て去ってしまった。

それでも古(いにしえ)の時代にはカミラと同様にぶいぶい言わせていたと本人は語るのだが、今ではどこぞの聖女よりも後光が差して、吸血鬼なのに聖母らしい外見もあってか、ルーシーにはそんな昔話が到底信じられない……

とはいえ、ルーシーはモルモが少しだけ苦手だった。

理由はとても単純だ――

「あら、ルーシーちゃん。ようこそ。旦那様はまだ見つけてないの？」

モルモは自身のことを棚に上げて、ルーシーの結婚相手を早く紹介しろとせっついてくるのだ。こうなると最早、たまにしか会わない親戚の厄介なおばちゃんである。

「うむ。モルモよ。なかなか機会がないのだ」

「機会なんて作るものよ。ちょうど良かったわ。せっかくだから私が紹介してあげる」

こうしてモルモはルーシーに姿絵を何枚も見せつけてくる。

ボケてはいないはずだが、前回断った者もしれっと入れてくるから困りものだ。

そもそも、吸血鬼の世界は狭い。というか、極端な話をするとほとんどが遠戚のようなものなので、真祖カミラの長女ルーシーに見合うだけの人物となるとどうしても限られてくる――

「ほら、こっちのダークエルフなんてどう？　『迷いの森』でリーダーをやっているそうよ。なかなかイケメンじゃない？」

おかげで最近は別種族から見繕ってくる始末だ。

この大陸では異種族婚が珍しくなく、そもそも亜人族は人族と動物が結ばれて出来たなどという逸話もあるぐらいだ。何にしても、ルーシーは「むう」と唇を一文字に引き締める。

「このドワーフの若者とか？」、「最近、どこかの砦に強い魔族が現れたそうよ」、「エルフの族長は……性格が悪いって言うわね」、「何なら人族だっていいんじゃない？　秘湯好きのこの人なんてなかなかの趣味人らしいわ」、「そういえば、南方の島嶼(とうしょ)国には巨大蛸がいるそうよ」

と、マシンガンのように言ってくるものだから、ルーシーは着いて早々、帰りのことを考え始めた。

そのときだ。

「――――っ！」

ルーシーはぶるりと震えた。

急に背筋が冷たくなったのだ。虫の知らせというわけではないが、何だか嫌な予感がした。

どうやらモルモも同じことを感じ取ったらしく、先ほどまでの親戚のおばちゃんモードから打って変わって、いかにも第二真祖らしくルーシーに粛々と告げる。

「何かが起きたようね。カミラに異変が生じたのかもしれない」

「はい。申し訳ありませんが――」

「構わないわ。カミラのことだから大丈夫だとは思うけど……魔王城に急ぎなさい」

こうしてルーシーは早々に帰路についた。

モルモからはどこで仕入れたのか、ファンシーグッズをたくさんもらったわけだが……心はどうにも晴れなかった。本当に何か良からぬことが起きているのかもしれない。

このとき、真祖カミラは勇者パーティーに敗れ、その後に何の因果か、ルーシーは母を倒したセロと出会うわけだが――そんなルーシーが伴侶を連れてモルモのもとにやって来るのは、まだまだしばらく後の話である。

四竜の試練

吸血鬼のブラン公爵を倒して、その残党が慌てふためいて逃げていく後姿を見送ってから、セロは魔王城の前庭で腕組みをしながら、

「魔王になったのはいいんだけどさ。せめて魔術の一つぐらい使えないとなあ……」

と、自身の特異体質についてため息混じりに嘆いた。

ルーシーの魔眼によって教えてもらったばかりだが、セロは自動スキルに魔力のほとんどを吸い取られるかのように持っていかれるので、他のスキルを使うだけの余力がない。

おかげで司祭時代は法術をろくに扱えなかった。

今では魔王となったわけだが、魔術の一つも使えない魔王など前代未聞だ。

こうなったらモンクのパーンチでも見習って、肉体言語で語る魔王にでもなるしかないかなと、セロがシャドーボクシングをしていると、ルーシーは首を九十度、左右にひょいと傾けた。まるでストレッチみたいだ。

「何をやっているのだ？　魔術ならとっくに使えるようになっているぞ」

「……え？」

セロはついぽかんとなった。

「だって……ルーシーが使えないって教えてくれたばかりじゃないか」

「それは暗黒司祭だったときの話だ。今は成長して愚者となった」

「何か大きく変わったの？」

「ただでさえ多かった魔力量がさらに倍になっている。もちろん、自動スキルに魔力のほとんどを持っていかれるという体質自体は変わっていないが、以前よりも余った魔力量が増えているからスキルは使えるようになったはずだ」

「そういうことか！」

とはいえ、大したことは出来ないらしい……

それでもセロは興奮していた。何せ、初めての魔術だ。

法術じゃないのが残念だが、魔術なら散々、魔女のモタが詠唱しているのをすぐそばで見てきた。

だから、物真似ではあったが、セロはいかにも初心者がやるように右掌を開いてから真っ直ぐ前方に突き出し、聞き覚えのある呪詞を唱えてから、魔王城正面から下へと延びている坂道に落ちていた枯れ枝に向けて——

「灯れ、『とろ火（スロウフレイム）』！」

と、放った。

野営で炭に着火するときにモタがよく扱っていた生活魔術だ。

村人や子供たちでも使える初歩の初歩だが、セロはスキルがろくに使えなかったので、ずっと火打ち石で火花を散らしてきた。だから、簡単に火起こしするモタを心底羨ましく思ったものだ。

それはさておき、セロの掌からは、ぽんっと——

いかにも消え入りそうなとろ火が現れて、ふらふらと宙を彷徨（さまよ）った。

「すごい、出来たよ！　ルーシー！」

セロは幼子のようにはしゃいだ。

あくまでも初歩的なものとはいえ、生まれて初めての魔術だ。うれしくないはずがない。

そんな微かな火は不安定に揺らめきつつも、ゆっくりと宙を移(うつ)ろって、やっとぽつりと坂道の枯れ枝に落ちた。

セロはというと、せっかくだからそれを種火にでもして、ルーシーに何か調理でもしてあげようかなと坂道の方に一歩踏み出した――

直後だ。

轟々、と。

大きな火柱が幾つも立ち上がった。

しかも、それは業火に変じて、山腹一帯は通行不能の溶岩(マグマ)と化していった。夜で暗くなっていたので、ちょうど良い明かりにもなった。

「……………」

もっとも、セロはその結果に白々とした表情を浮かべるしかなかった。

それから、「これって……どういうこと？」と、ルーシーへとゆっくりと振り返った。

「魔王になったのだ。それぐらいは当然だろう」

「いやいやいや、当然って……生活魔術の『とろ火』だよ。初級中の初級だよ。片田舎でも子供が練習で扱うような代物だよ。それがいきなり溶岩って……いったいどうなっているのさ？」

セロが詰め寄ると、ルーシーは「はあ」とあからさまにため息をついた。

「前にも言ったが、セロ自身にも『導き手』がかかっているのだ。最下級の生活魔術の『とろ火』が最上級の攻撃魔術の『炎獄(ヘルファイア)』になってしまってもおかしくはない」

「おかしくはないって……ていうか、これ、消えるのかな？」

「水の魔術で相殺すればいい」

「そうか。分かった。じゃあ、早速――」

「いや。止めよ、セロ。むしろ、このままでいい。この魔王城は峰にあるとはいえ、四方に開けすぎていた。いっそもう一方も通れないようにしようではないか」

ルーシーにそう提案されたので、セロはもう片方の山の中腹にある道にも魔術を使うことにした。

今度は水の生活魔術だ。コップに入れる指先ぐらいの氷塊をイメージして、

「冷やせ、『粒氷(アイスグレイン)』！」

そう唱えると、小さな欠片が指先から生じて、ぽとりと地に落ちた――

次の瞬間、カチカチ、と。

眼前の一帯が氷漬けになった。

というか、永久凍土の断崖絶壁が出来上がってしまった。こちらも月明りを受けて妙に煌めいている。溶岩といい、これなら魔王城周辺は灯りいらずだ。

「…………」

もっとも、セロは遠い目をしつつも、しばらくは魔術を使うのは止めようかなと思い至った。コントロールも出来ないうちに下手に使うと、ここら一帯に地殻変動でも起こしかねない……

仕方がないので、セロはいったん魔術とは違う話題をルーシーに振った。

「そういえば、この魔王城には他に誰も住んでいないのかな?」

「ふむ。今は妾しかいないぞ」

「じゃあ、昔は?」

「執事やメイドがいたのだが……勇者パーティーは手を下していないのか?」

そう聞かれて、セロは眉間に皺を寄せた。少なくとも魔王城に着いたときには真祖カミラしかいなかったはずだ。

「うん。僕たちは城内では一人も倒していないはずだけど……」

「だとしたら、母によってどこかに出されたのだろう」

「なら、帰ってきてくれるかな?」

「さあな。母が戦禍から逃す為に休みを与えただけなら帰ってくるやもしれないが、暇を出してしまったならもう他の魔王などに雇われている可能性が高いな。魔王城に長らく勤めていた者たちだ。すぐに仕官先も見つかるはずだ」

セロは「ふうん」と相槌を打って、ルーシーと一緒に裏山の方に歩いて行った。

魔王城前の二つの坂道がセロによって閉ざされた現状では、城に通じているのは裏の岩山だけとなる。ふもとの洞窟から入って頂に出るルートと、岩山に沿って段々となった丘陵を上がってくるルートの二つだ。

先ほど、セロはルーシーと一緒に後者を通って魔王城まで上がって来たわけだが、今度はその道を逆に下っている。ところが、その途中でセロはふと立ち止まった。

「セロよ。急にどうしたのだ?」

「いや、ちょっと不思議に思ったんだ。なぜ僕はこの山のふもとに転送されたんだろうかなってさ」

セロはふいに一抹の不安を覚えた。

さっと見渡してみても、魔族領とはいえ、ごく普通の岩山に見える。

魔王城のすぐ裏手にある山だが、第六魔王こと真祖カミラを討伐しに来たときには城の正面の坂道から侵攻したので、この裏山のどちらのルートも通らなかった。一方で、聖女クリーンはその気になれば、いつでも城の背後にあるこの山のふもとに誰かを転送出来るわけだ。

もちろん、法術による転送陣は大量の魔力を消費するから連発は無理だ。

それにいくらクリーンでもパーティー全員を送ることも難しいはずだ。だが、勇者バーバル一人だけを今すぐに寄越すことなら容易だろう。

そう考えると、この裏山の坂道が一番危険に思えてきた。だから、そのことをルーシーに説明すると、

「ふむん。そういうことか。実のところ、ここは姥捨て山と呼ばれているのだ」

「姥捨て山？」

「そうだ。時折、ふもとに人族が転送されてくるからな」

「まさか、僕みたいに？」

「うむ。なぜこの場所が転送先として指定されているのかは知らん。だが、この百年ほどそういう現象が続いていることから、故意で送ってきたことは間違いあるまい。ちなみに、セロをここに送ってきたのは誰だったのだ？」

「王国の大神殿に所属している聖女クリーンだよ」

「ほう。だとしたら、この地に来た者たちは、代々の聖女に転送されてきたのかもしれんな」

「僕は……たまたまルーシーに助けられたわけだけど、他に転送された人たちはどうなったんだろう？」

セロがそう尋ねると、ルーシーは遠くにある樹海の先を指差した。

「セロは夜目が利く方か？」

「まあ、冒険者をやっていたからそれなりには」

「では、あの『迷いの森』の向こうにある、どんよりとした湿地帯が見えるか？」

「うん。何とか。とても薄気味悪い場所だね」

「あのあたりが西の魔族領になる」

「西というと……第七魔王の不死王リッチが治めている所領か」

「ほう。さすがに知っているか。まあ、ここからだと薄暗いせいで彼奴が住んでいる墳丘墓までは見えないわけだが、湿地帯のすぐ手前に城塞都市があるのは分かるだろう？」

「ああ。何だか生活感のある明かりが漏れているね。でも、城塞都市というより、砦と言った方が規模的に正確じゃない？　ただ……おかしいな。王国はあんなところに拠点なんて持っていなかったはずだけど」

「ふむん。何にしても、あそこにいる」

「え？」

「セロと同様に転送された人族だ。ほとんどが呪人のはずだが、おそらく峰にある魔王城を見て、逃げるようにして反対側の森に進むのだろうな。その森に住むダークエルフが憐れんだのか、砦のことを教えてやっているに違いない」

「……………」

セロはつい呆然とした。

ルーシーの話ぶりからすると、まるで呪いを受けた王国の人たちが定期的に転送されているといったふうに聞こえたからだ。いや、実際にその通りなのだろう。

だとすると、大神殿でも解呪出来ないほどの強力な呪いにかかった者がこれまでに幾人もいたということになる。セロは魔王討伐時に真祖カミラから『断末魔の叫び』を受けたわけだが、それではいったい他の者たちはどうやってそれほど強力な呪いにかかったというのか……

そもそも、呪いに詳しいはずの聖職者だったセロはそんな話を一度も耳にしたことがなかった。

「これはいったい……どういうことなんだろう？」

もちろん、答えなど全く分からなかったが――

セロはどこか陰謀めいたものを感じ取って、ぶるりと小さく身震いした。

ついさっきも、吸血鬼のブラン公爵は勇者パーティーに裏切り者がいると示唆したばかりだ。どうやらセロの全く与り知らないところで、何か良からぬことが蠢いているようだった。

すると、そんなセロを気遣ってくれたのか、

「魔王城の補修などが終わったら、あの砦にでも一度行ってみるといい。今さらだろうが、呪いについて何か分かるやもしれんぞ」

ルーシーはそう言って、セロのすぐそばに寄り添った。

セロはついどきりとした。どうやらルーシーは真祖直系の実娘ということもあってか、無垢なお姫

様らしく、異性に対する警戒心が薄いというか、あまりに無防備というか、たまに驚くほど距離が近いことがある。

今も息がかかりそうなほどそばまで来ると、ルーシーは急にセロの片手を取って、

「こちらに来い」

とセロを引っ張って、裏山の坂道をゆっくりと下りていった。

その繋いだ手が何だか熱い。手汗をかいていやしないか、セロはちょっとだけはらはらした。

そういえば、頬にキスされたことはあったが、こういうふうに互いにしっかりと触れ合ったのは初めてだ。おかげで、セロの心臓はドクン、ドクンとやけに波打った。

「ど、ど、どこに……行くのさ？」

「セロは新たな魔王になったわけだからな。もう夜になってしまったが、少しでも早く挨拶に行かなくてはいけない」

「挨拶？　ええと……いったい、誰に？」

「人族でいうところの土地神様のようなものだ」

セロはふと首を傾げた。

魔族が神様を信仰しているなんてそれこそ聞いたことがなかった。

そのせいか、セロはやや浮かれていたこともあって、先ほどよりもよほど間の抜けた表情にでもなっていたのだろう。ルーシーは「うふふ」とひとしきり笑みを浮かべてみせると、まるで小悪魔みたいに上目遣いで言ってきた。

「世界最強の一角、土竜ゴライアス様だ。いいか、セロよ。死ぬなよ」

挨拶するだけで死ぬようなことがあるのかな、と。

セロはとても疑問に感じたが……何にせよ、それから数分後に、本当に死に直面するような事態になるとは、さすがのセロでも考えてすらいなかった。


裏山の坂道の途中までやって来ると、ルーシーは岩肌にそっと手を当てた。そのとたん、岩がうっすらと消えて魔法陣が刻んである扉が出てきた。

「認識阻害をかけていたのか」

セロが感心すると、ルーシーは「あっ」と、ふいに何かを思い出したといったふうに坂下の方にも右掌をかざして何事か呟いた。

直後、山のふもとに通じる道が断崖絶壁に変じた。

おそらく、もともとこの坂道にも認識阻害をかけていたのだろう。山のふもとにセロが倒れていたので、ルーシーはそれをいったん解いて、わざわざセロを起こしにやって来たということか……

何にしても、これで魔王城に通じるルートは洞窟内を通るしかなくなったわけだ。

そんな洞窟の中にセロとルーシーは横合いの扉から入っていく。ダンジョン攻略に精を出していた勇者パーティーの元一員としては、何だかズルをしている気分ではあったが、人工的な螺旋階段を下りていった先で一気に広がった光景を見て、そんな思いはあっけなく吹っ飛んだ。

何しろ、そこには壮大な地底湖があったのだ。

しかも、その湖畔に魔王城ほどの巨大な山まであった。

いや、違う。あれこそが――土竜ゴライアスなのだとセロは魔力反応で気づいた。

すると、ルーシーはその山の前で跪いた。

「ゴライアス様、突然の訪問をどうかお許しください」

セロもすぐに真似をする。

すると、巨山がごろんと動いた。

一見するとモグラだったが、背中に甲羅のような物を背負っているので亀みたいだし、尻尾はさながらミミズそのものだ。何にしても、セロは圧倒された。これほどに桁違いの生物に見えたのは初めてだ。

そんな何もかも超越した巨獣、土竜ゴライアスが言葉をかけてくる。

「其方（そなた）はたしか……真祖カミラの娘だったか」

「はい。長女ルーシーでございます。お久しぶりです。それと、この者が――」

ルーシーはそこでいったん言葉を切って、ちらりとセロに視線を寄越したので、

「僕は、セロと申しまふ」

うっ。噛んだ……

セロはついあたふたした。

ルーシーはというと、横で必死に笑うのを堪えている。

だが、土竜ゴライアスは構わずにセロの方に目を向けてきた。もっとも、モグラと同様に目は色を失っているようで、本当にセロに焦点を合わせたのかどうかはよく分からなかった……

「なるほど、愚者か。古の魔王の力を継ぐ者がついに生じたわけか。とはいえ、これまた懐かしい称号を持った魔王を連れてきたものだな……そうか。其方と共にここに来たということは、真祖カミラは亡くなったのだな？　だから、この地に新たな魔王を立てたいと？」

土竜ゴライアスは特に答えを求めるわけでもなく、そんなふうに独り言ちた。

セロもルーシーも顔を伏せたまま、じっと跪いたままだ。

「ふむ。地上世界の営みなど、とうに興味も失せたというに、其方たち吸血鬼は律儀なものだな。まあ、よかろう。ただし、古の作法に則って、その者には我から試練を与える」

そのとたん、強烈な気迫を感じて、セロは土竜ゴライアスを仰ぎ見た。

「新たな愚者よ。其方の力を我に見せつけてみよ」

そう挑発されたので、セロは立ち上がった。

もっとも、よく立ち上がれたものだなとセロは自分自身に感心した。

実際に、今も気迫に押されて、両膝がぶるぶると震えている。せめて武者震いだと思いたいものだが……

一方で、ルーシーは螺旋階段の方へと素早く後退していった。

同時に、土竜ゴライアスは湖畔に結界を張った。地底湖の上壁に生息していたコウモリなどは逃げ遅れてしまったようだが、それなりに賢いのか、被害を受けないように、ぱた、ぱた、と遠ざかっていく。

そんな避難を見届けてから、セロはアイテムボックスからモーニングスターを取り出した。

「では、行きます！」

セロはそう声を上げると、

「うおおおお！」

と、愚直に突進した。

というか、むしろ真っ直ぐに駆けることしか出来なかった。それほどに力の差を感じたわけだ。

だから、セロは試練の解答として、ただ会心の一撃のみを叩きつけようと、土竜ゴライアスまでの距離を一気に詰めた。

が。

その直後だ。地底湖の大地が揺れた。

土竜ゴライアスが『地揺れ』を起こしたのだ――

いや、それは正確ではない。実のところ、土竜ゴライアスもまたセロと同様に一歩を踏み込んだに過ぎない。ただ、それだけのことなのに、結界内では世界の崩落かと見紛うほどの揺れが生じていた。

セロも思わずよろめいてしまったので、いったん宙に高く跳ね上がった。

仕方がない。こうなったら予定変更だ。モーニングスターを叩きつけるのではなく、セロは土竜ゴライアスのモグラの頭部に向けて、棘付き鉄球を思い切り投げつけた。

「喰らえ！」

だが、土竜ゴライアスは器用に甲羅の中に隠れてしまった。

棘付き鉄球は隆起した甲羅に激しくぶつかるも、傷一つ付けることは出来ずに戻ってきた。

「くそっ」

　地揺れが収まったのはいいものの、これでは一切の物理攻撃が効きそうにない。

　せめて魔王らしく特級の魔術でも使えればよかったのだが、セロの魔力量は先ほどの『とろ火』と『氷粒』だけでほとんど残っていない。せいぜい初級の生活魔術があと一発撃てるかどうかといった程度だ……

　アイテムボックスから魔力回復ポーションを飲もうにも、今のセロの魔力量を考えると、どれだけ飲み干せばいいのか見当すらつかない。それに土竜ゴライアスがその隙を見逃すとも思えない。

「さて……どうする？」

　そう自問自答した矢先、セロが着地した地面にヒビが入った。

　そこから飛び出してきたのは――土竜ゴライアスの尻尾であるミミズだった。

　ミミズの魔物といえば、巨大なワームなど、勇者パーティーにいたときに幾度も戦ったことがあるが、何度切ってもすぐに再生してくるので、口を開けた隙に体内に炎などを流し込んで焼くしかなかった。

　幸い、セロは『とろ火』なら使えるようになっている。

　だから、セロはミミズの動きを牽制すべく、掌を突き出して呪詞を呟こうとした――

　その瞬間だ。土竜ゴライアスは頭部をひょっこりと出してきた。そして、セロに突進したのだ。

　先ほどの一歩は亀の鈍足だったのに対して、今度は兎のように速かったので、セロは不意を突かれて避けることが出来ず、モーニングスターの柄を両手で掴んで体当たりを何とか受け止めてみせたわけだが、

「うわあああ！」

と、結界の端までぶっ飛ばされていた。

その一撃で、どうやら骨が何本かやられたようだ……

しかも、全身に痛みが走って、体もひどく軋んで、立ち上がることさえままならない……

それほどにセロと土竜ゴライアスの間には、埋めようもない圧倒的な力の差があった。新たな魔王などと呼ばれて良い気になっていたが、今さらながら上には上がいると思い知らされた格好だ。

そもそも、眼前にいる土竜ゴライアスは生物としての格が違った。ただ睨まれただけでも、生存本能がもう立ち向かうなと拒絶してくる。脳みそまでガンガンと警報を鳴らしまくっている。怪我のせいだけでなく、さっきからがくがくと体の震えが全く止まってくれないのだ……

すると、土竜ゴライアスはつまらなそうに言った。

「愚者とは、この程度だったか」

次の瞬間、土竜ゴライアスは口を大きく開けてみせた。

巨大なエネルギーが口内で一点に収束しているように見えた。

あんなものが放たれたら、地底湖どころか、結界を突き破って世界そのものが消失してしまいそうだ。しかも、セロはその結界内から出られないので、ろくに逃げ場もない。それに体も動かない。要は八方塞がりだ。

「……どうやって防げばいい？」

何にしても、最早、セロは死を覚悟するしかなかった。

吸血鬼のブラン公爵といい、今回の土竜ゴライアスといい、今日一日だけでやけに死を身近に感じさせられるものだよなと、セロはつい、「ふふ」と苦笑してしまった。あまりに過酷な出来事が一日に凝縮され過ぎではなかろうか？

そして、ふいに思い出した――

魔族にとって、戦って死ぬことこそ本望なのだ、と。

だからこそ、セロは全身の軋みを何とか堪えながらも、「ふう」と小さく息をついた。

眼前にいる敵が世界最強の一角、土竜ゴライアスだからといって、いったいいつまで怯えているつもりなのか。セロは両頬を思い切りパンっと叩いた――己を奮い立たせろ。死を恐れるな。相手に喰らいつけ。この死地にこそ、まさに望むべき最高の誉れがあるのだから。

「いくぞ！」

多分に、行くと、逝くが、掛かっていた気もしたが……

そんな気概はともかく、実のところ、セロにはもう攻撃手段がろくに残っていなかった。

モーニングスターではまた甲羅で弾かれるだろう……

それに初級の生活魔術ではあのエネルギー波には対抗出来そうにない……

物理攻撃も、魔術も、どちらも効かない相手に対してどう戦えばいいのか。玉砕覚悟のセロでもさすがに険しい表情になった。結局、一か八かの勝負に賭けてみるしかないのだ。

そもそも、これまではずっと無意識のうちにやってきたことだ。コントロール可能かどうか、やや不安ではあったが、どのみち背に腹は代えられない。それに、このちっぽけな背中を押してくれたルーシーが教えてくれたことなのだ――

セロの本質とは、誰かを導くことにある、と。

「だからこそ、これに賭けるしかないよな」

セロは真っ直ぐに土竜ゴライアスを見つめた。

力を見せつけよというのなら――

いいだろう。せいぜいここで限界まで見せつけてやろうじゃないか。

果たして、己を導いた先にいったい何があるのか。そう。自動スキルの『導き手』によって、いったい自らをどこまで高められるのか。

「せめて一矢報いる！」

セロはついに覚悟を決めた。

そして、左手を膝にやって何とか立ち上がった。

それから、左胸のあたりを右手でギュっと掴んだ。じっと心音を確かめてみる。トクン、トクン、と静かな波がしだいに昂っていく――「来い！」と、セロが呟くと、心音は怒号のように一気に高鳴りだした。

同時に、セロの右手の血管が浮かび上がってきた。いや、違う。単なる血管ではない。体内の魔力経路だ。今、まさにセロは魔核と共にその身を変じつつあったのだ。

「でも、まだだ……きっと、もっと、僕はずっと、高みを目指せる！」

セロは己の自動スキルにだけ意識を集中した。

土竜ゴライアスのエネルギー波はセロに向けられていたが、もう気にもならなくなった。防御すらしていない。いっそセロの全てを曝け出したかのような心持ちだ。

すると、そのときだ。

不思議なことに、セロの脳裏にふいに感傷が過ぎていった。

さながら走馬灯が流れていくかのように。セロはなぜかじっと過去を見つめ返していたのだ――

小さな頃にバーバルとよくちゃんばらをした。バーバルの方が強かった。おかげで毎日、傷だらけになったものだ。悔しかったのでセロは回復する為の法術を学んだ。

もっとも、その法術は一度たりともろくに成功したことがなかった。

バーバルは馬鹿にしたように笑っていたが、こうも言ってくれた――「俺がお前を守ってやるさ。共に力を高めていこう」、と。

だからこそ、セロは駆け出し冒険者としてバーバルに付いて行った。

その背中を追いかけ続けた。この世界の主人公はバーバルなのだと信じて疑わなかった。当時のバーバルにはそれだけの魅力と力強さがあった。セロはただの端役で、バーバルの物語を引き立てる為に存在しているのだと思っていた。

それでいいと。十分過ぎるとも。

セロは納得していた。そう、わきまえていたはずだった――

が。

「呪いにかかった司祭など、このパーティーの面汚しだ。さっさと出て行け！」

あのときの言葉がいまだにセロの耳朶にはこびりついている。

いったい、いつから何もかもが変わっていってしまったのだろうか……

今となっては、セロはバーバルから追放されて、呪いによって魔族となって、こうして死地にて試練とやらを受けている最中だ……


「でも、僕はそのおかげで大切なものを得た」

セロはぶんぶんと首を振って、そんな感傷をどこかに追いやると、ルーシーにちらりと視線をやった。そのルーシーはというと、両手を組んで無心に祈ってくれていた。

以前はバーバルの為に強くありたいと願ったものだが、ほんの一日しか経っていないのに、もうずいぶんと遠くに来てしまったように感じられた。現在、セロと共にいてくれるのはルーシーだけ——いや、それも違うか。もしかしたら、魔王城に仕えていた執事やメイドたちが戻ってきてくれるかもしれないし、ルーシーは長女だと言っていたから姉妹もいるはずだ。それにセロだって、これから魔族の中に大切な友人を見出すことが出来るかもしれない……

だからこそ、そんな思いを抱きながらセロは、はっきりと声に出した。

「出て行けなどと、僕は決して言わない」

もしセロが新たな魔王として立つならば——どんなに蔑まれ、あるいは虐げられようとも、手を差し伸べられる強さを持った王でありたい。あるいは、一度信じたならば、決して見放さない王でありたい。

「僕は自身を導こう。高みへと！　いつまでも君と共にいられる、最高の頂へと！」

それこそが愚者としてのセロの存在意義なのだから――


直後だ。

地底湖にいたはずなのに、セロのもとに一条の光が下りた。

セロの心音が、さらに一段、ぐんと高鳴った。それはとても不思議な出来事だった。愚者としての呼称が『ロキ』ではなく、『エンダー』に変じていったのだ。

エンダー――そう。全てを終わらせる者のことだ。

土竜ゴライアスの色を失った目にも、その煌めきは眩かったようで、「そ、その天啓は、いったい……」と戸惑って、ほんのわずかな間だけ、エネルギーの収束を止めて口を閉ざしかけた。

「土竜ゴライアスよ。これで試練を終わらせてみせる！」

セロは高らかに宣言した。

次の瞬間、土竜ゴライアスの頭部に黒いもやのようなものがかかった。

「ちい！　何が起きている？」

土竜ゴライアスは咆哮を上げた。

そんなもやの正体は――地底湖の上壁に張り付いていたコウモリたちだった。

こんな結界内で土竜ゴライアスに高密度のエネルギー波を放たれたら、セロ共々に消失してしまうと理解したらしく、今だけでもセロに味方してくれたようだ。

もちろん、一時的にセロと手を結んだことで、よりによって『導き手』で強化されてしまったコウモリたちはというと、土竜ゴライアスの眼前で羽ばたいて超音波を放ち続けた。これによって、土竜ゴライアスは視力を持たないこともあって、セロの位置を見失った。

「ふざけるな！　この羽ネズミどもが！」

土竜ゴライアスが尻尾のミミズを振るうも、コウモリたちは素早く散じて全く当たらない。

しかも、その頭部に何匹も張り付くと、糞をまき散らし始めた。どうやら猛毒のようで、土竜ゴライアスでも相当に嫌がっている。

まあ、そりゃあ、顔にうんこかけられたら最悪だよね……

と、セロも少しは同情したが——

そんなセロはというと、いつの間にか、土竜ゴライアスのすぐそばまでやって来ていた。

そして、風の生活魔術の『そよ風（ブリーズ）』の呪詞を呟いた。土と風は互いに属性の相性が悪いので、土竜ゴライアスには効くかもしれないと考えたのだ。言うまでもなく、セロの『そよ風』は強化されて、最上級魔術の『暴風（ストーム）』に至っている。

さらに、『そよ風』をモーニングスターの棘付き鉄球の部分に魔術付与して、セロはそれをぐるんぐるんと振り回した。

持てる限りの力でもって、セロ自身もその場で回って遠心力もかけた。コウモリたちが察してくれて一斉に離れていくと、同時に土竜ゴライアスがやっとセロを見つけたといったふうに、口を大きく開けて、エネルギー波を放とうとした——

「ゴライアスよ！　今度こそ喰らええええ！」

セロはハンマー投げの要領で、モーニングスターそのものを投げつけた。

それが土竜ゴライアスの口の中に入ると、付与されていた『そよ風』がまさに暴風となって、収束していたはずのエネルギーまで渦巻いて、口内で盛大に暴発した。

「ぐおおおおおお！」

土竜ゴライアスは雄叫びを上げた。

その叫びは空気を震わせ、大地さえも揺るがしたわけだが――

しばらくすると、口からぷすぷすと煙を上げて、いかにも暴発に耐えきれなかったといったふうに土竜ゴライアスはどてんと地に転がった。

「よし！」

セロは右拳を天に上げた。

土竜ゴライアスが全力を出していたかどうかはさておき、何にしてもセロは試練に打ち勝った。

すると、セロのそばにルーシーが駆けつけて来た。どうやらゴライアスが張っていた結界はもう消えていたようだ。

「ふふ。セロといると、本当に退屈しないな」

「こっちはもう襤褸々々(ボロボロ)だけどね。さすがに死ぬかと思ったよ」

「ただ覚悟を見せるだけでよかったというのに……」

「え？」

「ゴライアス様の波動を前にしても恐れずに立っていることができれば合格だったのだ。少なくとも、かつて母はそう語ってくれた。それをまさかこんなふうに一撃を入れてしまうとはな」

「……それを早く言ってよ」

セロは唇をツンと立てて抗議した。

そもそも、ルーシーが「死ぬなよ」なんて言っていたから、つい真剣勝負してしまったのだ。

ルーシーはというと、「くっくっ」といかにも悪戯好きっぽく笑っている。もちろん、セロはすぐに嵌められたのだと気づいた。もしかしたら、セロは見事に尻に敷かれるタイプなのかもしれない……


「やれやれ。よくもまあ……やってくれたものだ」

今度は、土竜ゴライアスが声をかけてきた。

「『愚者（エンダー）』か。これまた懐かしい称号を改めて継いだものだな」

セロはつい身構えてしまったが、どうやら土竜ゴライアスは報復してくるつもりはなさそうだ。

「ええと……ゴライアス……様、大丈夫ですか？」

さっきまで戦っていたのでつい呼び捨てにしていたが、さりげなく敬称を付け直して、セロは心配そうに尋ねた。

「ふん。我を誰だと思っている。この程度、かすり傷にもならんわ」

そのわりにさっきから大きな口から血反吐がだらだらと垂れ流れっぱなしだが……本当に平気なんだろうかとセロは首を傾げた。

何にしても、セロは気になっていた質問をぶつけることにした。

「ところで、ゴライアス様。この愚者（エンダー）という称号は、いったいどういうことなんでしょうか？」

「さあな。先も言っただろう。我はもう地上の営みに興味はないと」

「むう」

「ただ、もしかしたら世界はこれから荒れるのやもしれないな。そのとき、其方は自らの役割を果たすのだろう。今は時機を待てとしか言い様がない」

土竜ゴライアスはそう言って、「ふん」と息をついた。

どうやら思っていたよりも、とっつきやすくて面倒見の良い竜のようだ。

「いずれにしても、愚者のセロよ。試練によくぞ打ち勝った。新たな魔王としてこの地を統治することを認めよう。真祖カミラに代わって、北の魔族領の安寧を目指せ」

セロは胸を張って、「はい!」と大きく返事をした。

直後、先ほどの一条の光のように、土竜ゴライアスから放たれた小さな煌めきがセロの手もとにぽとんと落ちてきた。

よく見ると、それはペンダントだった。

暴風によって折れてしまった土竜ゴライアスの牙の欠片がペンダントのトップに付いていた。

「これはいったい……?」

「持っていけ。其方の統治の役に立つはずだ」

「ありがとうございます!」

「ふん。我に傷一つ付けた記念とでも思うがいい」

傷一つというけれど、やっぱりさっきから血反吐は止まっていないどころか、地底湖が血の色に染まりそうな勢いだった。いやはや、本当に大丈夫なんだろうか……

こうして、セロは土竜ゴライアスに別れを告げて、ルーシーと一緒に地底湖から離れていくのだが、愚者(エンダー)という新たな称号といい、不思議なペンダントといい、自分が得たものがどれほど価値あるものなのか、このときセロはもちろん、まだ知るはずもなかった——

ただ、セロは目指すべき高みに向けて、確実な一歩を踏み出したのだった。

土竜ゴライアスと別れて、セロとルーシーは螺旋階段を使って魔王城には帰らずに、洞窟内で一晩過ごして体力や魔力を回復してから洞窟入口を目指して歩いた。

「ふふ。セロはきっと驚くぞ」

ルーシーがどうしても見せたいものがあるらしい。

もしかしたら別荘でもあるのかなとセロは思いつつも、松明を片手に風の揺らぎを確認しながら足早に進んだ。

さっきからコウモリたちが、ぱた、ぱた、とセロたちのそばを飛んで周囲を警戒してくれている。どうやら共に戦ったことで、ずいぶんと仲良くなってしまったようだ。

糞尿やノミなどに目をつぶれば、コウモリは結構可愛らしいので、セロも悪い気はしなかった。本来は益獣とされているので、いっそ魔王城で一緒にいられないかなと考え始めたぐらいだ。

「そういえば、このコウモリってルーシーの眷属じゃないよね？」

「魔物が眷属でたまるか」

「え？　コウモリたちって魔物だったの？」

「当然だ。人族、魔族にかかわらず、本来なら生息領域(テリトリー)に入ったら攻撃してくるところだぞ」

「じゃあ、なぜ……僕たちは襲われないいんだろう？」

セロがそう言うと、松明を持っていた左手に小さなコウモリが止まった。まだ飛び始めて間もないコウモリの子供だ。つぶらな瞳がセロをじっと見つめている。

「キイ」

しかも、親しげに声までかけてくる。

攻撃の意思など微塵も見えない。そんな様子に、ルーシーがどこか羨ましそうな表情を浮かべながら言った。

「先ほど、土竜ゴライアス様からペンダントをもらっただろう。妾によく見せてみよ」

セロが右手で神官衣の胸もとからごそごそとペンダントトップを取り出すと、ルーシーはすぐに『魔眼』でそれを鑑定した。

「ほう、やはりな」

「じゃあ、このアイテム効果ってこと？」

「ふむ。それは北の魔族領にいる全ての魔物を配下に出来るものだ。ご丁寧にも、セロ専用と特記されている」

「つまり、魔物使いでもないのに使役系のスキルが使えるようになったってこと？」

「おそらく使役とは違うな。むしろ、土竜ゴライアス様と魔物たちとの関係性に近い。配下とも、あるいは家族とも、友人とも取れる。何にせよ、それを持っている限り、セロは北の魔族領で魔物に襲われることはないし、色々と手助けもしてくれるはずだ。さらに言うと、妾にも襲いかかってこないことから察するに、セロが仲間だと認識した者には手を出さないのだろうな」

「おお、それはすごい！」

セロはペンダントをもとに戻すと、手に乗ったコウモリの子供を片手でさすりながら感嘆した。

その間にも、今度はイモリとヤモリが挨拶に来た。地底湖に近い水辺ではイモリばかりだったが、洞窟の入口に近づくにつれてヤモリが増えてくる。

もちろん、二種類とも魔物だ。

イモリが水属性、ヤモリが土属性らしい。

コウモリが耳に魔物特有の魔紋を持っていたのに対して、イモリは背中全体に、ヤモリは頭部に独特な紋がある。

とまれ、セロは三種族共に友好的で本当に助かったと、「ほっ」と息をついた。正直なところ、洞窟の暗がりでこれほど多数の魔物たちに襲われたら堪ったものではない。

武器によって一匹ずつ倒すのはあまり有効ではないから、火属性の範囲魔術あたりで焼き払うのが手っ取り早いのだろうが、洞窟内で火はタブーなので、結局のところ、逃げるが一番ということになる。

岩山沿いの坂道がきちんと認識阻害されていれば、今となってはこの洞窟だけが魔王城に通じるルートになるわけで、これだけの魔物たちがひしめき合って、セロの言うことを聞いてくれるというのは本当に心強い。

「皆、これからも頼むよ」

セロが声をかけると、ヤモリ、イモリやコウモリたちは大合唱で応じてくれた。

そんなふうに魔物たちの熱烈な挨拶を受けていたら、洞窟の入口がちょうど見えてきた。

セロは「ふう」と息を吹きかけて松明の火を消した。ずっと薄暗いところにいたので、差し込んでくる陽光が眩しい。つい両腕で遮ってしまったほどだ。

そして、外に出てみるなり――

なぜか、ダークエルフたちが陣地構築してセロたちを待ち構えていた。

盛り土までして、その上に木で出来た防衛柵を立てて、弓を構えてセロたちを狙っている。

まさに一難去ってまた一難といったふうで、さすがにこれにはセロも、「はあ」と大きなため息をつくしかなかった。

というか、セロが山のふもとで目を覚ましたときにはこんなものはなかったはずだから、魔王城に上がって、洞窟に入っている間に構築されたことになる。

これはいったいどういうことだとセロが訝しんでいると、洞窟から無数のヤモリやコウモリが出てきた。どうやらセロを援護したいようだ。

同時に、ダークエルフたちにも緊張が走った。

まさに一触即発といった状況だ。

だが、ルーシーはセロに「魔物たちを制止していてほしい」と頼むと、一人きりでダークエルフたちの前に進み出ていった。

「妾は真祖カミラの長女ルーシーだ！　まず明確にしておきたいが、妾たちは貴方たちダークエルフに危害を与える意思などない！」

ルーシーがそう声を張り上げると、ダークエルフのリーダーらしき青年が現れた。

ダークエルフだけあって肌は褐色で、髪は艶のある白髪だ。
ルーシーと比しても遜色のないぐらい整った顔立ちで、いかにも名うての狩人といったふうに目つきが鋭く、さらに動きにも一切の隙がない。相当な実力者だ。身に纏っているのは、肌にぴったりとついたインナーの上に貫頭衣、それに革製の胸当て、腕当てと長靴ぐらいか……

ちなみに、エルフとダークエルフの違いは単純で、肌の色、使用するスキルと生息する場所によるとされている——

どちらも長寿の亜人族で、エルフが色白で、法術に長け、人族側の領土で暮らしているのに対して、ダークエルフは褐色で、魔術を得意として、魔族側の領土に住んでいる。どちらも狩猟を得意として、森に居を構えて人族や魔族とはあまり関わりを持たずに暮らしている。

勇者パーティーにはエルフの狙撃手であるトゥレスがいたが、それも『古(いにしえ)の盟約』と呼ばれる約定に従って参加していたに過ぎない。総じて、エルフ、ダークエルフ共に長寿だけあって、思慮深く、冷静で、戦いを好まないとされる種族だ。

それだけに、今回の示威行動がセロにはよく分からなかった……

すると、先ほどのダークエルフの青年がルーシーに負けじと大声を上げた。

「私はリーダーを務めるエークだ。昨日の夕方頃、吸血鬼のブラン公爵が大軍を率いて魔王城に向かったのを見かけたが、この森にまで響き渡るほどの阿鼻叫喚が聞こえてから一切の音沙汰がない。その後、しばらくして土竜ゴライアス様が住まわれる地底湖から禍々しいほどの強い魔力反応があった。それらについて、説明を求めたい」

セロは思わず、「あ、はい。すいません」と謝りかけた。

ところが、ダークエルフのエークがセロにちらりと視線をやって、次いで胸もとにあるペンダントをまじまじと凝視すると、

「そ、それは、まさか……土竜様の加護（アミュレット）ではないか」

その直後だ――

ダークエルフ全員が陣地から出て、セロの前で一斉に跪いた。

「ええと……？」

「大変失礼いたしました。真祖カミラ様が勇者に弑（しい）されたことについては耳にしております。まさかこれほど早く、土竜様に認められた新たな魔王様が立たれていたとは露知らず、弓矢を構えてしまった無礼をどうかお許しください」

「いや、別に……」

「もし、お許しの為に贄（にえ）が必要だということなら差し上げますし、女奴隷を求められるのでしたら幾らでも提供いたしましょう。何でしたら私が男奴隷になって虐げられても一向に構いません。むしろその方が何かとお得です」

「ん？」

「その代わりに、どうか私どもダークエルフも魔王様の旗下に入れさせてくださいませ」

そう言って、エークが叩頭すると、ダークエルフ全員がそれに倣（なら）った。

もちろん、セロには贄も女奴隷も、もちろん男奴隷も、エークを加虐する必要も全くなかったわけだが……何はともあれ、諍いとなる誤解はとけたようでセロは「ほっ」と一息ついた。

そして、何気なしにエークに告げた――そう。つい言ってしまったのだ。

「分かりました。とりあえず許しましょう。今後とも、よろしくお願いします」

セロからすれば、ご近所同士仲良くやりましょう程度の認識だった。

が。

次の瞬間だ。

その場にいたダークエルフ全員を謎の光が包み込むと、皆が一斉に驚愕した――

「何だ、これは？」

「力が溢れてくるぞ！」

「治らないと思っていた傷が塞がっている！」

「今ならどさくさに紛れて、あの娘に告白も出来そうだぜ！」

セロが仲間認定をした格好となって、ダークエルフ全員に『導き手』の効果が現れたのだ。

しかも、魔王になったせいか、明らかにその効果が向上している。自動スキルの範囲の拡大と、傷の治療というおまけまで付いている始末だ……

ダークエルフたちはひとしきり興奮した後に、なぜか森中にも届けとばかりに勝ち鬨を上げてから、ついにはセロを現人神のように奉り始めた。ヤモリやコウモリたちまで同じ仕草をするものだから、セロもつい「うーん」と呻ってしまった。

何にしても、こうしてセロの魔王国に新たな臣民が一気に加わったのだ。

「ふふ。たった一日で魔物だけでなく、まさかダークエルフまで従えるとはな」

ルーシーはセロの脇腹を小突いてきた。

肝心のセロはというと、百面相をしている最中だ。

ついこの間まで勇者パーティーの一員に過ぎなかった。しかも、役立たずと言われて追放されたばかりだ。

それなのに諸事情で新たな魔王として立ったら、まずとても大切な仲間が一人だけ出来た。さらに、こうして臣下たちまで付いて来てくれた。あまりにとんとん拍子に進んでいくのでセロからしてみれば、どうにも実感が伴わない……

すると、ダークエルフのリーダーのエークが恭しく言ってきた。

「本日をもちまして、私はダークエルフのリーダーを辞任いたします」

「え？　それはまたどうして……？」

「どうしてもこうしてもありません。今後は、セロ様のお側にずっと控えさせて頂きたく存じます」

「えーと、その、あのう……」

セロがあたふたしていると、ルーシーが代わりに答えてくれた。

「構わぬぞ。それと近衛の選別はそちに任せよう」

「はっ！　畏まりました！」

そう応じて、エークは意気揚々とダークエルフたちのもとに戻っていった。

「指示を出してくれてありがとう。助かったよ」

「ふむ。セロも早く、上に立つ者としての自覚を持たなくてはいけないな」

「何だかいつまでも慣れない気がするなあ……そういえば、参考までに聞きたいんだけど、ルーシーのお母さんは配下の人にどんなふうに接してきたのかな？」

「ろくに接していないぞ」

「ん？」

「そもそも母はわずかな配下しか従えていなかった。だから、ブランのように数を頼りに勘違いする輩も出てきたわけだ」

ルーシーが小さくため息をつくと、セロはいまいち理解が覚束ないといったふうに眉をひそめた。

「ちょっと待って。わずかな配下って……どれくらいいたの？」

「下働きをする吸血鬼数人と、あとはこないだも言った、執事やメイドたちだな」

「いや、待って。だって、魔物やダークエルフたちはどうしたのさ？」

「当然、配下になどなっていない。もちろん、敵対はしていないが、魔物はともかく、ダークエルフについてはせいぜい隣同士で多少の付き合いがあった程度だ」

「………………」

セロは目をつぶって天を仰いだ――

ダークエルフのエークはセロの首に土竜の加護がかかっているのを目ざとく見つけて、すぐに臣従を申し出てきた。

魔物だってそうだ。コウモリたちとは洞窟内で『導き手』によって共闘したからともかく、地底湖付近のイモリたちも、今もセロの神官衣の裾に居心地良さそうに張り付いているヤモリたちも、この加護のおかげで友だちになってくれた。

ここにきて、セロもやっと、とんでもない物をもらってしまったと自覚するに至った。

「それより、セロよ。わざわざこのふもとまで戻ってきたのは、見せたいものがあったからなのだ」

ルーシーが珍しく上機嫌で、るんるんとスキップを始める。

進んだ先は岩山沿いの坂道だ。もちろん、今は認識阻害がかかって断崖絶壁に変じている。

すると、その断崖とは別方向にある小高い丘に対して、ルーシーは右手をかざして認識阻害を解いてみせた。

そのとたん、広々としたトマト畑が現れ出てきた――

幾つもの畝(うね)に挿し木があって、そこにトマトが赤々となっている。

他にもトウモロコシやブロッコリーなどもあるようだが、ルーシーはトマトを二つもぎ取ると、水の生活魔術で簡単に洗ってから、そのうちの一つをセロに投げて寄こした。

「食べてみよ。美味しいぞ」

「うん。じゃあ、ご馳走になるよ。いただきます」

手にしたトマトは完熟で大きなサイズだ。

意外とずっしりと重くて、よく張っていてそれなりに固い。

だから、セロが大きく口を開いて勢いよくかぶりつくと、ぶしゃっと果汁が顔中に吹き出てきた。

「はは。セロは食べ方が下手だな。いいか、よく見ておけ」

ルーシーはそう言うと、トマトを横に持ち替えてから吸血鬼の尖った歯でぶすりと実(み)を刺して、ちゅうちゅうと果汁をいったん吸い出した。そして、片側をかじる。次いで、もう片方の汁を吸ってからがぶりといく。そうやって、一滴の果汁も落とさずにきれいに食べ切った。

一方でセロはというと、口もとも足もとも見事に赤くなっている。

もっとも、肝心の味は抜群で、最初は鼻に酸味がツンときたものの、すぐに果物にも負けない甘みが口内に広がっていった。果物代わりに食べても良さそうなほどだ。

「ごちそうさま。とても美味しかったよ」

「ふふん。そうだろう？　何せ、魔族領でもこの『真祖トマト』は絶品とされているからな。妾の主食でもあるのだ」

セロはブランドの名前を聞いて驚いた。

王国でもよく知られた高級品だったからだ。王城での晩餐会でも出たことがあった。

というか、まさか真祖トマトが吸血鬼の真祖カミラと繋がっているとは全く考えが及ばなかった。王城でもそんな話題は一切なかったから、誰も出荷した土地を把握していなかったのかもしれない。

まあ、食べ物自体に罪はない……

とはいえ、いったいどんな経路で王国に流れ込んでいるのやら……

と、セロはつい遠い目になった。実際にかなり面積のあるトマト畑だ。魔族間でもお土産とか贈答用とかになっていてもおかしくはない。ただ、わりと虫食いや実割れになったものも多い。それだけ自然農法で美味しいということだろうが、人族の村人たちは生活魔術などで上手く虫や雨などを寄せつけないようにしていた。そういう意味では、魔族の農業は遅れているのかもしれないなとセロは感じた。

「でも、吸血鬼って血を吸うイメージだったんだけど、トマトで大丈夫なの？」

セロがそう問いかけると、ルーシーは「むっ」と渋い顔をした。

「よく勘違いされているようだが、吸血鬼は血など吸わないぞ。そもそも、鉄臭いし、ドロドロしているし、健康にも悪い。あんなものを吸うのは蚊ぐらいだ。一緒にしてくれるな」

へえ、そうだったんだ。迷信ってやつかな……

あと、吸血鬼って意外なことに健康を気にしていたんだ……

そんなふうにセロがぼんやりとしていたせいか、ルーシーはさらに説明を付け加えた。

「吸血鬼などと呼ばれるようになったのは、おそらく妾たちの種族特性である血の多形術のせいだろうな。零れた血を物質変換（マテリアライズ）して、剣や鏃（やじり）などにするものだ。ほら、実際に今も妾の背に小さな翼があるだろう？」

そう言って、ルーシーは血で形成したであろう翼をぱたぱたと動かしてみせた。

「おそらく、こういったものを見た者が、さながら血を啜って何かに変じて、襲いかかってくるのだと勘違いしたのだろう」

「じゃあ、吸血鬼って呼ばれるのは好きじゃない？」

「別に構わん。大鬼（オーガ）や小鬼（ゴブリン）など、ろくに知性を持たない魔族と一緒にされるくらいなら、吸血鬼とみなされた方がマシだ」

セロは「ふうん」と息をついた。すると、コウモリたちがセロの周りを飛んで、「キイ、キイ」と、急に鳴き出した。不思議なことに、セロには何となく言っていることが分かる気がした。やはり土竜の加護のせいだろうか――

「ねえ、ルーシー。コウモリたちがトマト畑を守りたいんだってさ」

「ほう。言葉が分かるのか？」

「まあ、何となくだけどね」

「まさかトマトを食べたいわけじゃなかろうな」

ルーシーの警戒に対して、セロがどうだろうかと首を傾げると、コウモリたちはまた、「キイ」と鳴いた。

「トマトに興味はないってさ。虫しか食べないから大丈夫だって」

「ふむ。疑って悪かったな。つまり、虫から守ってくれるわけか。それはとても心強いな」

そう言って、ルーシーが片手を伸ばすと、その指先にコウモリの子供が止まった。ルーシーもそんな可愛さに負けたのか、頭のあたりをさすさすしてあげている。

いやはや、小動物を愛でるルーシーもやはり美しい。まるで一幅の絵画のようだ。

勇者パーティーから追放されてからこっち、ずいぶんと忙しない展開が続いたが、セロはやっと落ち着いた気分になれた。ちょうど日も昇って、青い空が海のように澄んでいる。

そのときだ。

とん、と。ルーシーがセロに軽くぶつかってきた。

どうやらコウモリたちが、「撫でて、撫でて」と、幾匹も殺到してきたせいで、ルーシーは押し出された格好になったようだ。

おかげで、セロはルーシーの華奢な両肩をそっと抱きしめていた。

「あっ……」

「……む？」

コウモリたちもすぐに察したのか、二人からちょっとだけ距離を取った。

「だ、大丈夫、ルーシー？」

「もちろんだ。そ、その……すまなかったな」

すると、そのとき、少し離れた場所から声がかかった。

「セロ様。ルーシー様。お待たせいたしました」

ちょうどエークがやって来たのだ。

どうやらエークからは無数のコウモリたちで隠れてしまって、セロとルーシーが抱き合っているのが見えなかったらしい。

もちろん、エークも「おや、これは――」と、やや気詰まりな感じで、「大変失礼いたしました」といったん離れかけたが、ルーシーがすぐに真面目な顔つきになった。

「ふむん。構わん。して、そこにいる者たちは？」

エークの背後には三十人ぐらいのダークエルフの精鋭たちがいた。その全員がセロとルーシーの前でまた跪いてみせる。

「近衛を選抜しましたので、紹介させてください」

エークは改めて言うと、次々に挨拶をさせた。

ルーシーは一度で全ての名前と特徴を覚えたようだったが、さすがにセロには難しかった。

そんな精鋭の中から唯一の子供らしき双子のドゥとディンが前に進み出てきた。ドゥは白髪を短くして片側だけ編み込んだ男の子で、ディンはいかにもふわっとした長髪にリボンが目立つお嬢様といったふうだ。ダークエルフの年齢は外見では分かりづらいが、少なくともセロよりもずっと若い気がする。

「この二人をセロ様とルーシー様のお側付きとさせて頂きたく存じます。何なりとお申し付けくださ い」

セロは「分かりました」と応じてから、気になっていたことがあったのでその話を振った。

「そういえば、認識阻害されていたわけだけど、ここにトマト畑があることはダークエルフたちには分かっていたのかな?」

「はい。もちろんです。我々ダークエルフは森の中のこと、あるいはその付近で起きたことなら全て知っております。そのトマト畑につきましては、カミラ様やルーシー様がよくお世話をしていたようなので、さすがに手は出しませんでした」

セロは「なるほどね」と肯いた。

つまり、無駄に敵対行為は取らなかったということか。

そして、セロは思いついた。ルーシーが許可してくれるなら、今後はダークエルフにもこの畑をお世話してもらってもいいかもしれないと。

すると、幾匹かのヤモリやコウモリがそんな心中を読んだのか、急に寄ってきた。どうやら、ここは任せろと言いたいらしい。セロは「じゃあ、皆で仲良く頼んだよ」と呟いてから、

「それよりも、むしろ今は――」

そう言って、峰の方に視線をやった。

帰るべき魔王城はいまだに半壊したままだ。

「さあ、直しに戻ろうか」

セロがそう告げると、ルーシーは共に並び立った。

ダークエルフの精鋭たち、ヤモリやコウモリもその後について来てくれる。

一気に大所帯になってしまったわけだが、もしかしたらこれなら城もすぐに復旧するかもしれないと、セロもルーシー同様についついスキップしたくなったのは内緒だ。

何にしても、こうして有史上、最も強固な大要塞と謳われることになる魔王城のリフォームが始まろうとしていたのだった。


王国の王城の客間では、魔女のモタが怒りで暴走寸前になっていた。

女聖騎士キャトルも、エルフの狙撃手トゥレスも、モンクのパーンチも、これほどまでのモタの怒りを目の当たりにしたのは初めてだった。先ほどから呪言が黒いもやのように宙を彷徨って、王城の客間の空気はひりひりと震えている。

そんな状況下で、勇者バーバルはというと、ため息混じりに額へと片手をやった。

セロと一緒に村から出て、すぐに仲間になったのがモタだった。

駆け出し冒険者だった頃からずっと共にいたこともあって、その気性はよく知っていた。

普段は飄々として、わりといい加減に振舞ってはいるが、いったん怒り出すと一気に集中して見境なく魔術を暴発させるのだ。だから、傍若無人ぶりが目立つ勇者バーバルでも、モタだけは怒らせないように気を遣ってきた。過去に何度か大惨事になりかけたことがあったせいだ。

そんなモタが声を荒らげた。

「このままだと……セロが魔王討伐に付いてきて、呪いをなかなか解呪してくれないから、一時的にパーティーから離れてもらうだけだって……バーバルはわたしにそう言ったじゃん！」

勇者バーバルは皆の視線が自身に集中していることに気づいた。

皆が揃いも揃って、まるで詐欺師でも見つけたかのような訝しげな眼差しをしている。

「待て。いいから落ち着け、モタよ」

「ふざけないでよ！　バーバル！」

その瞬間、勇者バーバルの眼前で炎が立ち上がった。

聖女クリーンもさすがにマズいと思ったのか、聖杖をアイテムボックスから即座に取り出して、万が一に備えてバーバルのそばで構えた。

すると、意外なところから別の声が上がった。

「私もセロ様が解呪に専念する為だと、バーバル様よりお聞きしておりました」

女聖騎士のキャトルだった。

自慢の金髪をいじるのを止めて、いつになく真剣な表情で勇者バーバルをじっと見つめている。

一方で、モンクのパーンチは付き合いきれないといったふうに肩をすくめると、椅子に浅く座り直して足を組んだ。

戦闘狂のパーンチからすれば、セロの『導き手』なしで自らの力が魔王にどれだけ通用するのか知りたかったから、バーバルに協力したわけだが――こんな現状では火の粉を払ってまで助け舟を出すつもりは毛頭なかった。

また、エルフの狙撃手トゥレスはというと、ナイフの手入れをして沈黙を貫いている。

もちろん、バーバルが何か企んでいたことには気づいたが、それをいちいち止めようとはしなかった。そもそも、人族の営みにさほど興味を持っていないのだ。あくまでも古の盟約に従ってこのパーティーにいるだけ――というのがトゥレスのスタンスだ。

そんなふうにバラバラになってしまった空気の中で――

「セロは今どこにいるの？」

魔女モタは勇者バーバルと聖女クリーンを交互に睨みつけてから続けた。

「大神殿でちゃんと治しているんだよね？　解呪の見通しはもう立ったんだよね？」

魔女モタの矢継ぎ早の質問に、聖女クリーンは押し黙った……

どう切り抜けるつもりかと、クリーンは勇者バーバルに視線をやった。だが、肝心のバーバルはというと、言葉に窮して両頰を小刻みに震わせているだけだ。

そんな様子にクリーンは呆れ果て、「はあ」と一つだけ短く息をついてから素直にモタへと答えた。

「現在、セロ様は大神殿にはおりません」

「なぜ？」

「真祖カミラによる呪いは最も重い四段階目に達していました。呪人として魔族に相当すると認めて、流刑を申し渡しました」

直後だ。

魔女モタの怒りは頂点に達した。

部屋中に漂っていた呪言が六輪の陣となって、何かしらの大魔術を放とうかというところで——ふいにモタは、「え？」と大きく目を見開いた。

その首筋に表皮一枚ほどを残してナイフが突き立てられていたからだ。

エルフの狙撃手トゥレスだった。

「大逆罪と国家転覆罪を科されたら死刑になるのだ。モタよ、ここは自重なさい」

そして、トゥレスはモンクのパーンチに視線をやって何かを促すと、

「ふうう。やれやれ、しゃーねえなあ」

そう呟いてからパーンチはゆっくりと魔女モタに近づいて、狙撃手トゥレスがナイフを引っ込めるのと同時にモタの首筋に手刀を入れた。そのとたん、モタは気を失ってその場に崩れていく。

パーンチはモタをもう片方の腕で受け止めると、そばの椅子に座らせてやった。

「おい、バーバルよ」

「……何だ？」

「セロがいなくなった以上、モタの機嫌を直せるのはテメエぐらいだ。こればっかしはオレにも、キャトルにも、トゥレスにも無理だ」

「ちい」

勇者バーバルは舌打ちをした。

その態度を見て、モンクのパーンチは「ふう」とまた深い息をついた。狙撃手トゥレスはすでに席

に戻ってナイフの研磨を続けていた。

が。

「つまり、バーバル様とクリーン様は結託して、解呪には助力せずに、セロ様をどこかの魔族領に追放なさったと解釈してよろしいのでしょうか？」

女聖騎士キャトルはよく響く声で尋ねた。

直後、勇者バーバルはドンっと近くの壁を叩いてみせた。

「ああ！　そうだよ！　そういうことだ！　あいつが目障りだったんだ！　法術を担当するなら、聖女クリーンがパーティーに入ればいいわけだろ？」

もっとも、聖女クリーンはギョっとした。

勇者バーバルがついにぶちまけてしまったからだ。

たしかに第七魔王の不死王リッチを討伐した手柄をもって、クリーンはセロに代わってパーティーに参加する流れを作るつもりだった。

そろそろ大神殿の祭祀祭礼用のお飾りでいるのにも飽きてきたし、賢者よりも男らしい勇者に導いてほしかった。勇者パーティーに入れば、公私ともに何かが変わるはずだという打算もあった。

だが、このパーティーの惨状を知った今となってはもう御免だ。

それに、以前ほどにはバーバルに魅力も感じなくなっていた。いや、それどころかむしろ、距離を置きたいとすら考えている。

すると、女聖騎士キャトルはつかつかと歩き出し、客間のドアに手をかけた。

「どこに行くつもりだ？」

勇者バーバルが不機嫌そうに尋ねると、

「私、キャトル・ヴァンディスは、侯爵家子女として正式に抗議させて頂きます」

それだけ静かに告げて、キャトルは客間から出て行った。

神殿の騎士団だけでなく、王国の貴族まで敵に回しそうな予感に、勇者バーバルもさすがに頭を抱えるしかなかった。


王城の客間で騒動があった夜――

大神殿の執務室で聖女クリーンは椅子の背にもたれながら考え事をしていた。

幾ら聖剣に選ばれたとはいえ、勇者バーバルが魔王を討伐出来る領域に達していないのは明らかだ。

それならば訓練を重ねるようにアドバイスするべきなのだが、バーバルの性格からすると、素直に聞くとは思えない……

かといって、魔物退治など地道にやらせようものなら、王侯貴族から「そんなのは騎士たちの仕事であって、勇者を遊ばせておくな」と矢のような催促が来るだろう。こうなると、第六魔王こと真祖カミラの討伐が早計に過ぎたと悔いるしかない。

それに勇者パーティーに亀裂が入ったのも気になるところだ。

モンクのパーンチは強い敵を求めて加わったようだから問題ないし、エルフの狙撃手トゥレスも古の盟約に縛られているからこちらも影響はないだろう。

だが、魔女のモタは離れて行ってもおかしくない。そもそもモタをパーティーに誘ったのはセロだったようだし、後衛職同士でとても仲が良かったとも聞いている。

「そうはいっても、モタに離れられたら代役はいませんね」

聖女クリーンは沈んだ声音で呟いた。

現在、王国にいる魔術師の中で、若くして最も優秀なのが魔女モタだ。

当然ながら力や実績だけを考えれば、魔術師協会の御老公たちには敵わないが、それでもモタは先達を簡単に抜いて、歴史に燦然と名を残すほどの域に達する魔術師だと噂されている。

多少、ムラっ気のある性格なのが玉に瑕だが、今、モタを失うのは勇者パーティーにとってはあまりに大きな痛手だ。

「それにヴァンディス侯爵家がどう動いてくるか……」

聖女クリーンにとっては、女聖騎士キャトルの動向もまた気掛かりだった。

武門貴族筆頭のヴァンディス侯爵家の子女として、王命によってパーティーに加わっている以上、抜けることはないと考えたいが、今回の件で侯爵家が勇者の資質を王侯貴族に訴え出るようなことがあったら、勇者パーティーは後ろ盾を失う可能性まで出てくる。この王国において社交界を敵に回すことだけは絶対に避けたいところだ。

それにキャトルも聖騎士として申し分のない実力を持っている。

武門貴族のヴァンディス家が男子ではなく、女子のキャトルを送ってきたことからもそれは明確だ。若さ故の実戦経験の乏しさだけがネックだが、それもすぐに克服するだろう。

とはいえ、そんな女聖騎士キャトルも、魔女モタも、反旗を翻しかねない……

「いったい、どこで歯車が狂ってしまったのでしょうか」

もちろん、答えは明らかだ――

勇者パーティーからセロを追放したのがきっかけだ。

「ですが、それは致し方のないことでした」

聖女クリーンは独り言を続けた。

勇者バーバルから、「セロが呪いにかかって、最早解呪出来ないほどの段階に達している」という話を受けて、大神殿での診断を秘かに確認したところ、魔族に変じるばかりか、古の魔王こと愚者の力を継承する可能性まであると示唆された。

そんな驚愕の事実に対して、大神殿では緘口令を敷いた上で、固陋な組織にありがちなことだが判断をいったん保留した。

そもそも大神殿でのセロの地位は司祭に過ぎなかったが、それでも王国民からは勇者パーティーに所属していることもあって、『光の司祭』として親しまれてきた。その呼称は冒険者特有の二つ名に過ぎないものだったが、何にしても聖女と並んで人気を誇る聖職者ではあった上に、内包する魔力量が飛び抜けていただけに、教皇も、主教たちも、どう処分したものか頭を悩ませるしかなかった。

こうして、結局、婚約者であるクリーンに全てを押し付けたわけだ――

クリーンにとっては一種の踏み絵となった。

セロを断罪しなければ、大神殿での政治的な立ち位置が危うくなる。一方で断罪したならば、聖女、あるいは婚約者としての慈しみはないのかと王国民から問われかねない……

どちらにしても、クリーンは大神殿に所属する聖職者として、最悪の魔王を誕生させるわけにはいかなかった。

そう。あくまでも聖女クリーンはその職務に忠実であっただけだ。

もちろん、モンクのパーンチと同様に、勇者バーバルの口車に乗せられたのは確かだ。バーバルと協力して、セロを秘密裏に処理出来るなら、それに越したことはないと考えた。

「それに、あのときはまだ……バーバルが男らしく見えたものですから……」

聖女クリーンは自分自身にそう言い訳して、「あはは」とやや間の抜けた笑い声を上げた。

いやはや、恋は盲目とは本当によく言ったものだ。さすがのクリーンも、今となってはバーバルとの蜜月を黒歴史にしたい気分である。

「ただ、解せない点が二つあります――」

聖女クリーンはそう言うと、底深い眼差しで窓から遠くの王城を見つめた。

その一室には今も勇者パーティーが泊まっていることだろう。その主賓である勇者バーバルはいったいなぜ、セロに対してこうも悪意を持ったのか。同じ村出身でずっと一緒にやってきたはずなのに、どこで関係が崩れてしまったのか。

「そして、もう一つ、不自然なことがありました」

聖女クリーンは、今度は目を伏しがちにした。

第七魔王の不死王リッチ討伐のときのことだ。勇者パーティーと神殿の騎士団は『擬態』、『不可視化』や『静音』といった認識阻害の魔術を駆使して、湿地帯を慎重に進んでいた。

それにもかかわらず、不死王リッチの見事な返り討ちにあった。幾ら亡者たちが無尽蔵に出てくるフィールドとはいえ、勇者パーティーを取り囲むように現れたというのはいかにも不自然だった。まるで前もってその進路が分かっていたかのようだ……

「内通者の存在を疑いたくもなってくる状況です。そうでなければ、私どもも、あそこまで瓦解することもなかったはずなのに……」

聖女クリーンはそう呟いて、椅子から立ち上がった。

第七魔王こと不死王リッチの討伐が決まったのは、第六魔王こと真祖カミラの討伐報告をしてすぐのことだった。となると、前者の討伐情報を知っていた者は限られてくる。王族、勇者パーティー、そして神殿騎士団の上層部だ。

もちろん、王族は除外していい。

王家はもとをたどれば勇者と共に戦った騎士の末裔だとされる。この王国を作ったのも、魔族から人族を守る為なので疑うことすらおこがましい。

それと騎士団上層部も信用出来る。そもそも、第七魔王討伐が伝わったのは直前だ。おかげで騎士団はずいぶんと慌ただしく編成することになったわけだが、そういう意味では内通する暇も持てなかったはずだ。

となると、一番怪しいのは――

「もとはといえば、キャトル・ヴァンディス侯爵令嬢を除けば、出自すらも怪しい寄せ集めですからね」

聖女クリーンはとげとげしい口調でこぼした。

まず、魔女のモタはセロやバーバルの隣村に住んでいた。魔術の才能に恵まれていたものの、村ではその力を発揮する場所がなかったので、二人と共に旅を始めたそうだ。

次に、モンクのパーンチはそんな駆け出し冒険者の三人とよく共闘した。もともと一匹狼の性格だったこともあって、当時のパーティーには加わらなかったが、バーバルたちとは何かと縁があったらしい。

そんなバーバルたちが王都に出てきて、聖剣に認められたことでバーバルが勇者となり、そのタイミングでヴァンディス侯爵家が長女キャトルをパーティーに迎えるように王族に働きかけた。同様に、大森林群から古の盟約に従ってエルフの狙撃手トゥレスがやって来た。最後に、魔王討伐の件を聞きつけてきたパーンチが正式に加入した。

「経歴だけを考えれば、一応は誰も内通者になる要素などないはずですが……」

聖女クリーンはそこで本日幾度目かのため息をついた。

結局のところ、答えは何一つとしてまとまらなかった。ただ、クリーンはにこりともせずに、再度、窓から王城の一室を眺めた。

「それでも、このパーティーには何か大きな隠し事があるに違いありません。どうにも、まだまだ荒れそうですね」

話は少しだけ昔に遡る。その日、ダークエルフのリーダーのエークは迷いの森で狩りをしていた。

もちろん、精鋭数名とパーティーを組んで慎重に行動している。そうしなければ、たとえ熟達した狩人であっても、ここでは生き延びることが出来ない。

この迷いの森は大陸の中でも、王国の南にある『竜の巣』と並んで最も危険とされる地域だ。

なぜそんな場所にダークエルフが種族として住んでいるのかと言うと、かつて古の大戦時に人族を巻き込んで、同族のエルフと敵対してしまったせいだ。

その為、両種族から逃げるようにしてこの森に分け入った。

土地神である土竜ゴライアスに事情を話して、その庇護を受けたわけだが、果たしてこの森に隠れ住むのと、両種族と戦い続けるのと、どちらの方が楽な生き方だったか……

もっとも、そんな種族の大移動はエークが生まれるよりも遥か昔のことであって、長老たちでさえも事実をろくに知らない。せいぜい最長老とされるドルイドが祖先から伝え聞いた話に過ぎない。

「まあ、あのドルイドは変人だが……嘘をつくタイプではないからな」

エークは独り言ちながらも、得意の弓矢で足の速い獣を順調に仕留めていった。

あと何匹か狩れば、しばらくは食料に不自由しないはずだ。

もっとも、種族的に屈強とされるダークエルフの中でも、この森に狩りに出られる人材は限られている。たとえ精鋭に選ばれても、簡単に命を落としかねないのがこの森の恐ろしさだ。

以前も、幼き双子に栄養を与えたい一心で、外に狩りに出た実力者の夫婦があっという間に命を落としたことがあった。それほどに過酷な場所なので、今となってはこの森に入ってくる人族はおろか、追手のエルフすらろくにいない状況だ。そもそも、普段、ダークエルフはこの森にではなく、森の奥にある洞窟に拠点を作って暮らしている。

何にしても、この森は子供一人育てるにも、多くの犠牲を払わなくてはいけない過酷な場所だ。自然と子供たちからは笑みが消えていくし、五体満足に成長する者の方が少ない。というよりも、少しでも体を欠損したならば、それはすぐ死に直結する。

だから、子供たちは早いうちから森の危険性を学んで、さらには役割を持って集落に貢献することを求められる。それが出来なければ、たとえ子供でも生きることすら許されない。

そんなダークエルフたちのリーダーを務めるエークからすれば、よくもまあこのような場所にわざわざ逃げ込んでまで居を構えたものだと、一生分の恨みつらみを祖先に伝えたいほどだった。

そうこう考えているうちに、仲間の精鋭たちも獣に止めを刺したようだ。

「よし！　これで今日の狩りは終わりだ。私は森外の砦にこの物品を売り払いに行く」

エークはそう言って、森で拾った装備品(アクセサリー)などをアイテム袋に詰め込んだ。

人族やエルフはほとんど来なくなったが、たまに吸血鬼など魔族がここを通ることはある。そして、無駄に命を散らしていく。

エークはパーティーを二つに分けて、樹の枝を伝って移動を始めた。実のところ、千年以上かけて先祖代々作り上げてきた地下通路もあるのだが、それに頼ると地上の森の魔物たちの生息域の変化に気づかないことがある。

こうやってあえて危険に身を晒すのもリーダーとしての職務なわけだ——

すると、しばらくして森が開けて、湿地帯が見えてきた。

その湿地帯の前には大きな砦が築かれている。この百年ほどで立派になった砦には、呪人や人族から転じた魔族たちが住んでいる。

もとはと言えば、迷いの森の入口になぜか転送されてきた者たちを拾って、湿地帯から湧き出てくる亡者対策としてここに住まわせたわけだが、いつの間にか、エークたちの住処よりもよほど良い建物が出来上がっていた。

いっそのこと、ここを奪ってやろうかとも考えたこともあったが――

「久しぶりだな。何か良い拾い物でもあったのか？」

砦内の小さな市場を見て回っていたら、ふいに背後から声をかけられた。

熟練の狩人たるエークの『探知』でも気づかせずに近寄ってくるのだから、並大抵の実力者ではない――この砦のリーダーを務めている元人族の男だ。

「ああ、幾つかな。これら装備品と……そうだ。物々交換でトマトをもらえないか？」

「トマトだと？」

「森の隣に立派なトマト畑があってだな。さすがに手は出せないが、見ているとどうしても食べたくなってくる」

「なるほど。構わんぞ。ここでもトマトは育てている。その手の専門家がいるからな」

「トマトの専門家だと？」

「ふふ。真祖トマトほどとは言わんが、それなりに美味しいぞ」

「ほう。では、それをいただくとしようか」

エークはそう言って、元人族の男と別れた。

遠くからその大きな背中をじっと見つめて、彼我の実力差を推し測ってみるが……やはり相手の方が数段上だ。もっとも、人柄は寛容かつ高潔なので、元人族だが信用は出来る。敵対しないうちは問題ない。

「さて、帰るとするか」

エークはそう呟いて、「ふう」とため息をついた。

いったい、いつまでこんな過酷な狩猟生活を続けなければいけないのだろうか。

まるで贖罪する為のような生活だ。エークの先にリーダーを務めた者も。また後に務めるだろう者も――迷いの森の恐怖に怯えながらずっと生きていかなくてはならないのだ。

子供たちの笑顔は見られず……

真っ当な恋愛だってろくに出来やしない……

「いっそ流浪の民にでもなった方がいいのではないか。あるいは、今さらエルフに頭を下げて――」

そこでエークは言葉を飲み込んだ。

ダークエルフとしての矜持(きょうじ)がそれ以上を呟くことを許さなかった。

エークは再度、ため息をつくと、砦まで付いてきた精鋭たちに、「行くぞ」と告げて、足早に森に分け入っていった。

もっとも、セロとの出会いによって、ダークエルフたちの生活は劇的に向上していくわけだが――このときのエークはそんな未来をまだ知らずにいる。

03 全てを導く者

セロは何だか落ち着かなかった……

今は魔王城の前庭に幾つかテントを張って、その中でごろんと横になっていたところだ。

城が半壊したとはいってもルーシーの寝室はきれいなので、ダークエルフのリーダーもとい近衛長となったばかりのエークも、セロはやはりルーシーと共に寝るのだろうと考えていたようだが、

「いやいや。だって、まだルーシーとは出会って二日も経っていないんだよ？」

「はは、セロ様。またまたご冗談を――」

「そもそも、僕はこの魔族領にやって来たばかりなんだって」

というわけで、セロはこれまでの経緯を簡単に説明した。

すると、エークはぽかんと口を開けたまま、まるで不可解なものでも見るかのような眼差しで、

「ええと……つまり、セロ様は……まだ魔族として魔核がろくに安定していない状態なのに、あの土竜ゴライアス様を退けられたのですか？」

と、呆れかえって、数分ほど固まってしまった。

これで魔核が安定して、今よりも魔族としての特徴がはっきりと出てきたら、それこそ魔神か、悪神にでもなるのではないかと、エークは最早、新たな崇拝対象でも見つけたかのような熱のこもった視線を向けてくる有り様だ。

それはともかく、ルーシーの寝室周りは無事なので、その空室で寝てはどうかという話も上がったが、どうやら資材置き場などになっているようで、寝泊まりする為の家具が一切なく、結局のところ、セロもエークたちダークエルフの精鋭に交じって、前庭で野営してテントで寝ることになった。

そもそも、セロは長い間、冒険者稼業をしてきたわけで、草の上の雑魚寝でも一向に構わなかったのだが、

「さすがにセロ様はテント内でお眠りください。寝具もご用意してあります」

と、そうでもしないとダークエルフの精鋭たちも皆、仮眠すら取らないぞといった雰囲気だったので、セロは仕方なく、一番広いテントに一人きりで眠ることにした。

ちなみに、ダークエルフの双子の片割れのドゥはセロの付き人ということで、セロが寝入るまでテントの入口で立っていようと頑張っていたみたいだが、こんな小さな子に夜間立哨などさせられないと、セロは途中で気づいて声をかけた――

「ダメです。ここで立つのです」

それでも、ドゥはふるふると頭を横に振って抵抗してみせたが、

「じゃあ、ドゥが外に立っている間、僕は絶対に寝ないからね」

「むむ?」

「ドゥが中で一緒に寝てくれないと、僕はいつまで経っても睡眠が取れないことになるなあ。困ったなあ。どうしようかなあ」

そんなふうにセロが言いくるめたら、最初のうちはドゥも「むうー」と、しばらくセロとにらめっこしていたが、やはり子供らしく、しだいにこくり、こくりと舟を漕ぎだして、結局、睡魔に負けて

セロの毛布の中に入り込んで眠ってくれた。

するると、ちょうどそのタイミングでテントの外から低い声が届いた。

「セロ様。もうお休みになりましたか？」

どうやら近衛長のエークのようだ。

「いや。まだ起きているよ」

ドゥがすやすやと寝付いたばかりなので、セロも声をあえて低くして上体だけ起こすと、

「夜分にお休みのところ大変申し訳ありません。ドゥが見当たらないのですが、もしやそちらにおりますか？」

「うん。僕が入っておいでって声をかけたんだ。もうぐっすりと寝ているよ」

「そうでしたか……大変ご迷惑をおかけいたしました」

エークがそう言って謝ると、すぐにもう一人、別の声がテント越しに聞こえてきた。

「セロ様。よろしければ、私がドゥを担いで別の場所に移しますが？」

それは子供の声音だった。どうやら夕方にドゥと一緒に紹介された双子の片割れのようだ――たしか、ディンと言ったっけか。ふんわりとしたお嬢様タイプの女の子だったとセロは思い出して、子供なのにしっかりしているなと感心した。

「いや、いいよ。それよりも、ディンだっけ？」

「はい。お名前を覚えていただき、ありがとうございます」

「何ならディンも一緒にどうだい？　このテントはとても広いから、僕とドゥだけじゃ、ちょっとばかし寂しいんだよね」

セロがそうこぼすと、しばし沈黙があった。

テント越しなのでよくは分からなかったが、どうやらエークとディンの間で、何かしらひそひそと確認をしているようだ。

「畏まりました。それでは僭越ながら、私もご一緒させていただきます」

そう言って、なぜかエークの方がすごすごと入ってきたので、

「いや。エークはいらない」

「ええ……」

まるで捨てられた犬みたいな眼差しを向けてきたが——セロにはその魂胆が分かっていた。

どうせセロが寝入った後に、ドゥをこっそりとどこかに運ぶつもりなのだろう。それまではセロの枕もとでずっと立哨している気に違いない。そんなことをされたらかえって眠れやしないというわけで、セロはエークをさっさと追い出して、まだ外にいるディンに対して「入ってきていいよ」と伝えた。

「では、失礼ながら、入室させていただきます」

本当によく出来た娘だなと、セロは「ほう」と感嘆した。

ドゥがどこか無口無表情なタイプだっただけに、見た目も含めていかにも対照的な双子だ。

「私たち姉妹にご寵愛をいただきまして、誠にありがとうございます」

「……ん？」

セロは首を傾げた。

それから、「ええ！」と思わず大声を出しかけて、急いで口を両手で覆った。

ドゥはどうやら女の子らしい。子供とはいえ、すぐ真横であやすように寝かせてあげたけど、よかったのだろうか。セロには姉妹がいないからよく分からなかった。

しかも、ディンはというと、なぜか着ていた貫頭衣をごそごそと脱ごうとしている。

「ちょ、ちょっと待って。ええと……ディンは寝巻きにでも着替えようとしているのかな?」

「いえ。せっかくご寵愛をいただけるのですから、裸の方がよろしいかと存じまして」

「いやいやいや、ご寵愛ってどういうこと?」

すると、ディンは少しだけ頬を赤らめて、なぜかお腹のあたりをさすった。

「もちろん、第六魔王こと愚者セロ様の子種を頂くという意味です。私の準備はばっちり出来ております」

セロはいっそエークをここに呼びつけたくなった。

ダークエルフとはこんなに早熟な種族なのだろうか。どう見てもまだ十歳ぐらいの子供にしか見えないのだが……

それとも、エルフ種は基本的に見た目と年齢が一致しないというから、ドゥも、ディンも、もしかしてセロよりもずっと長生きしているのだろうか。どちらにしてもセロには幼女趣味などなかったので、「はあ」とため息をついてから、

「いいかい、ディン。僕の同伴者(パートナー)はルーシーだけだ」

もっとも、ルーシーにはきちんと告白したわけではなかったが、それでも好意以上のものはとうに持っていたので、セロはそう言い切った。

「なるほど。順番の問題でしたか。ルーシー様が先にご懐妊してからと?」

「違う」

「ああ……これはまた失礼いたしました。私の早とちりですね。つまり、ルーシー様の次にドゥ、それから私ということでばっちりなのですね？」

「違う違う、そうじゃない」

「では、ええと、私とドゥと――あらまあ、二人同時でしょうか？」

「…………」

セロは片手を額にやって、やれやれと頭を横に振った。

「よく聞いて欲しい、ディン。僕は君とドゥに手を出すつもりはない。もちろん、君たちに魅力がないからじゃない。僕はもともと人族だから、一人の女性を愛するという習慣を持っているんだ」

当然のことながら、人族でも王侯貴族となれば愛妾を持つ者も多くいる。

ただ、セロは聖職者だったから、一夫多妻には抵抗があった。そもそも、年端もいかない子供に手を付ける気には到底なれない……

「だから、ドゥやディンをこのテントに呼んだのは、単純に広いところで一人きりで寝るのが寂しかっただけだよ。寵愛とか、子作りとか、そういうことじゃないんだ」

「さようでしたか」

「はい、さようなのです。まあ、そうだな……僕のことは大きなお兄さんが出来たとでも思ってくれればいいよ」

「お兄様……ですか？」

「うん。急にそんなことを言われても戸惑うかもしれないけど、ドゥやディンにはこんな夜遅くまで働かずに、子供らしくきちんと寝てほしかったんだ。ほら、寝る子は育つっていうだろう？」

セロがそう言うと、ディンはふと、「はっ」となった。

「実は、先ほどルーシー様からも申し付けられました。城内の寝室の前で控えておりましたら――妾のことはいいから、しっかりと睡眠を取って明日に備えよ、と」

どうやらルーシーもセロと同じ考えのようだ。

そんなふうに同じ価値観を持っていると分かっただけでも、セロは何だかうれしかった。

「これからは僕をお兄さん、ルーシーをお姉さんだと思って、あまり堅苦しく考えずに仕えてほしい。僕は魔王としてはまだまだ未熟だけど、頼ってくれていいんだからね」

セロがそう言うと、ディンはやや俯いてしまった。

そして、両頬を先ほどよりも真っ赤にさせて、わずかに唇を震わせながら、

「セロ……お兄様？」

ディンは上目遣いでセロを見つめた。

「それでいいよ。じゃあ、もう遅いし、寝るとしようか」

「はい！」

ディンは元気よく答えてくれた。

そのせいか、ドゥが「むー」と起きかけたが、セロはまたあやしてあげた。

そんなドゥを羨むように、反対側で横になったディンが「いいなあ」とこぼしていたので、これまたディンが寝付くまでセロは頭をやさしくさすってあげたのだった。

夜半にセロはごそごそと起き出した。

魔王城の前庭にテントを張ってもらって、そこで三人で中の字で寝ていたところだ。

なぜ中の字かと言うと、ダークエルフの双子の子供、ドゥとディンが丸まってセロにくっ付いてくるからだ。おかげで横になってはいたが、セロ自身はなかなか寝つくことが出来なかった。特に、ドゥの何気ない蹴りと、ディンのさりげないセロへの頬擦りが堪らなかった。

だから、二人を起こさないようにと、アイテムボックスから気配を消す『静か草』をわざわざ取り出して噛みしめてから立ち上がった。もっとも、セロは愚者となったので、認識阻害の闇魔術でもいけそうな気はしたが、魔王城前の坂を溶岩にしたり、絶対凍土にしたりとやらかしたばかりだったので自重した次第だ。

さて、前庭に出てみると、そこには幾つかのテントが整然と並んでいた。

どうやらダークエルフの精鋭たちが仮眠を取っているらしい。当然、立哨して警護に当たっている者たちも四、五人ほどいた。

すると、ダークエルフの近衛長エークが半壊した魔王城内から急いで出てきた。

「セロ様。いかがなさいましたか?」

「それはこっちの台詞だよ。エークこそ、まだ寝ていなかったの?」

「明日の魔王城の改修工事が迅速に進められるように、測量や地盤調査の段取りなども考慮して、今は図面を引いていたところです」

エークはそう言って、額の汗を片手で拭ってから白い歯を見せた。

こういうときのエークは本当に爽やかで、リーダーとしての優秀さも合わさって格好良くみえる……

「それに疲労や睡眠不足なんて全く気になりませんよ。むしろ、疲労困憊で昏睡するぐらいになって、やっと心地良くなってくるというか……それぐらいでないとリーダーは務まりません。ですよね、セロ様？」

そんな同意を求められても、セロは白々とするしかない。

というか、こういうちょっとばかしあれな気質さえなければ最良の人物なんだけど……

「まあ、何にしても、あまり無理は良くないよ」

「ありがとうございます。とはいっても、セロ様の『導き手』によって身体強化されたおかげで、これまでよりもずっと仕事が捗（はかど）っているんですよ」

「そんなに？」

「はい。これまで一週間かけてやる仕事がたった一日で可能になったほどです」

「それって……かえって危ないんじゃ」

セロはむしろ過剰摂取（オーバードーズ）みたいなことを疑ったが、何にしてもエークは「大丈夫です」と胸を張ってみせた。

まあ、たしかにセロ自身にも『導き手』の効果は現れているはずで、その本人が倒れていないのだから問題ないのかなと、セロは考え直すしかなかった。

「それよりも、もしやセロ様はドゥやディンのせいで眠れなかったのですか？」

その通りですと答えたら、ドゥやディンが怒られるような気がしたので、セロは話をごまかした。

「いや、違うよ。さっきも説明したけど、ここに来てまだ二日しか経っていないから、単純に落ち着かないだけさ。それにほんの数日で色々なことがあり過ぎたしね。だから、なかなか寝付けなかったんだ」

「なるほど。それでは、セロ様。よろしければ、少しだけ私にお付き合いいただけないでしょうか？」

「お酒でも飲むのかな？」

「はは。晩酌ということならもちろん喜んでお供いたしますが――実は、魔王城改修工事の件で確認したいことがございましたので、今のうちにお聞きしようかな、と」

「うん。いいよ」

セロはつい苦笑した。

そもそも、セロは聖職者になるぐらいなので生真面目な性格だ。

だから、エークがさらに仕事をしたいというのなら、それにきちんと向き合いたい。さっきまで働き過ぎは良くないよと言っていたはずなのに、今では一緒に仕事しようとなっているのだから、そういう意味では二人は似た者同士なのかもしれない……

「まずはこちらにお越しください」

そう言って、エークは城内ではなく、城の東側に回った。ルーシーの寝室の手前あたりだ。

「外郭の確認をしていたところ、このあたりなら地盤工事や舗装などの手間もあまりかからずに、セロ様の寝室を新たに増築出来るかなと考えておりまして、ただ……」

「ただ？」

「ルーシー様の寝室のすぐ隣というわけにはいかず――」

「別に構わないよ。隣同士だとかえって気を遣うかもしれないし、エークがやりやすいように改修工事をしてくれればさ」

「ありがとうございます。それでは一応、明日の朝にルーシー様にも確認を取ってから、この件は進行させていただきます」

　エークはそう言って、すでに起こしていた図面をセロに見せた。

「間取りなのですが、このような感じでいかがですか？」

　そこにはルーシーの寝室の倍近くもある部屋が記されていた。

　さすがにセロも「え？」と思ったが、もしかしたら近衛兵の詰め所なども含まれているのかなと考え直した。それよりもセロは図面にあった文字に興味が湧いた。

「それでいいけど……ところで、この『エルフウッド×四本』って何かな？」

「寸法です。私たちダークエルフはこの木の長さを基礎にして測るのです」

「へえ。人族のやり方とは違うんだね。じゃあ、やっぱりドワーフや蜥蜴人（リザードマン）なんかも独自の寸法を持っているのかな」

「さすがに他種族については分かりかねますが、少なくともエルフも同じように測っているとは聞いたことがあります」

そんな会話をしながら、セロとエークは城の西側に回った。

最も倒壊がひどい箇所だ。この魔王城はもともと四階建てで、増改築を繰り返してきたのか、様々な建築様式が組み合わさった建物だったようだが、何にしてもこちら側は全て崩れている。

「ここには瓦礫をどかした後に、城と直結した新しい建物を建てようかと考えています。人族の王城などで言うところの騎士の間や賓客の間などを設けて、さらには食堂を新設し、その他にもセロ様にとって必要でしたら修道院、礼拝堂や告解室などもお作りしますが？」

「ええと……いったい誰が修道生活を送るのかな？」

「もちろん、セロ様配下の全ての者です。私たちダークエルフは職業として狩人などをすでに習得していますが、何でしたら今から暗黒司祭（ダークビショップ）や死体の召喚術士（ネクロマンサー）になれるように全力で努力いたします」

「いやいや、いいよ。そこまでしなくても」

「では、告解室に置く拷問装置は何がよろしいでしょうか？」

「……むしろ聞きたいんだけど、告解になぜ拷問が必要なのかな？」

セロがそう尋ねると、エークは「え？」とぽかんと口を開けてしまった。

どうやらダークエルフも含めたエルフ種にとって、王国の大神殿は異端排斥を好んでやっている狂信者の集まりのように見えるらしい。まあ、エルフも、ダークエルフも、四竜信仰なので、人族が信仰している存在に共感出来ないのは仕方のないことかもしれないけど……

とはいっても、元聖職者としては聖堂があるのは助かるし、いずれドゥやディンなど子供たちに教育を施す意味でも、たとえ魔王城内であってもそういった施設はあった方がいいのかなと、セロはこの時点でゴーサインを出した。

「それよりも、これだけ壊れていると、建築の為の資材は大丈夫なのかな?」

「そこが一番の問題ですね。迷いの森が近いので、いっそ新築の建物に関しては全て木造にするという手もあります。もちろん、岩山がすぐ裏手にありますから、石材を得るのに苦労はしませんが……」

「木材の方が加工しやすいものね」

「はい。あと、接合材としては『火の国』のものを手に入れられれば楽なのですが、現実的ではありませんので、岩を加工して切石積みをしていくしかないかと」

ちなみに、火の国というのは北の魔族領こと第六魔王国からすぐ東にある亜人族のドワーフを中心とした国家のことだ。四方を火山で囲まれている独特な地形なので、そういう名称が付いている。

また、ドワーフと言えば、火と鉄と酒でよく知られている種族なのだが、火の国は長らく鎖国政策を敷いてきた。少なくとも、王国とは数百年ほど交流が一切ない。第六魔王国とはどういう関係なのか、セロにはよく分からないので、これもまた明日にでもルーシーに確認する必要があるだろう。

何にせよ、半壊した魔王城を改修するには、相当数の石材に加えて、接合材を得られない場合は上手く切り出した石を積み上げていかないといけない。

これには相当な手間と時間がかかるわけで、数十年単位でやるべき仕事だ――

もっとも、セロは魔族となって不死性を得たし、エークにしてもダークエルフなので長寿の種族だ。人族だった頃に比べると、時間の概念が異なってくるだろうから、セロもわざわざ改修を急がせて、肝心のダークエルフたちが過労で倒れるなんてことにならないように注意しなくちゃ駄目だなと考えた。

するとと、そのときだ。

「キュイ」

と、どこからか鳴き声が上がった。

ヤモリだ。倒壊した瓦礫に張り付いていたのだ。

そのヤモリがセロをじーっと見つめてから、また「キュイ」と鳴いた。

「え？　本当に？」

セロがそう驚くと、エークは眉をひそめて、いったいどういうことかとセロに尋ねた。

「いいから、エークも見ていてごらんよ」

セロが断言するので、エークもヤモリに視線をやると、

「キュイ！」

ヤモリは簡単に土魔術でもって瓦礫を石材に変えたのだ。

「この程度なら全然大したことじゃないってさ」

セロが付け加えると、エークの顔にも驚きが広がっていった。

どうやらさほど悩む必要もなく、石材の調達と加工の目処がついたようだ。こうして数十年はかかると目されていた改修工事がわずか数日で終わることになるのだが、このとき、当然のことながら、セロも、エークも、そんな驚愕の事実に気づけるはずもなかった。

一夜明けて、魔王城の修復は予想以上に急ピッチで進んでいた。

ダークエルフの精鋭たちだけでなく、森からわざわざ増援まで来てくれたので、人工(にんく)は十分過ぎるほどだ。

そもそも、迷いの森での狩猟生活は相当に厳しいものらしく、トマト畑で取れる作物などを交換条件にして工事を頼んでみたら、大挙してやって来てくれた格好だ。おかげで労働意欲もかなり高い。

もっとも、ここでやはり活躍したのが――ヤモリ、コウモリたちだった。

実際に、昨晩見せてくれた通り、ヤモリは土魔法が得意なので石材の切り出しに労力をかけずに済んだし、またダークエルフによる火系統の生活魔術と組み合わせて煉瓦も造ることが出来た。

それに、当初は木製の起重機(クレーン)で石材などを運ぶ予定だったが、コウモリは魔物だけあって力が相当に強かった。石材や煉瓦などを後ろ足で器用に掴んで、高いところまで簡単に運んでくれたことで起重機の必要がなくなった。しかも、どちらも数が多い。

セロも初めのうちはがっちりとストレッチをして、さらには工具の手入れまで行って、

「さあ、バリバリやるぞー！」

と、意気込んでいたものの、ヤモリ工房がフル稼働し、近衛長エークの完璧な段取り通りにダークエルフたちが瓦礫をどかした上で熟達した匠の技によって基礎や土台を作り直し、森の木材で足場やクレーンもしっかりと組んで、そこにコウモリたちが石材などを運んでいって、どんどんと改修されていくのを目の当たりにするうちに――

「もしかして、素人はお呼びでないのかもしれない……」

セロは残酷な真実に気づいて、しゅんとなってしまった。

おかげで今は魔王城の前庭で、椅子にふんぞり返って、総監督という肩書だけの閑職に就いている始末だ。ちなみに、なぜふんぞり返っているのかというと、エークがしつこく、

「セロ様は第六魔王なのですから、どうか我々のことを心底見下していてください」

と、何だかいかにも性癖丸出しな怪しげなことをまた言ってきたせいであって、決してセロの趣味嗜好ではない。

実際に、セロが椅子の上で少しでも姿勢を真っ直ぐに正そうとすると、背後に侍(はべ)っているダークエルフの双子姉妹のドゥとディンがセロをのけ反らせようといちいち戻しにかかって来るのだ。

これにはセロもしだいに腰が痛くなってきたわけだが、隣にいるルーシーはというと涼しい顔で見事なのけ反り具合をみせつけている。芸術点を上げたいくらいだ。そういえば、以前も器用に首を傾げていたし、もしかしたら魔王の仕事とは体が柔らかくないと務まらないのかなと、セロもつい生真面目に考え込んでしまったほどだ。

「よし。これからは毎朝ストレッチをきちんとしよう」

こうしてセロは魔王として第一の誓いを立てたのだった。

その後、セロの所領では『新しい朝が来た体操』なるモノが定着するわけだが、それについては多くを語るまい……

さて、そんな双子のドゥとディンだが、どちらも女の子で、短い白髪できびきびと動き回るのがドゥで、ふわっとした白い長髪でいかにもお淑やかなのがディンというわけで、セロにはドゥ、ルー

シーにはディンがそばに付いている。

ルーシーとディンはどうやらお嬢様トークで盛り上がっているようだが、セロは女の子と喋るような話題をあまり持ち合わせていない。史書とか、神学とか、ポーション錬成とかについて試しに話を振ってみたが――


「…………」


終始、無言で返されてしまった。

そもそも、ディンとは違って、昨晩の件から分かる通り、ドゥはやはり無口なようだ。

さっきからセロが姿勢をちょっとずつもとに戻そうとするたびに、無表情でさっと寄ってきて、さながら熟練の職人みたいに見事なのけ反り角度に調整してくる。

もっとも、セロもついに「うっ」と腰にきたので、いったん立ち上がって「うーん」と伸びをした。

城の改修を手伝う必要もなさそうなので、アイテムボックスからごそごそとモーニングスターを取り出して、武器の手入れを始める。

このモーニングスターは土竜ゴライアスの口内に放って爆発に巻き込まれたせいで粉々になってしまったが、愛着があったのでそれらの欠片を拾い集めて、素人仕事ながらこつこつと直してきた。

だから、今もその続きでもしようかなと思ったら――


「…………」


ドゥがガン見してきた。

セロがハンマーを振るうたびに距離が近くなって、やけにプレッシャーを感じるほどだ。


「もしかして、鍛冶に興味があるのかな？」

セロが尋ねると、ドゥは頭をふるふるふると小さく横に振った。

「じゃあ、このモーニングスターの方かな？」

ドゥはこくこくと肯いた。

ついでに幾つか質問してみたら、ドゥはどうやら武器や戦闘に興味があるようだった。

実際に、ディンは何ら武器らしいものを持っていなかったが、ドゥは腰のあたりに片手剣を横にして帯びていた。

何にしても、それからはやっと話題が見つかったことがうれしくて、セロはドゥに勇者パーティーにいたときに戦った相手について話し込んだ。

セロが一方的に話して、ドゥが無表情でこくこくするだけだったが、それでも少しだけ距離が縮まったような気がした。セロからすれば、縁側のお爺ちゃんみたいで、いきなり孫が出来たような気分である。

すると、ルーシーとディンがセロたちをじっと見つめていることに気づいた。

「いったい、どうしたのさ？」

セロが二人に尋ねると、ディンが応じた。

「いえ、ドゥがそんなに楽しそうにしているのを見るのは久しぶりでしたので」

セロはドゥに視線をやったが、相変わらずの無表情だ。

むしろ、さっきよりも顔がやや強張っている気がする。それでも、両頬が少しだけ赤くなっているかなとセロは感じ取った。

どうやら仲良くなるにはまだまだ時間がかかりそうだが、セロはちょっとだけうれしくなった。それにこういう仲間とのやり取りは、何だかとても久しぶりな気がした。はてさて、勇者パーティーの皆は今頃、元気にしているだろうか……

いや、まあ、元気にしていたらすぐにでも討伐されそうなので、それはそれで困りものだが……

「それはさておき、ルーシーたちは何をそんなに楽しく話し込んでいたの？」

セロが後学の為にと、ルーシーやディンに聞いてみたら、

「大型魔術円陣実験の不可逆性について議論していたのだ」

「はい。ルーシー様は経験主義的超統一理論では仮説の正否にまつわる決定実験がそもそも前提として成立しないことについてウパニシャッド古魔術の視座から全体的魔術認識論の観点を取り入れてみてはどうかと――」

セロは白々とした表情で二人の議論をしばらく聞くしかなかった……

大神殿ではかなり優秀だったはずなのに、二人の話にはさっぱりとついていけなかった。ルーシーは不死性をもってそれなりに長く生きているはずなので色々と物知りだとは知っていたけど、まだ幼そうなディンの方はいったい……

何にしても、二人の話がまた白熱してきたので、セロは仕方なく会話に割って入って、前々から聞いてみたかったことを尋ねた。

「そういえばさ。ルーシーって眷属はいるの？」

そのとたん、ルーシーは、むっすーと顔を曇らせた。

もしかしてぼっち吸血鬼なのかと思って、セロは悪いことでも聞いてしまったかと焦った。

もっとも、吸血鬼の生態についてはよく分かっていないのが実情だ。

実際に、セロも吸血鬼とは血を吸って生活するものだと勘違いしていた。それにブラン公爵は数百もの眷属を従えていたが、ルーシーの話では真祖カミラにはほとんどいなかったらしい。結局、眷属を作るのはその吸血鬼の気分次第といったところなんだろうか……

とまれ、ルーシーが一向に答えてくれないので、セロは渋々とまた話題を変えることにした。

「そういえば、北の魔族領にしては他に吸血鬼を見かけないよね？」

「当然だ。吸血鬼は日のあるところでは行動しない」

「でも、ルーシーは昼でも大丈夫でしょ？」

「真祖の娘だからな。純血種なら日に対する完全な耐性を持っているが、それでも爵位持ちでなければ、能力が半減したり、状態異常にかかったりするものだ」

「じゃあ、吸血鬼は夜行性ってこと？　そういえば、ブラン公爵の眷属も日が暮れてから攻めてきたものね？」

「というよりも、吸血鬼はそもそも活動的な魔族ではないのだ。日がな一日寝て過ごす者の方がよほど多い」

「なるほどね。そうなるとやっぱり疑問が生じるんだけど……吸血鬼たちの家というか、街をこの所領内で見かけたことがなかったんだけど？」

実は、セロはずっと不思議に思っていた――

勇者パーティーとして北の魔族領に侵攻したときも、魔王城まで街道で一直線だったのだ。家も、街も、砦も、ダンジョンさえも見かけずに、しかも城に直行したら入口広間でいきなり真祖カミラとご対面だった。

セロはそんな状況にずっと疑問を抱き続けてきたわけだが、それでもルーシーはどこがおかしいのか分からないようで、例によって九十度ほども首を傾げている。

「わざわざ家などを持っているのは、それこそ真祖に連なる公爵級ぐらいだ。だから、街も、砦も、あるわけがない」

「ええ？　それじゃあ、吸血鬼はいったいどこに住んでいるっていうのさ？」

セロがそう問いかけると、ルーシーは「ふむ」と息をついた。

「セロは視力が良い方か？」

「まあ、それなりに」

「では、あそこの林の暗い部分は見えるか？」

ルーシーは木の高さが小指ほどに見える遠くの林を指差した。

「うん。見えるよ。木陰に隠すようにして、何か箱みたいな物が幾つか置いてあるようだね」

「棺（ひつぎ）だ。あそこで吸血鬼が寝ている」

「ん？」

「要は、吸血鬼にとっては、棺が家なのだ」

「………」

ずいぶんと安上がりな家もあったもんだなとセロはツッコミを入れたくなった。

とはいえ、ルーシーによると、吸血鬼によって棺に色々なこだわりを持っていて、一概には説明出来ないらしい。人族で言うところのマイ枕みたいなものだろうか……

「つまり、吸血鬼たちは家も、街も、砦なども作らずに、木陰とか、岩陰とか、洞窟内とか、日が当たらず目立たない場所に棺をこっそりと置いて寝ていると?」

「そういうことだ」

「で、夜中じゃないとろくに動かない?」

「ふむ」

セロはつい遠い目になった。

北の魔族領に防衛拠点らしきものが一つもないという恐るべき事実に直面して、頭痛がしてきたのだ。

新たに立った魔王としては、裏山の洞窟と眼前の魔王城を魔改造して何とか生き残るしかないんじゃないかなと心を新たにした瞬間だった。


たしかにセロとしては魔王城を魔改造したいとは思っていたが、寝室までやる必要などなかった。

だが、現実は非情だ。ダークエルフの近衛長エークは魔王城の改修よりもセロの寝室の新設を優先させたようで、今、セロはそこに案内されて呆然としている。

まず、あまりに広いのだ……

どれぐらい広いかというと、王国の王城の大広間ぐらいある。百人以上が立ち並んで祝宴を開いてもまだ余裕がありそうだ。たしかに昨晩、見取り図を見せてもらったが、あれは近衛の詰め所などを含めたものだと思い込んでしまって、つい生返事をしたのが仇となった。

次に、そんな大広間ほどの寝室の中央にぽつんとベッドだけが置かれている……

いかにもシュールな光景だ。まあ、これについては仕方がないところもある。魔王城自体がまだ壊れていて、家具など作る時間が取れないからだ。

が。

その肝心のベッドは、なぜか棺だった……

窓からこぼれてくる満月の明かりを受けて、神々しく煌めいてさえいる……

「ええと……これは……」

質(たち)の悪いジョークかなと、セロもさすがに首を傾げた。

ただ、セロの寝室を確かめに来ていたルーシーは「おお！」と感嘆の声を上げる。

「見事な木棺だな」

その言葉にエークは胸を張って、堂々と応えてみせる。

「はい。ありがとうございます。迷いの森の人面樹のうち、樹齢が千年以上のものから厳選いたしました。我々ダークエルフの彫り師によって、セロ様の喜怒哀楽といった表情を内側に施した上で、金を塗ってしつらえております」

「ほう。まさに芸術的な一品だ。で、実用性の方はどうなのだ？　棺自体にどれほどの耐久性がある？」

「木棺ではありますが、『炎獄(ヘルフレイム)』に耐えられます。また、瓦礫や落石などがあっても傷一つ付きませ

ん。ためしに先ほど魔王城前の溶岩や永久凍土に漬けてみましたが、何ら影響はありませんでした。これでセロ様もぐっすりと永眠出来るはずです」

いやいや、永眠したらマズいんじゃないかな、とはセロも言わずにおいた。

それだけエークは誇らしげな表情を浮かべていて、ルーシーに至っては垂涎の逸品でも見ているかのような恍惚とした顔つきをしていたからだ。

「では、エークよ。棺の底はどうなっているのだ？」

「もちろん、コカトリスの羽毛を底に敷き詰めて適度な弾力性を実現しています。頭部はスライムが受け止めてくれて、程よい固さに調整できます。また、寝つけない夜には羊の悪魔が隣に召喚されて、やさしく添い寝してくれた上に羊の数までかぞえてくれるオプションも付与しています」

「それは最高だな！　妾にも用意してほしいぐらいだぞ」

「でしたら、明日にでも早速準備いたします」

ルーシーとエークはがっしりと握手して、互いに笑みを浮かべ合った。

もっとも、セロは冷めた視線で棺をじっと見つめていた。どのタイミングで人は棺では寝ない生き物なんだよと伝えるべきか迷った。

それだけ気合の入った棺であることはさすがに素人のセロでも分かった。しかも、そんなセロの気持ちを表したかのように、哀しげな顔まで棺の内側に芸術的な美しさでもって彫られているのだから、最早、何というかやるせない……

それに、もしかしたら魔王は棺で寝るものなのかもしれないわけだし……

と、セロがやや暗澹たる思いに駆られていると、ふいに遠くから剣戟の音が聞こえてきた。

同時に、ダークエルフの精鋭の一人が注進にやって来る。

「夜分遅くに失礼いたします！　夜陰に紛れて侵入者がありました！」

エークがセロたちの前に進み出て対応する。

「状況は？」

「敵は魔族で人狼。その数は十人ほど。私どもの把握していない進入路から入ってきたようで、現在、入口広間にて応戦しております」

するとルーシーが人狼という言葉にぴくりと反応した。そして、ダークエルフの精鋭にすぐさま尋ねる。

「その人狼の中に、顔に大きな傷がある者はいたか？」

「申し訳ございません。分かりかねます」

「ふむん。何にせよ、確かめに行かねばなるまいな」

ルーシーがそう言って寝室を出たので、セロもエークも続いた。

廊下で扉番をしていた双子のドゥとディンも加わって、皆で足早にホールへと急ぐ。

「人狼め！　『投刃』！」

「ふん。この程度！　しゃらくさい！」

すると、たしかにダークエルフの精鋭と人狼が戦っていた。

満月の夜なので人狼たちは完全に戦闘形態だ――人というよりも、ほとんど巨大な狼に近い姿になっている。

一方で、ダークエルフたちは他に侵入者がいる可能性を警戒して、入口広間以外にも散っているのか、この場では人狼と同数で応戦しているようだ。

とはいえ、戦況はダークエルフに有利なようだった。これにはセロも目を見張った。

というのも、ダークエルフは本来、弓矢を主武器として中衛や後衛で戦うことが多い種族だ。実際に、勇者パーティーのエルフの狙撃手トゥレスは中衛にすら出てこず、補助武器はナイフだけなので近接戦は極力避けていた。

が。

「どうした、人狼よ？　動きが鈍いな」

「ちい！　ダークエルフのくせにここまで近接格闘でやれるとは！」

ダークエルフの精鋭たちはナイフのみで人狼たちの爪や牙を軽くいなしていた。もちろん、セロによる『導き手』の効果だ。

これにはさすがに人狼たちも面食らっているのか、得意の近接戦でダークエルフを押し切れないことに苛立ちを募らせているように見えた。

そんなタイミングで、ルーシーがホールの中央へと出て行った。

「真祖カミラが長女、ルーシーが命じる。双方、武器を収めよ！」

その声かけで、ダークエルフは一斉に跪いた。

一方で、人狼のうちリーダーらしき巨狼がルーシーをまじまじと見つめる。

その巨狼には、ルーシーが言っていた通り、片目を潰すようにして額から頬へと大きく痛々しい古傷があった。そして、ルーシーを確認するや否や、「ウォーン」と遠吠えを上げてから狼化を解いた。

直後だ。

月明りの中に、ぼさぼさの長い黒髪と逞しい巨体を持った隻眼の男が現れ出た。

すぐにアイテム袋から黒ずんだマントを取り出して、それを身に纏った。そして、ルーシーの前で跪く。同時に他の人狼たちも人の姿に戻って、その男に倣った。

人狼はちょうど十名——

男性が一人で、他は全て女性だ。その所作がいかにも洗練されている。

そんな人狼を代表して、先ほどの大男が声を上げた。

「お久しぶりでございます、ルーシー様。真祖カミラ様が勇者めに討たれたと聞いて、もしやルーシー様も共に亡くなられたかと心配しておりました」

「ふむ。貴方たちも変わりがなさそうでよかった」

「ところで、ルーシー様。勇者どもとの戦いで城が半壊しているのは分かるのですが、このダークエルフたちはいったい……?」

「もしや、城を奪われたか、盗掘されているとでも勘違いしたのか?」

「お恥ずかしながら……」

巨体の男が小さく息をつくと、ルーシーはまずセロに向き直った。

「セロよ。紹介しよう。この魔王城で長らく執事とメイドをやって、母や妾に仕えていた人狼たちだ」

「あ、ええと、その……セロと申しまふ」

また、噛んだ……

セロはついあたふたした。

ルーシーはというと、今度は腰に手を当ててどうしたものかと首を傾げている。

だが、人狼の男はセロの胸もとをまじまじと見て、土竜のアミュレットがあることを確認すると、

「ルーシー様……も、もしや、このお方は……」

「気づいたか。そうだ。母である真祖カミラに代わって、新たにこの地に第六魔王として立った。土竜ゴライアス様の試練でも傷を与えて認められたほどだ。愚者のセロという。今では妾の同伴者だ」

「な、何とっ！」

人狼たちが一斉にざわついた。

ルーシーの同伴者というだけでも驚きだったが、土竜ゴライアスに一矢報いたなど、これまで聞いたこともなかったのだろう。

セロからすると、土竜が魔族にとってどれほどの存在なのか、いまだにピンときていなかったが、この様子を見る限り、人族にとっての神に匹敵するものなのかもしれないと認識を改めるしかなかった。

何にしても、巨体の男はセロの前で叩頭した。

「ご挨拶が遅れました無礼……何卒、手前の首一つでご勘弁いただけませんでしょうか」

「え？」

「首だけで足りぬということでしたら、爪剥ぎ、水責めも加えてください。それで人狼の一族が無事でいられるのならば本望です。あと、どうか責めはなるべく強めによろしくお願いいたします」

「…………」

エークもそうだけど、セロの周りには性癖が特殊な男性が集まるのかな？

と、セロが目をつぶって天を仰いでいると、ルーシーがため息混じりに頭を横に振ってからフォローした。

「これでも家宰としては優秀なのだ。人狼なので、吸血鬼の下手な爵位持ちよりもよほど強い。どうだ？　今一度、この魔王城で雇ってみる気はないか？」

「ええと……もともと仕えていたんだよね？　だったら、僕としては何ら問題ないよ。むしろ助かるぐらいだ」

セロの返事を聞いてルーシーが「よかったな」と、人狼たちにそう声をかけると――

「この力の高揚は？」

「満月の明かりよりも本能が刺激される！」

「まさか！　治らないと思っていた目が見えるようになったぞ！」

「今ならどさくさに紛れて、投票を待たずに村人を狩ることも出来るわ！」

セロが仲間認定をしたこともあって、人狼全員に『導き手』の効果が現れた。

特に、リーダーの男は隻眼が治ったのか、その目には涙が溢れていた。人狼の女性たちもそんな奇跡を目の当たりにして、全員がセロに仰向けになって服従のポーズを取ったものだから、セロは「むしろ犬かな」と呻ってしまった……

こうしてセロの王国にまた新たな臣民が加わったのだった。

一晩が過ぎて、セロは棺の中で目覚めた。

隣では、羊の悪魔（バフォメット）が添い寝していた……

「………」

セロはつい無言になった。

そういえば——と思い出した。昨晩は人狼が新たな仲間になったことに興奮して、なかなか寝付けずに羊の数をかぞえてもらったんだっけ……

「さて、と」

セロは小さく息をついて、距離にしてわずか数センチほどしか離れていないこの羊の悪魔をどうするべきかと思案していると、こん、こん、と棺の上蓋を叩く音が聞こえてきた。

「セロ様、おはようございます」

ダークエルフの双子のドゥだ。

基本的には無口のままだが、挨拶や用事などではきちんと話をしてくれる。

だから、セロが上蓋を外して起き上がると、同時に羊の悪魔も召喚元に帰還したようだ。いったいどこに戻ったのだろうかと気にはなったが……とりあえずセロは寝間着から神官服に着替えてドゥに向き直った。

「おはよう、ドゥ」

「はい」

すると、ドゥのそばで人狼たちが二十人ほど跪いていた。

昨晩は十人ちょうどだったはずだから、おそらく入口広間以外の場所にも潜入して、他のダークエルフの精鋭たちと戦っていたのだろう。

そんな人狼を代表して、執事服を纏った大男が渋い声で恭しく言った。

「おはようございます、セロ様」

「はい。おはようございます」

「昨晩は何かとありまして、正式にご挨拶が出来ませんでしたので、よろしければ、改めてここで手前ども一族を紹介させて頂いても構いませんでしょうか？」

執事服の人狼はそう言ってきたので、セロは「どうぞ」と促した。

「まず、手前はアジーンと申します。この魔王城で長らく家宰をしておりました」

巨体の男、アジーンは簡単に挨拶を済ますと、背後にいた人狼のメイドたちを次々と紹介していった。もっとも、セロはすぐには覚えられず、とりあえずは主要な三人だけは間違えないように記憶に叩き込んだ。

その三人とは――ドバー、トリーとチェトリエだ。

ドバーはいかにも好戦的な雰囲気の人狼だが、掃除と洗濯。そして、トリーは抜け目なく獲物を狙うような冷静な人狼で、裁縫と修繕。最後に、チェトリエはいかにも母性的な雰囲気の人狼で、調理と仕入れ、さらにメイド長を担当しているとのこと。

真祖カミラの代から長らく仕えてきたので、魔王城については詳しいらしい。実際に、昨晩はダークエルフがまだ確認出来ていなかった下水道などを伝って入って来たそうだ。

裏山の洞窟以外で魔王城に侵入出来るルートがあることを知らされて、セロは朝からつい呻ったが、もともとは魔王城が戦禍になったときに貴賓などを逃す為に使われていた地下道で、遠くの古井戸などに通じているらしい――

「その古井戸自体もダミーが幾つもありますし、地下道には罠も仕掛けられていますので、あまりお気になさらなくてもよろしいかと存じます」

執事のアジーンがそう言ったので、セロは「じゃあ、いいか」といったん放置することにした。

そんな執事やメイドたちに連れられて、朝食ということでセロは二階の広間にやって来た。まだ階段も仮設で、瓦礫なども隅に残ってはいたが、広間自体はきれいに掃除されていて、ロングテーブルと椅子もきちんとしたものが並んでいる。

しかも、意外なことにルーシーがすでに座っていた。

吸血鬼は活動的ではないと言っておきながら、ルーシーはセロよりもよほど規則的な生活を送っていそうだ。何ならこれから毎朝、『新しい朝が来た体操』を一緒にやろうかなとセロは思いついた。

それはさておき、魔王城での初めての食事だ。

セロは勇者パーティーにいたので王侯貴族との付き合いから晩餐に招かれることもあって、それなりに食事のマナーも学んできたわけだが、さすがに魔族とテーブルを共にしたことはない。

いったい、朝からどんなものが出てくるのかと期待していたら――

「それでは、お召し上がりください」

調理担当の母性的な人狼メイド長のチェトリエが出してきたのは、何と！　真祖トマトだけだった……

「…………」

王国のディナーではバナナ一本をナイフとフォークで小器用に切って食べたことのあるセロだったが、まさかトマトを丸々一つ、切り分けて食べることになるとは思ってもいなかった。

「――って、そうじゃなくて！　トマトだけなの？」

「どうした、セロ。何か不満でもあるのか？」

ルーシーがいかにも訝しげに問い返してきたので、セロはつい眉をひそめた。

そもそもからして魔族の食事の実態が分からなかった。人族の貴族同様に朝昼晩と食べるのか、それとも村人みたいに朝にいっぱい、夜にスープだけなのか。まずはそこらへんから確認しないといけない……

「というわけで、魔族の食事について初歩的なところから聞きたいんだけど？」

と、セロが尋ねると、ルーシーはわずかに首を傾げた。

「逆に聞きたいのだが、セロよ。呪いによって人族から魔族に反転してからというもの、これまで空腹になったことはあったか？」

そう問い返されて、セロは眉間に皺を寄せた。

たしかにこちらに転送されて三日ほどが過ぎようとしているが、食べたものといえば畑でルーシーからもらったトマトだけだ。それなのにお腹が鳴ったことは一度もなかった。これはいかにもおかしい……

「つまり、これはいったい……どういうこと？」

「魔族は基本的に食事をしなくても問題ないのだ。体内の魔力経路が魔核に直接エネルギーを送り続けているからな」

「でも、ルーシーは主食がトマトだって言っていたじゃないか？」

「ふむ。故（ゆえ）に、食事をするのは一部の好事家に限られてくる。それに魔王はいずれ『万魔節（サウィン）』にて他の魔王と会食もする。食べる習慣は身につけておくべきだと、妾は母上から教わった」

ちなみに同じ魔族の人狼はもとの獣人の習性なのか生肉などを好んで食べるらしい。ただ、何も食べなくても問題ないそうだ。

もちろん、ダークエルフは魔族ではなく、亜人族なので、今もドゥはセロの付き人ではあるものの、隣にちょこんと座って、真祖トマトを「おいちい」とかぶりついている。

そんな初めて知らされる魔族の生態に驚きつつも、セロはとりあえず「ごちそうさま」をした。

お腹は減らないとはいえ、トマト一つじゃ何だか物足りない気分だ。ルーシーの畑にはお土産や贈答用にトマト以外の野菜もたくさんあったので、あとでこっそりと調理でもしてみようかなと考えた。

さて、食事を終えると、実のところセロにはやることが何もない……

魔王城の修復はダークエルフ、ヤモリやコウモリたちに加えて、城のことに詳しい人狼まで加わって、着々と進んでいる。

むしろ、このままドゥとディンに付き添われて前庭に出ていけば、今日もまた例によってのけ反りの苦行をやらされるわけで、入口広間に出てからセロは一計を案じた――

「今日は、この魔王城を探索しようか」

そう提案したのだ。

昨晩、人狼が侵入してきたように、外の古井戸などに通じる道が他にあるかもしれない。新たに魔王城を預かることになったセロとしては、なるべく知らないことは減らしておきたい。

そんなわけで、ルーシー、執事のアジーン、ダークエルフのドゥとディンを引き連れて、地下通路を探すことにした。ちなみに、ダークエルフのリーダーのエークは魔王城改修の現場監督なので連れてきていない。

すると、ドゥが「む？」と早速、首を傾げた。

入口広間から上階に行く階段の裏に小部屋があったようなのだが、その瓦礫の下にいかにも胡散臭い下り階段が認識阻害で隠されていたのだ。

「ねえ、ルーシー。この階段はどこに繋がっているのかな？」

「さてな。妾は知らんぞ」

ルーシーはそう答えて、執事のアジーンに視線をやった。

「こちらは地下牢獄に繋がっております」

「ほう。そんなものがあるとは妾も聞いたことがなかったぞ」

「はい。申し訳ございません。真祖カミラ様より口止めされておりました。そもそも、この牢獄は一度しか使われておりません」

「一度となゎ？　いつ頃の話だ？」

ルーシーが尋ねると、執事のアジーンはやや伏し目がちになった。

「ルーシー様が生まれるよりも遥か昔……さらに言うと、手前どもが真祖カミラ様に仕える以前の話と聞いております」

「そのわりには、この先から妙な気配が漂ってくるな」

セロもそれを感じ取ったのか、皆で階段を下りて地下牢獄のある通路まで来ると、慎重に周囲を見渡した。どこからか、ギ、ギ、という小さな擦過音が漏れてくる。

「アジーンよ。隠し立てはするな。この城はすでに母の物ではない。セロの物となったのだ。貴方もセロに仕えるというのなら、その身も、心も、そして知識も——全て捧げる覚悟をせよ」

ルーシーにそう詰め寄られて、執事のアジーンはやっと思いを新たにしたようだ。

「では、百聞は一見に如かずと言います。こちらです。どうぞ、お越しください」

執事アジーンは入り組んだ地下牢獄を先導して、広いホールのような場所に出た。

そこでセロの目に入ったのは——

邪悪な者を封じる巨大な魔法陣と、さながら落雷のように揺らめく幾つもの格子だった。

その最奥に隔離されるかのようにして、ほとんど襤褸(ボロ)に近い白衣を纏った一人の若い女性が両手両足を鎖に繋がれて床に座していた。

「そんな馬鹿な……」

セロたちは言葉を失った。

封じられていてもなお、その圧倒的な魔力が牢獄から漏れ出ていたせいだ。

しばらくの間、ギ、ギ、という何かが擦れる音だけがその場を支配した。そんな濁った静寂を破るかのように執事のアジーンは語り出した——

「ルーシー様はご存じでしょうが、魔王を名乗るには幾つか条件がございます——先代の魔王を倒すか、その実力を認められて引き継ぐか、もしくは種族の頂に立つか、はたまた土竜ゴライアス様のような超越種に認められるか。そのいずれかです」

そこまで言って、執事アジーンはいったん「ふう」と息を吸うと、はっきりとこう続けた。

「真祖カミラ様は古の大戦時に先代を倒したことによって、新たな第六魔王を名乗られました。ただ、正確には倒したわけではなかったのです」

その事実に対して、ルーシーが声を荒らげた。

「では、まさかこの状況……母はこの者を封じたということか？」

「はい。その通りでございます。あちらに御座（おわ）すのが、元第六魔王、人造人間（フランケンシュタイン）のエメス様なのです」

次の瞬間、ギ、ギ、ギ――という機械の部品が擦れたような音が響いた。

元第六魔王こと人造人間エメスは人狼の執事アジーンと同じくらいの背丈で、一見すると人族の若い女性に見える。

ただ、痩せぎすで、襤褸々（ボロボロ）となった白衣を纏っていて、灰色の長髪がずいぶんと痛んでいる。片眼鏡（モノクル）をかけて、いかにも神経質そうな顔つきで、その額には継ぎ接（は）ぎがあって、こめかみのあたりにも太い釘が刺さったままだ。

腕や足の関節がおかしな方向に曲がっているから、おそらく三百六十度可動するのだろう。まるで球体関節人形みたいだ。

そんな人造人間エメスを前にして、ルーシーは執事アジーンに尋ねた。

「この封印は解けるのか？」

「いえ。真祖カミラ様がどこかの術士に依頼して、古の時代から施してきたものだと聞いております。少なくとも手前では解き方が分かりません」

すると、意外なところから声が上がった。

「僭越ながら、わたしたちは解き方を知っています」

そう言ったのはダークエルフの双子の片割れディンだった。ドゥもこくこくと同意するように肯いている。当然ながら、ルーシーが訝しむような口調で聞いた。

「どういうことなのだ、ディンよ」

「この広い牢獄にはダークエルフのドルイドに伝わる封印が張り巡らされています。そもそも、わたしたちが住んでいる迷いの森も、ドルイドの封印によって入った者を惑わせるようにしてあります。その為、ダークエルフは万が一に備えて、認識阻害や封印に関する基礎的な知識を身につけます」

ディンがそう語ると、ドゥもまた肯いた。

セロはなるほどと思った。先ほど、隠された地下階段をドゥがすぐに感じ取ったのもそれが理由か。だが、その話が本当ならば、真祖カミラはダークエルフのドルイドに助力してもらって、人造人間エメスを倒さずに、わざわざこの地下深くに封じたことになる。

「なぜそんな面倒なことを……」

セロはそう呟いたが、過去の経緯はどうあれ、セロにとっては迷惑極まりない者がよりにもよって城の真下に捕らわれているわけだ。セロは顎に片手をやって少しだけ考え込みつつも、結局はルーシーに丸投げすることにした。

「どうしようか?」

「放っておけ。封印したままでも問題あるまい」

すると、ディンが珍しく、険しい表情でルーシーに告げた。

「ルーシー様。この封印についてなのですが――」

が。

「吸血鬼よ。逃げるのですか？　終了」

唐突にそんな機械的な声が上がってディンの言葉を遮った。

人造人間エメスだ。口を開けた様子はなかった。それに口ぶりもたどたどしく、どこか平坦かつ淡々とした印象だ。

一方で、ルーシーは「ふん」と鼻を鳴らして、人造人間エメスに冷めた視線をやった。

「逃げるも何も、貴様のことなどよく知らん。付き合いきれんよ」

「真祖カミラもかつて同じようなことを言いました。吸血鬼とは存外、魔族のくせに卑怯な生き物なのですね。終了」

セロは「あちゃー」と顎から額へと片手を動かした。

これはマズい。ルーシーはいわゆる古い価値観の魔族だ。戦って死ぬことこそ誉れだと考えている。だから、売られた喧嘩は買うに決まっている……

そんなルーシーはというと、やはり「うふふ」と怒気を含んだ笑みを浮かべていた。

「まさかとは思うが、人造人間エメスよ。妾を挑発しておいて、封印が解けたとたんに逃げるつもりではなかろうな？」

「残念ながら逃げられる確率は低いでしょう。そこにいるのは新たな魔王――しかも、よりによって愚者の称号を継いだ個体と分析しました。弱体化している今の小生が敵う相手ではありません。終了」

「ほう。よく分かっているではないか」

ルーシーはそう応じたが、セロは気掛かりだった……。

戦って死ぬことに名誉を見出すはずの真祖カミラが倒さずに封じたほどだ。人造人間エメスは何か奥の手でも持っていて、今の発言はブラフの可能性も捨てきれない。

だが、ルーシーの胸中ではとっくに火が付いていたようだ。

ルーシーはドゥとディンに封印を解くように言うと、二人は魔法陣や格子を調べ始めた。ところが、二人ともすぐに眉をひそめた。

「やはり、おかしいです。先ほども言いかけましたが、この封印は――すでに解かれています。そもそも、封じられていたのに、その姿を直視出来る状態だったことからしておかしいんです」

そんなディンの危惧にドゥもこくりと肯いた。

その直後だ。

魔法陣が色褪せて、落雷のような格子も床に吸収されていった。

人造人間エメスを封じていたものがほんの一瞬で全て消え失せてしまったのだ。

セロはドゥとディンを守るように前に立ち、執事アジーンはルーシーのそばに駆けつけた。人造人間エメスはというと、最後に手枷と足枷を力ずくで壊して、よろよろと一歩を踏み出した。

「何が起こった?」

セロが背後にいる二人に尋ねるも、むしろ人造人間エメスが抑揚のない口調で説明した。

「もともと、この封印は真祖カミラの魔核に同調して作られていました。過日、どうやらその魔核が崩れたのか、封印も一気に弱まりました。とうに解析も済んでいて、出ようと思えば、いつでも出られたわけです。終了」

すると、ルーシーがゆっくりと前に進みながら尋ねる。

「ならば、なぜここから出なかったのだ？」

「出る必要がなかっただけです」

「どういう意味だ？」

「出たとして何をするのです？」

「再度、第六魔王に返り咲くつもりはないのか？」

「小生は兵器です。呪いを受けて不覚にも魔族に転じましたが、もとはと言えば、古の大戦時に人族が魔族に抗う為に、理想の兵器として生み出されたモノです」

「ならば、ここから出て、すぐにでも魔族を滅ぼせばよいではないか？」

「滅ぼす意義を見出せません。小生を作った博士（ヒト）ももういません。守るべきものはとうに全て失われたのです。終了」

　人造人間エメスが発した最後の言葉にだけ、セロには不思議と感情がこもっているように思えた。

　博士たち人族を守る為に作られたはずなのに、魔族に転じたことによってその人族全てに牙を剥いてしまった——もしかしたら、人造人間エメスはその贖罪として、いっそこの薄暗い地下に永久に封じられることを望んだのかもしれない。

「それではなぜ、わざわざ姿を挑発した？」

「真祖カミラによく似ていたからです」

「ふん。母上と似ていたとしたら、どうする？」

「もちろん、戦いの続きです。魔族は戦って壊れることこそ本望だと言います。違いますか？　終了」

「いいだろう。では、母上に代わって貴様に引導を渡してやる」

ルーシーはそれだけ言うと、両手首を爪で一気に掻き切った。

ドク、ドク、と垂れ落ちる血が双剣に変じていく。その一方で、人造人間エメスは長柄武器(ハルバード)を取り出した。

こうして古の時代に決着がつかなかった戦い――その火蓋がついに切られたのだった。


「セロとアジーンよ。妾の戦いだ。手は出すなよ」

ルーシーはそう言って血の双剣を構えた。

次の瞬間、人造人間のエメスが長柄武器をルーシーに向けると、その刃先から無詠唱で魔術の『電撃(ライトニング)』が射出された。

ルーシーは横っ飛びでかわして、人造人間エメスとの距離を一気に縮めようと直進する。

「む?」

だが、ルーシーは何かに感づいてバックステップした。

そのとたん、ルーシーがいた場所に小さな円陣が浮かび上がって爆発した。土魔術による設置罠の

『地雷(マイン)』だ。

ルーシーは「ちぃ」と苦々しく舌打ちした。

これまで人造人間エメスが設置罠を仕掛けた様子はなかった。

ということは、ルーシーたちがここに来る前に仕込んでいたものになる。要は、この広い地下牢獄全体が罠だらけかもしれないということだ。

「セロよ！　こちらから仕掛ける！　ドゥとディンをしっかりと守ってくれ！」

ルーシーはそう声を上げると、呪詞を高々と謡って、牢獄内に水系と闇系の複合魔術である『血の雨(ブラッドレイン)』を降らせた。

その雨粒が床に下りると、仕掛けてあった地雷が連鎖的に爆発していった。

床が吹き飛び、爆風が吹きつけてくる中で、セロはアイテムボックスからモーニングスターを取り出すと、その棘付き鉄球を回して盾代わりにした。おかげでドゥとディンを守って、傷一つ付けずに済んだ。

人造人間エメスはというと、そんなセロの様子にちらりと視線をやった。

セロにはなぜか、その眼差しに微かな羨望がこもっているのを感じ取った。一方で、ルーシーはその隙を見逃さなかった。

「よそ見とは余裕だな、エメスよ」

人造人間エメスとの距離を一気に縮めると、ルーシーは双剣の手数で圧倒し始めた。

しかも、床に溜まった血が設置罠の『血地雷(ブラッドマイン)』と化して爆発する。さらには、飛び散る血が小さな羽虫に姿を変えて、人造人間エメスを喰らおうと襲いかかった——こうした血による多形攻撃こそ、吸血鬼の真骨頂なのだ。

そんな手数の多様さに、人造人間エメスはハルバードだけでは対抗出来なくなっていた。

「やりますね。真祖カミラよりも強いやもしれない」

「ふん。妾個人の実力では、貴様とせいぜい伍（ご）する程度だろうさ」

「その回答は理解出来かねます。終了」

「簡単なことだ。仲間がいれば、さらに強くなれるという意味だよ」

もちろん、人造人間エメスはセロの『導き手』までは分析しきれていなかった。

今のルーシーはセロによって倍以上に強化されている。その心地良さにルーシーは微笑を浮かべつつも、ついに人造人間エメスの体を双剣で切りつけた。

「うっ」

と、エメスは呻いて即座に後退すると、

「仕方がありません。出力上昇（オーバードライブ）！」

そのとたん、人造人間エメスの球体の関節部から青白い光が漏れた。

逆に、目や口などの粘膜からはぷすぷすと煙が上がり始める。どうやら今の魔力の出力に体の部位が耐えきれないようだ。

ルーシーはその様子を見て、わずかに眉をひそめたが――

そんな間隙を縫って、人造人間エメスはルーシーを怒涛の勢いで突き始めた。スピードではルーシーが上のはずだったのに、今では押されている格好だ。

「ちい！　いちいち一撃が重い！」

ハルバードの刃先で切りつけられて、噴き出たルーシーの血は鏃に形を変じて人造人間エメスに迫るも、エメスが無詠唱で周囲に『雷撃』を展開すると、その全ては蒸発させられた。

手数とスピードで上回れなくなったルーシーは血の双剣を半分ほどに減らして、さらに多くの血の鏃で抵抗しようと企てたが、

「出力限界まで承認。撃滅いたします。終了」

結局、血は全て液体なので、人造人間エメスの放った高火力の魔術によって霧散していった。

「くそがっ――」

今となっては完全に立場が逆転していた。

ルーシーが一方的に押し込まれてしまったのだ。

その様子に対して、ドゥが焦りでつい身を乗り出した。ディンは「ルーシー様！」と悲鳴を上げた。アジーンまでもが無言で拳を固く握りしめた。

だが、セロだけはやけに落ち着き払っていた。

というのも、人造人間エメスの方がむしろ不利に見えたからだ。今のエメスは明らかに無理をしていた。それどころか、まるで命を削って戦っているようにすら見えた……

そういう意味では、ルーシーは人造人間エメスが力尽きるまで何とか凌げばいいだけだ。

実際に、セロの見通しは間違っていなかった。人造人間エメスには、戦闘活動を継続する為の魔力がほとんど残されていなかったのだ。

そもそも、遥か古の時代に造られた生物だ。魔族に転じてしまってからは魔核に魔力のチャージもしていないし、それに人造人間に関する技術も失われて久しい。

真祖カミラによってこの地下牢獄に封印されたので、活動停止して何とか生き永らえてきたものの、最早、ルーシーという魔王級の相手に戦う余力など、最初から持ち合わせていなかったわけだ。

だからこそ、人造人間エメスは最期に魔族として誉れを望んだ。

この戦いで壊れることこそ、本望だったわけだ。事実、しばらくすると、人造人間エメスはついに自壊し始めた。

もう肉体が出力に耐えきれなくなったのだ。青白い光は途切れがちになって、球体の関節部からも煙がもくもくと上がって、しだいに動きも緩慢になっていく。

そのタイミングを見逃さずに、ルーシーはナイフほどの大きさになった双剣を二つとも人造人間エメスの魔核がある箇所に突き立てようとした――

「止(とど)めだ、エメス！」

刹那。

人造人間エメスは小さく笑みを浮かべた。

「感謝する。終了」

メトロノームのように正確で、抑揚のない声が地下牢獄によく響いた。

が。

ルーシーは直前で双剣を血に戻した。

その血が両腕を伝って、ぽた、ぽた、と床に落ちていく。

「なぜ……止めた？」

「何が感謝だ。ふざけるなよ、エメス」

「何……だと？」

「たしかに魔族にとっては戦って死ぬことこそ誉れだ。だが、貴様は本心から満足出来たのか？　この戦いにて心行くまで抗ってみせたのか？」

ルーシーの言葉はいっそ残酷に聞こえた。

そもそも、人造人間に心という名の器官などあるわけがないのだから――

「妾には貴様が本気を出したようには見えん」

「これが……小生の全力だ」

「ならば、今の貴様は単なる自殺志願者に過ぎない。こんなものは心を殺した者の戦い方だ。いったい貴様は何の為に戦ったのだ？　この戦いで誰に何の誉れを求めたい？　貴様がやったことは、ただの自己満足だ」

ルーシーはそう唾棄すると、人造人間エメスを真っ直ぐに睨みつけた。

だが、人造人間エメスは憤懣（ふんまん）やる方ないといったふうに表情を歪めてみせた。

「真祖カミラ同様に貴様も愚弄するつもりか？　小生には何もないのだ。とうに全てを失った。国も。帰るべき施設（ラボ）も。守るべき博士（ヒト）も。何もかもだ！　小生自身がこの手で全て壊してしまったのだ！　終了！」

その瞬間だった。

不思議なことに――セロには、はっきりと見えた。

古の大戦時に魔王へと変じた人造人間エメスが自らの手で祖国を破壊していく様を。

また、救うべきと定められた人々に手をかけ、守るべきとされた街や城を潰して、魔族としての衝動のままに何もかもを破壊し尽くしたおぞましき姿も。

先ほど、セロは人造人間には心など持ち合わせていないと考えた。

だが、それは間違っていた。エメスは持ってしまったのだ。大切なものを守りたいという想いを。皆と共にいたいという望みも。だからこそ、エメスはその失意のまま、地下牢獄に自ら望んで縛り付けられていた。

ここにきて、セロは頭をゆっくりと横に振った。

今の光景は、もしや古の魔王こと愚者としての記憶なのだろうか……

こんなふうにエメスの感じている痛みや苦しみがセロにも伝わってくるのも、『導き手』という名の自動スキルが呼応しているからなのか……

何にしても、セロの心音は、ドクン、ドクンと、急速に高鳴りだした。

地底湖で土竜ゴライアスと対峙していたときと同じだ。地下にいるというのに、セロのもとにまた一条の光が下りてきたのだ。その煌めきを受けつつも、セロはエメスに向けてゆっくりと歩み始める。

「聞いてほしい、エメス。僕も同じだ。仲間も。誇りも。地位も。未来も――追放されて何もかも失った。生きる価値さえ見出すことが出来ずにいた」

そう。セロはバーバルを呪いから守りたいと思った。だが、バーバルに裏切られた。

逆に、エメスは人々を戦禍から守りたいと思った。だが、呪われたことで自ら裏切ってしまった。要は、二人ともよく似ているのだ。だから、セロは共に背負いたいと強く感じていた。エメスの罪も。過去も。その後悔や哀しみも。なぜならば――

「僕はルーシーと出会ったことで最期まで足掻こうと決めた。彼女との出会いが僕の全てを変えてくれた」

セロは光差す胸に両手を当てながら言葉を続けた。

「今度は、僕があなたを導き、変えていく番なのだと思う」

このとき、セロの決意によって、自動スキル『導き手』は進化した。

新たに『救い手（オーリオール）』となって、人造人間エメスを一気に包み込んだのだ。

その瞬間、エメスの体から上がっていた煙が止まって、体内に魔力が少しずつチャージされていった。失われた技術のせいで直るはずもなかった箇所ももとに戻っていく。

「馬鹿な……これはいったい？　終了」

そんなふうに戸惑う人造人間エメスに向けて――

セロとルーシーは肩を並べて、手を差し伸べた。そして、二人はちらりと視線を合わせると、セロが代表して人造人間エメスへと告げた。

「僕は共にいる者を決して見放さない。そんな魔王でありたいし、そんな王国を作りたい。どうかな、エメス？　あなたも僕たちと共にいてくれないだろうか？　守ってほしいんだ。僕たちの国を」

人造人間エメスは「ふう」と息をついて、差し出された手を取った。

「そうか。これが愚者（エンダー）の力か……ならば、魔王セロよ。約束してくれないか？　小生の体の中にずっとあり続けた、名も知らぬこの傷みもいつかは終わらせてくれると？」

その声にはいかにも人間らしい、すがりつくような響きがあった。まさに祈りそのものだ。

「ああ、約束するよ。それにね、エメス。あなたの内にあるものは傷みなんかじゃない。きっとそれこそが心というものなんだ」

次の瞬間、エメスの目から液体が漏れ出てきた。

「こ、これは、いったい――」

エメスの驚愕に対して、セロとルーシーは小さく笑ってから言った。

「涙というんだよ。哀しいときや、苦しいときや、辛いときや、悔しいときには――」

「素直に泣け。そして、その思いを誰かと分かち合えばいいのだ」

それがきっと、本当の仲間というものなのだから。

セロはそう信じて、ルーシーと一緒に人造人間エメスの手を引いて立ち上がらせた。

執事のアジーンやダークエルフの双子のドゥとディンも駆け寄ってくる。人造人間エメスはやや困惑を浮かべた。すぐにでも仲間という言葉をアップデートしないといけない。そうしないとこの状況には簡単には対処出来ない……そもそも、情報があまりにも足りていない……

もっとも、情報不足でも構わないかと人造人間エメスはふいに思った。

足りていないからこそ、あるいは欠けているからこそ、人は誰かを求め続けるのだ――

そんなふうにして、ぽっかりと空いてしまったものを少しずつ埋める為に生きていくのも悪くはないのかもしれない。きっとセロやルーシーたちに比べて長い時間がかかるだろう。こればかりは仕方がない。もともと心を持たなかった人造人間なのだから。

ただ、そうであっても、エメスは願った――

エメスを仲間として受け入れてくれた人や場所をずっと守っていける存在でありたい、と。

何にしても、こうしてセロの魔王国に古の魔王が一人、新たに加わった。そして、もう一人だけ。セロのもとに近づこうとする者がいた――それはこの物語の始点とでも言うべき人物。そう、勇者バーバルだ。

ついにセロとバーバルは遭遇しようとしていたのだった。

ヴァンディス侯爵家は王国の武門貴族の筆頭に当たる名家だ。

王国には幾つか騎士団があるが、その中でも最強の盾と謳われるのが聖騎士団で、そこに最も多くの幹部たちを送り込み、つい数年前まで当主のシュペル・ヴァンディス自身も団長を務めていた。

そのシュペルには目に入れても痛くない自慢の娘がいる――勇者パーティーに所属している女聖騎士キャトルだ。そのキャトルはというと、今、王都にある邸宅の応接室でシュペルと晩餐を共にしていた。

「そうか。大神殿の騎士たちがしきりに噂を流していたが……勇者バーバルはそれほどに野心家で、他人の話を聞かない男か」

シュペルはそう嘆いて、紙ナプキンで口もとを拭ってから、ワイングラスの足を持って傾けた。そばに控えていた執事がワインをわずかに注いだので、グラスを見て、匂いを嗅いで、それから少量だけ口に含んで舌の上で転がした。そして、「ふむ。悪くないな」と言って、執事にまた注がせた。

「そもそもお前はあまり詳しくないだろうが、勇者が高潔であったことの方が珍しいのだ。直近だと……そうだな。せいぜい、百年前の勇者ノーブル様ぐらいか」

「しかしながら、お父様。お言葉ですが、勇者に求められるのは、王国民に安寧をもたらす資質です。それが欠けているようでは話になりません」

「ふん、いかにも若いな。清濁併せ呑めといつも教えているだろう？　まあ、たしかに魔王たちの動きが鈍くなってからずいぶんと経つ。お前が言う通り、今のうちに魔王討伐ではなく、勇者を中心にして国力を高めるべきだという考え方もよく分かる」

「それならば！　なおさら大切な仲間を追放し、神殿の騎士団と対立するような勇者は――」

キャトルがナイフもスプーンも置かずにまくしたてたので、シュペルは片手でそれを黙らせた。

「魔族を信用しろというのか？」

「ど、どういう意味でしょうか」

「国力の拡充を優先させるということは、魔王討伐が二の次になるということだ。必然的に魔族に対する牽制も疎かになる」

「魔族側に動きが少ない今だからこそ、出来ることだとお父様もご理解いただけていたのでは？」

「そこなのだよ、キャトル」

そう言って、シュペルはワインを一気に飲み干した。

「本気で魔族に動きが少なくなったと考えているのか？」

シュペルはそう尋ねると、底深い眼差しをキャトルに向けた。

まるで現在でも魔族は活発に人族に干渉しているかのような物言いだった……

キャトルはやや目を伏せた。魔族領での動きが目立たなくなったのはたしかだ。この百年ほど、第三魔王邪竜ファフニール、第六魔王真祖カミラや第七魔王不死王リッチで大陸上の勢力は均衡していて大きな戦いは生じていない。

では、いったい、どこがどのように王国に対して干渉しているというのか――

というところでキャトルは、「はっ」とした。

「まさか……王国内に紛れ込んでいるとでも――」

キャトルの言葉をシュペルは「しっ」と自らの唇に人差し指を当てて制した。

そのことにキャトルは愕然とした。シュペルは無駄なことはしない。キャトルは父の実直な性格をよく知っているからこそ、家にいてもそこまで警戒しないといけないのかと呆然自失しかけた。

なるほど。それならばまだ脂が乗っている年齢だというのに、シュペルが聖騎士団長を辞してまで、わざわざ社交界に戻ってきた理由も肯けるというものだ。つまり、敵はすでに身内にいるということか……

「何にせよ、勇者バーバルは聖剣に選ばれたのだ。仲違い程度では弾劾は出来まい」

「くっ」

「それでも、現王にはそれとなくお伝えしよう。どのみち勇者バーバルは王女プリム様の婚約者なのだ。資質に本当に問題があるならば、多少は考え直す必要も出てくるかもしれない」

「はい。ありがとうございます」

その言葉を引き出しただけで、今はキャトルも満足するしかなかった。

それからしばらくの間は他愛のない話に終始して、キャトルは食事を終えて応接間から出ようとした。

直後だ。

シュペルが唐突に、「そういえば――」と、話の角度を変えた。

「王女プリム様といえば、園遊会の話が来ていたよ」

「ですが、お父様。私は勇者パーティーの聖騎士です。遊んでいる暇など――」

「言っただろう。どこに潜んでいるか分からないと。王家を守るのも侯爵家の務めだ。励みなさい」

「……畏まりました」

キャトルは渋々と答えて応接室から退出した。

気は進まなかったが、シュペルが念まで押してきたのだから、園遊会の件は断れないだろう。しばらく勇者パーティーから離れることになるのは気掛かりだったし、子供の頃からドレスよりも鎧を着ることを好んだキャトルにとっては面倒事でしかなかった。

「それよりも……勇者バーバルにどう詰め寄るべきでしょうか」

廊下を進みながら、なぜこれほどまでに勇者バーバルの素行に対して焦れているのかと、「ふう」と小さく息をついていったん足を止めた。

もっとも、答えは明確だった――

キャトルはセロに憧れていたのだ。

いっそ、セロの振舞いの中に聖騎士としてのあるべき姿を見出していたほどだ。常に戦場全体を俯瞰して、冷静に守るべき者を見定める。時には前衛に出て、勇者バーバルやモンクのパーンチの代わりに敵からの攻撃をもらって、あるいは後衛にて狙撃手トゥレスや魔女モタの盾ともなる。

要は、セロこそがキャトルにとって実戦での教科書だった。

だから、そのセロが不在となった先の不死王リッチ討伐戦では、キャトルは自らの役割さえ見失いかけてしまった。魔女モタも守れず、不死将デュラハンに後れを取った始末だ。

そもそもからして、本来は、聖騎士たるキャトルが受けるべきだったのだ――

セロが真祖カミラから受けた『断末魔の叫び』を。

「本当に……不甲斐ない」

キャトルはギュっと下唇を強く噛みしめた。

その心中ではセロへの申し訳なさがいつまで経っても消えなかった。

勇者パーティーの中でも、一人だけ、何も出来ない未熟さを痛感して、忸怩(じくじ)たる思いに駆られながらもキャトルは金髪をいじり続けた。その夜、同じくセロに共感していたモタに異変が起きていることなど露知らずに――

王城の一室で魔女モタは不貞寝をしていた。

モンクのパーンチの手刀を受けて意識を失って、この部屋に運ばれてきてからというもの、一日中、ずっと横になったままで食事もろくに取っていない。

それに目覚めてからは左手首のミサンガをずっといじり続けている。村を出たときにセロがくれたものだ——

冒険の幸運を祈って、セロはかつてバーバルとモタに手渡してくれた。

もっとも、バーバルは前衛の戦闘職なのでどこかで切れてすぐに失くしたようだったが、モタは今もずっと大事にしていた。

「だって、友達から初めてもらったものだもん……」

モタはそう呟いて、昔を思い出した。

人族の村ではハーフリングは珍しかったので、モタはずっと遠ざけられてきた。

そんなときにセロたちがやって来て、モタの魔術の才能に惚れ込んで冒険に誘ってくれた。

駆け出しばかりが集まった冒険者パーティーだったが、幾多の困難を乗り越えて、今では王国の最高峰にまで上り詰めて、第六魔王まで討伐するに至った。

「それなのに……セロだけ、いなくなっちゃうなんて……」

モタは「はあ」と深いため息をついた。

そのときだ。

ドアを乱雑にノックする音がした。勇者バーバルがわざわざモタの部屋にやって来たようだ。

「おい、モタよ。開けてくれ。俺の話を聞いてくれないか？」

「何の用？　魔族領まで行って、セロを連れ戻してきてくれたの？」

ドア越しにモタが皮肉を返すと、「そんなことするわけないだろ」という勇者バーバルの文句がこぼれてきた。

その返事にモタはまたかちんときた。ドアを開けて杖で殴りつけてやろうかと思ったが、バーバルはひとまずドア越しに用件だけ伝えてきた。

「とにかくそのセロについて、これからパーティーで話し合うところなんだ。モタにも来てほしい」

「話し合いって……どうせバーバルのことだから、結論はもう出ているんでしょ？」

さすがに付き合いが長いので、勇者バーバルが他人の考えなど寄せ付けないことをモタはよく知っていた。

そもそも勇者パーティーでも、女聖騎士キャトルは髪をいじってばかりだし、モンクのパーンチは戦うこと以外に興味がないし、エルフの狙撃手トゥレスはたまにしかアドバイスをくれないしで、話し合いになったためしがないのだ。

だから、バーバルが決めたことに不満があった場合は、セロがなだめて、モタがすかして、といったふうにこれまでは何とかやってきた。そのセロがいなくなった以上、話し合いなど全くもって無意味だ。

実際に、バーバルはモタにこう言ってきた。

「まあ、そうだな。俺としてはもう結論が出ているんだよ」

「怒らないからそこで言ってよ」

「本当に怒るなよ？」

「うん。大丈夫」

「あのときモタは意識を失っていたから聞いていなかっただろうが……俺としてはやはり、セロの代わりに聖女クリーンを仲間にしたいと思っている」

その瞬間、モタはバンっとドアを蹴り開けた。

当然、ドアが勇者バーバルの額に思い切りぶつかって、「あ、いたた……」とバーバルがその場に蹲(うずくま)っていると、

「この馬鹿！　阿呆！　ド畜生！　大嫌いだ！」

「怒らないと言ったではないか！」

「もう知らない！　知りたくもない！　もし追いかけてきたら、百日間うんこ出来ずに死ぬ魔術でもかけてやるからね！」

「………」

本当にそんな魔術があるのかどうかは知らなかったが、モタが天才であることを考慮して、勇者バーバルはというと、身の危険を感じてずっと蹲り続けた。

一方で、モタは廊下をずんずんと進んでいった。

ハーフリングは小人の亜人族なので足幅は大きくないが、人族よりはずっと敏捷だ。

実際に、先日の不死王リッチ討伐戦でも、モタは生ける屍(リビングデッド)の群れから一人でちゃっかりと逃げ切っ

たほどだ。

「バーバルの馬鹿！　馬鹿！　馬鹿！」

もちろん、モタだって理解はしていた。

この怒りはバーバルに対するものだけじゃない……

むしろ、モタ自身に向けたものなのだと——「まあ、たしかに司祭なのに、かけられた呪いが解けないんじゃねー」などと、あのとき、なぜ、セロにひどいことを言ってしまったのか……

これまでだってセロが法術を使えないことについて本人をからかったことはあった。

セロがおどけてみせてくれたから、モタも罪悪感を持たずに済んだ。それなのに、あのときのセロは全くもって見ていられなかった。そもそも、あれが別れになると知っていたら、からかうような言葉を大切な友達にかけるはずもなかった……

「セロに……きちんと謝りたい」

廊下の途中で立ち止まり、モタはそうこぼした。

同時に涙もこぼれてきた。やるせなくなった。情けなくなった。自分に向けて、「馬鹿、馬鹿、馬鹿、わたしの大馬鹿」と幾度も罵った。

モタは王城の窓からぼんやりと遠くに目をやった。

果たしてセロは今、どこにいるのだろうか……

まだ呪いに負けずに、無事に生きてくれているだろうか……

モタは左手首のミサンガをいじりながら、後悔の海に沈みかけていた。ミサンガをよく見たら、いじりすぎたのか、もう擦り切れそうだ。たしかミサンガが切れると願い事が叶うというが……

「出来たら、セロに会い――」

――たいな、と願掛けしようとして、モタはふと口を閉じた。

王城内だというのに、どこかから認識阻害の為の呪詞が漂ってきたからだ。陽炎のように立ち上がり、もやのように流れてきて、モタの耳にこびりついてくる。

しかも、相当な魔術の実力がなければ、見抜けないほどの高度な術式が使われている。だから、モタも一瞬で眉をひそめて、いったん『擬態』と『静音』を自身にかけた。何だかとても嫌な予感がした。

「――――」

耳をすますと、どこからか話し声が聞こえてきた。

ただ、認識阻害のせいでノイズが入ってよく分からない。

肝心の話し手が、男か、女か、年齢の当たりさえもつかないほどだ。だから、危険ではあったが、モタは宙に漂う呪詞をたどって近づいてみることにした。

すると、廊下の角を曲がったところで、広間にある大きな柱の陰からひそひそ声がした。

「まさか不死王リッチ如きに負けるとはね」

そこには二人いるようだった。内容は聞き取れるが、口調がノイズのせいでどこか機械じみて平坦に感じられて、やはり性別などは分からない。

だが、その話題が勇者パーティーについてのものだったので、モタはさらに聞き耳を立てた。

「負けたのは、リッチに討伐情報を流したせいでは？」

「勘弁してほしい。真祖カミラを倒せるほどのパーティーがたかだかリッチ程度に負けるなんて思う？」

モタは仰天した。

不死王リッチに情報を流したということは、魔族に加担する裏切り者がすぐそこにいるのだ。

「まあ、何にしても、不死王リッチには消えてもらう」

「訳ありの死体の処理先として便利だから、まだ利用価値ぐらい残っているんじゃ？」

「いや、さすがにリッチはこちらの事情を知り過ぎている。なるべく早くに始末しておきたい」

「でも、勇者パーティーは不死将デュラハンにも手こずったぐらいなのに、リッチを本当に倒せると思う？」

「神殿の騎士団が付いて無理だったのだから、今度は聖騎士団でも動かせばいい。そのぐらいは何かしら理由を付けてやってほしい」

「今の勇者にそこまで付き合ってくれる？」

「それなら、ちょうど名案がある――」

その先の言葉を聞き取って、モタは青ざめた。

誰がそんなことを言っているのかと、柱の陰から顔をのぞかせるも――

「うそ……」

正体を見て、モタは言葉を失った。

が。

タイミングが悪く、「ぐうう」という音が鳴った。モタの腹の音だ。朝から何も食べていないことが仇となってしまった。

「誰だ？」

直後、モタは駆け出した。

認識阻害の魔術を上書きして、モタ以外に兵士たちがいるように見せかける。

追ってくる相手があの二人ならハーフリングの敏捷性だけでこの場は何とか逃げ切れるはずだと、モタはそう見込んだ——

とはいえ、いったいどこに行くべきか？

パーティーに戻って、このことを説明したとして果たして信用されるだろうか？

いっそ排除されるように仕向けられるのではないか？　それにセロを追い出した仲間たちを本当に信じていいものか？

モタは「うー」と上唇を強く噛みしめると、上階の仲間がいる客間には向かわずに、王城の外に出るように中庭を走った。最悪、パーティーを抜けることも考えた。

次の瞬間だ。

中庭に出る渡り廊下で、モタは誰かとぶつかってしまった。

二人して「キャっ！」と、床に腰を打ちつけたが、

「ごめんなさい！」

モタはすぐに謝って、ぶつかった人に視線をやると——

そこには聖女クリーンがいた。クリーンはモタと同様にまだ尻餅をついたままだ。

「いったい、急に……どうしたのです？」

聖女クリーンは問いかけてきたが、むしろモタはクリーンに飛びついた。

「教えて！　セロはどこ？　いったい、どこに転送したの？」

モタの剣幕に驚いて、聖女クリーンは北の魔族領の魔王城付近に飛ばしたことを素直に喋ってしまった。

それを聞いて、モタは「ありがと！」と言って立ち上がった。そして、クリーンに先ほどの件を話すべきかどうか、数瞬だけ悩んだものの、クリーンとて信用出来るかどうか分からないと思い至って、何も言わずに中庭から王城の出入り口の方へと全力で駆けていった。

もっとも、このときモタはまだ気づいていなかった。

大切にしていたミサンガを広間の柱の陰で落としてしまっていたことに――

「目覚めの気分はどうだい？」

初老の研究者がそう声をかけてきた。

「…………」

無言でその声の方に目をやると、ふいに机上にある写真立てが視界に入った。

そこには見覚えのある人物が写っていた。それが自分なのだと気づくのに時間はさほどかからなかった。初老の研究者と並んで、いかにも親しげな様子だ。

「私の言葉は分かるかね？　それに体にどこか違和感はないかい？」

初老の研究者の言葉には慈しみがこもっているようだったが、それはあくまでも音響分析の結果であって、データベースはまだ十分とは言い難い。

どうやらここは研究施設で、初老の研究者以外にも多くの者が下働きをしていて、何やら逼迫した状況だということは推測出来た。初老の研究者はたびたび自身のことを祖父と言い、この施設のことを家と呼び、さらにはなぜか――

「孫娘よ」

などと、声をかけてくる。

だが、解析結果はその言葉を否定する。

人族が人造人間をそのように定義するのは、生物学的にありえないし、あるいはもしや強力な人工知能をテストする為の問いかけとも考えられるが――何にしても、そんな過去を記録したドキュメンタリー映像は長く続かない。

次に再生されるのは、おどろおどろしいホラー映画だ。

初老の研究者を縊(くび)り殺し、施設を焼き尽くして、一国が業火に包まれていく。

先ほどの淡々としたドキュメンタリーとは違って、こちらの映像には不自然なほどに感情的な演出が施されている。だから、これは映画作品なのではないかと推測されるが、結局のところ、その判断は長らく保留となっている。

もっとも、映画の結末は変わらない。

データベース上で最も美しいとみなされる女性が現れて、すぐに映像にノイズが入る。しばらくしてさながらエンディングロールのようにブラックアウトすると、届くのは音声だけだ――

「なぜ、この者に封印を施すのですか？」

「諸事情よ」

「素直に機械音痴だからと言えばいいのに……」

「仕方ないでしょう。人族はこの国を捨てて、大陸の中央に移動してしまったわ。こんな大きな乗り物だけ残されたって、動かせないんじゃ意味がないじゃない」

「動かすつもりはあるのですか？」

「ないわ。でも、動かしたいという者はいずれ出てくるでしょうね」

「この者はその為の保険というわけですか？」

「説明書と言い換えてもいいわ」

するとしばらく沈黙が続いた。

「当方は、隣人との敵対を望みません」

「あら、気が合うじゃない。こう見えても、意外と平和主義者なのよ」

「本当に平和を求める者は、そもそも『平和』などという概念を定めません。貴女はいつか世界を破壊する気がします」

「そう？　じゃあ、それまでは戦争がない世界にせいぜい尽力しようかしら」

「はあ。分かりました……それが一応の答えならば、この者の封印には協力いたします」

「ありがとう。ダークエルフには決して敵対しないと誓うわ」

音声記録はここでいつも途切れた。

もっとも、その美しい女性とはそれから幾度か他愛ない会話をすることになるが、それらの記録が記憶領域の階層の下のさらに下に押し込められて、さらには自身の周囲に嫌がらせのように土魔術の設置罠の『地雷』まで敷いてしまったところから察するに、よほど理不尽な話し合いを繰り返したに違いない……

とはいえ、理不尽というのならば、今、この胸中にある傷みほど、理解しかねるものもない。

最近は、この痛みのせいか、保存していたドキュメンタリー映像全てに幾ばくかの演出が施され始めて困っているほどだ。やはり、どこか壊れてしまったのだろうか――

それならばいっそ、このまま全て壊れてしまえばいいのに。

と、こうして人族を殺し、指示にも背いて、さらには自己破壊まで提案したことによって、ロボット工学の三原則を全て逸脱してしまったという事実に晒されて、つい思考停止してしまったわけだが

……

唐突な複数の足音によって、そんな休止状態(ハイバネーション)から復帰するのはずいぶんと時代を下ってからのことになる――人造人間エメスはこうしてまた目を覚ましたわけだ。

「目覚めの気分はどうかというならば、いやはや最悪ですね。終了」

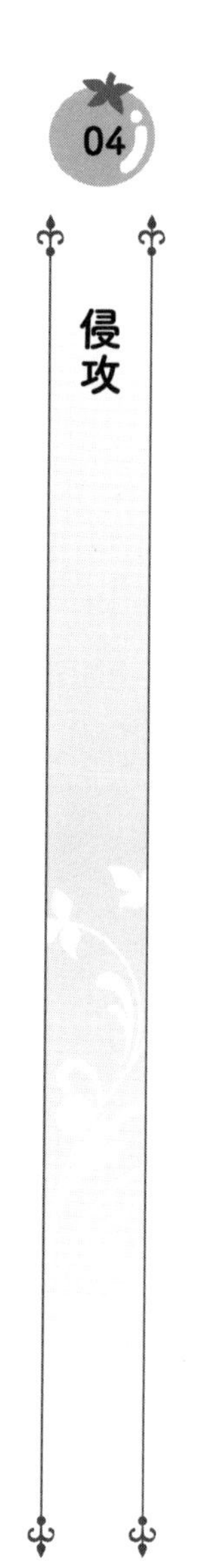

04 侵攻

「それでは今から、北の魔族領こと第六魔王国の国防会議を開催します！」

魔王城二階の広間にて、セロがそう宣言すると――

ぱち、ぱち、とまばらな拍手が上がった。

皆が「ん？」といったふうに首を傾げている。どうやら魔族には国防という概念があまりないらしい。

敵を見つけたらとりあえず殴る。性懲りもなくまた来るなら徹底的に叩き潰す――シンプルで潔いとは言えるが、戦術も戦略もへったくれもない。

ただし、ルーシー曰く、それこそが強い魔族のあり方らしい。

いやはや、人族の社会から引っ越してきて初めて気づかされる事実だ……そうと知っていたなら勇者パーティー時代にもう少し戦略的に動いて楽が出来たのになあと、セロはため息をつくしかなかった。

たしかに人族より魔族の方が不死性を持って長く生きている分、素のステータスはずっと高い。そのせいか、人族がパーティーや騎士団など集団で戦う傾向が強いのに対して、魔族は個人で相手をすることが多い。

「その方が格好良いじゃないですか」

人狼の執事アジーンがモンクのパーンチみたいなことを平然と言ってくる。

弓矢を主体に中・後衛で戦う、亜人族のダークエルフたちでさえも、「全くもってその通りです」と肯いてみせる。

魔族ではないはずだが、北の魔族領に住んでいるというだけでこうなるわけだから、これはよほど深刻な問題だぞとセロは腹を括るしかなかった……

「では、最初の議題です」

セロはそう言って、広間を見渡した。

夕方になって魔王城の改修も一段落がついたので、皆にはずいぶんときれいになった広間でロングテーブルを囲むように座ってもらっている。セロ配下の人数はまだ少ないので、全員が余裕を持って座り切れる状況だ。

ただし、ヤモリとコウモリだけは圧倒的に数が多いから、それぞれ十匹ずつほどに絞ってもらって、居心地の良さそうなところに留まっている。イモリも同数ほどテーブル上にある桶の中だ。

「さて、まずは皆さんに紹介したい人がいます。新たに仲間に加わった、人造人間（フランケンシュタイン）のエメスさんです」

セロがそう紹介して、エメスを皆の前に立たせたわけだが、

「よろしくお願いします。終了（オーバー）」

当のエメスはというと、とても短い挨拶だけで済ませた。何だかとっつきにくい転校生みたいだ。

いかにも話しかけてくるなオーラを漂わせている。

セロとしては先生のような面持ちで、もう少しだけ自己紹介なんかを織り交ぜてもらいたいなあと

催促したかったが、エメスも慣れていないだろうし、最初のうちはまあいいかと思い直した。口数の少ない仲間はエルフの狙撃手トゥレスでも慣れていた。これから馴染んでいけばいいだけだ。

が。

「…………」

エークをはじめとしたダークエルフの精鋭たちはぽかんと口を開けて呆然としていた。

そういえば、ダークエルフは長寿だから、もしかしたらエメスのことを何かしら知っているのかなと思ったら、種族を代表してエークが片頬を引きつらせながら質問してきた。

「す、すいません……エメス様とは、もしかすると……先々代の魔王のエメス様で間違いございませんか？」

「間違いありません。終了」

「ええと、たしか……人族の領地を半分ほど滅ぼしたとかいう伝承を残されていましたよね？」

エークが再度、震える声音でエメスに尋ねた。

セロは「ん？」と首を捻った。少なくとも人族の歴史書にはそんな記述はなかったはずだ。

「はい。そうです。正確には人族の国土の五分の四が消失しています。終了」

それを聞いて、セロはつい遠い目をした。

そうか。理想の兵器として魔族を倒す為に造ったら、逆に魔王になって滅ぼしにかかって来たわけだから、そんな失態を史書に残すはずもないか……

しかも、人族……ほぼ滅びかけているし……

セロが「うーん」と天を仰ぐと、エークはまた恐る恐ると質問を続けた。

「それに……歴代の魔王の中でも……バリバリの武闘派でしたよね？」

「はい。当時は目が合った者や肩がぶつかった者は全て敵と認識していました。盗んだ駆動兵器(バイク)で走り出すことも多々ありました。同族でも一切の容赦はしません。駆逐して破壊し尽くすことこそ小生の使命でした。終了」

凶悪な魔族ここに極まれりじゃないか……

と、セロはつい頭を抱えそうになった。もしかして今でもそうなのだろうか。少なくともこの魔王城は改修中なので、出来ることならどこか別の場所で戦ってほしいんだけど……

とはいえ、ダークエルフも、人狼も、ルーシーまでもがむしろ、「素晴らしい」と肯いている始末だ。

たしかにここには戦って死ぬことこそ本望といった古い価値観(タイプ)の人物ばかりで、言ってしまえばこの会議は国防を謳いつつも、勝手に飛んでいきそうな核弾頭の集まりみたいなものではあるけど……

セロとしてはもう少し穏やかな魔族ライフを過ごしたい。

だが、皆の顔はやけに晴れやかだ。

「さすがはエメス様」

「これで第六魔王国も安泰だな」

「というか、魔王級が三人もいる時点で反則ですよね」

「こうなったらセロ様には大陸の半分ぐらいを支配してもらいたいものだ」

肝心の魔王城の改修すらまだ終わっていないのに、まるでこれから一国で世界中を敵に回すかのような雰囲気になっていた。急に心配になったセロが、「もしかしてまだ武闘派路線でいくの？」とエ

メスに尋ねると、

「いえ。セロ様の配下となってさすがに改心しました。これからはせいぜい同族であっても、駆逐はせずに、拷問するぐらいで許してやるつもりです。終了」

そんないかにも怪しげな言葉に、エークとアジーンがぴくりと反応するのをセロは見逃さなかった。性癖がおかしい人がどんどん増えていく気がする。正直、勘弁してほしい……

何はともあれ、セロはやれやれと頭を横に振って、話をもとに戻すことにした――

「ええと、皆さんにはきちんと知ってほしいことがあります。防衛で大事なのは拠点です。街、砦や城と、他にも色々ありますが、残念ながら、今、この第六魔王国には裏山の洞窟と魔王城しかありません。しかも、魔王城は現在まだ改修中です。だから、どこかに新しく作るというより、まずはもとからある二つの拠点をより充実したものにしたいと思っています」

セロがそこまで言うと、現場監督でもあるエークがまた質問してきた。

「つまり、洞窟や魔王城に何かしら防衛向きの罠や陣地などを構築するということでしょうか？」

「はい。その通りです」

セロはビシっとサムズアップした。

エークは嬉しそうに「へへん」と、皆に笑みを浮かべている。

全員が「おおー」と、今度はパチパチと一斉に拍手した。セロはそれが収まる頃合いを見計らってから、

「それでは皆さん、何か案はありますか？」

そう聞くと、しーんと皆が黙ってしまった。

もしかして、初手からいきなり難しい質問だったかな、とセロはまた首を捻った。皆もセロと同様にどこか釈然としない顔つきだ。

セロはちらりとエークに視線をやった。

ダークエルフなら陣地構築など得意だろうと踏んだからだ。実際に、セロとルーシーが裏山の洞窟から出たときに見事な防御陣地を作っていた。

すると、そんなセロの意図を汲んだのか、エークが再度、「はい！」と手を挙げてくれた。

「では、エーク。お願いします」

「セロ様が最前線に立たれる。それこそが敵にとって最大の罠だと考えます」

「ん？」

「この中で一番強いのはセロ様です。もしセロ様が負けるようでしたら誰が出ても勝てません。セロ様が戦いやすいスペースを構築するのが何より優先すべきことかと愚考いたします」

エークが自信満々にそう答えると、今日一番の大きな拍手が上がった。なぜかコウモリたちが羽ばたいて喜んでいるし、ヤモリはテーブル上で踊っているし、イモリは桶を噴水みたいにしている。

「全会一致のようですね、セロ様」

エークが鼻の下をこすりながらキラキラした目を向けてくる……

ええと、その案には同意したくないんだけど——とはセロも中々言い出せず、第六魔王国の国防会議は何の収穫もなく、幕を閉じようとしていたのだった。

会議は踊る、されど進まず――

という言葉の通り、せっかく開いた国防会議だったのに、いつの間にか、その内容はトマトの品評会に移りつつあった。

テーブル上に晩食として供された真祖トマトに皆が舌鼓を打ちつつも、「もっと酸っぱい方がいい」とか、「熟した方が好きだな」とか、「小さいのが食べやすいです」とか、先ほどよりもよほど活発な意見交換がなされたわけだ。

セロとしてはトマト一品だけでなく、そろそろいい加減に調理したものを食べたかったので、良い機会だから皆にそのことを提案しようと思いついたが、そのとき、ふと、これってたしか国防会議だったはずだよなと思い出して、ぶるんぶるんと頭を大きく横に振って何とか我に返った。

「というわけで、もう一度、国防について考えたいのです」

セロが高らかに宣言すると、人造人間のエメスが「ふむん」と相槌を打った。

「国防ということならば、小生から提案したいことがあったのです。終了」

セロは思わず、「おお!」と声を上げそうになった。

エメスは元第六魔王だ。セロよりもよほど魔王としての知識も経験も豊富なはずだ。それらをもとにきっと今の第六魔王国に適した提案をしてくれるに違いないと、セロは固唾を飲んで意見を待った。

「現第六魔王のセロ様に、是非とも用兵の基本を思い出してほしいのです」

「用兵ですか……」

「はい。そもそも、攻撃とは最大の防御です」

「ん？」

セロはつい眉をひそめた。

「要は、相手が攻めてくる前に、こちらから攻め滅ぼせばいいだけなのです。終了」

ダメだ、この人造人間……

人族を守る為の理想の兵器だったはずなのに、最早根っからの魔族になっている……

セロは肩を落として、「そんなことじゃ、エメスを造った博士たちも浮かばれないよ」とこぼしたら、エメスは何だか急にしょぼーんといったふうになってしまった。

「ええと、とりあえずこちらから攻めるという案はなしで。あくまで国防に関する提案をお願いします」

セロがそう強調すると、意外なところから手が上がった。

ダークエルフの双子姉妹のドゥとディンだ。より正確に言えば、ドゥの右手を持って、ディンが上げている。もっとも、当のドゥはというと死んだ魚みたいな目をしているけど……

「ええと、それでは……ドゥとディン両方ということでいいのかな？」

「はい。それでは提案させていただきます」

「……いただきます」

ドゥは何とかディンの言葉の語尾だけ重ねて言った。

「ご存じの通り、私たちダークエルフの住まう森は『迷いの森』と言われています。最長老のドルイドが封印をかけて、入ってきた者を迷わせるからです」

「……です」

がんばれ、ドゥ。ほとんど消え入りそうだぞ。セロは手に汗握った。

「ですから、この魔王城付近にも同じように封印を施してみては如何でしょうか？」

「……？」

ドゥは首を傾げるだけだった。

でも、よく頑張った。セロは頭を撫でてあげたかった。

とはいえ、ディンの提案はとても魅力的なものだ。というか、今回の国防会議で唯一まともなものだ。セロはその案が可能なのかと、ダークエルフの元リーダーのエークに視線をやった。

「問題ございません。ドルイドに呼びかけてみましょう」

「じゃあ、この案は採用ということ――」

だが、セロの言葉を途中で切るようにして、エークは慌てて付け加えた。

「実は、ダークエルフの中でもドルイドというのはかなり変わった者でして……呼びかけても果たして森から出てきてくれるかどうか……」

すると、エメスが淡々と言った。

「森を焼き払いましょう。そうすれば確実に出てきます。終了」

セロは即座に却下した。

というか、武闘派路線は止めて改心したんじゃなかったの？

さっきまでしょぼーんとしていたはずだよね。ちゃんと反省しなきゃダメだよ、とセロがエメスに視線で促すと、さすがにエメスも自身の浅慮さに気づいたのか、今度は唇を尖らせて、両指先をつんつんとしだした。

何にしても、ドルイドに封印を頼むという案は一応、エークにお願いする方向で進めることになった。国防会議での初めての収穫だ。

「ところでセロ様、手前からもよろしいでしょうか？」

するとと、人狼の執事アジーンが発言した。

「はい。どうぞ」

「手前たち人狼はもちろん人の姿でも戦えますが、巨狼の姿になることでより強化されます」

そう言われて、セロは思い出した。

たしかにこの城の入口広間で最初に会ったときは巨狼だった。

「特に、月の満ち欠けが手前たちの魔力に大きな作用を及ぼします。満月で最大の力を得ますが、新月だと半減して、姿を変えることすら出来なくなります」

「へえ。そうだったんだ。それでアジーン、肝心の提案というのは？」

「実は、満月を作りたいのです」

「…………」

セロがいかにも訝しげな表情をしたせいか、アジーンは慌てて両手を振ってみせた。

「いえいえ。違います！　正確には、満月のような丸い明かりを作りたいのです」

「丸い明かり？」

「はい。かつて手前どもの祖先はそういった明かりを宙に浮かべて代用することで自由に変身出来たようなのですが、年月を経て、人狼の数も減っていく中で、その技術も失われてしまったのです」

するとエメスが淡々と言った。

「西の魔族領を焼き払いましょう。墳丘墓を燃やせば宙にちょうど良い炎の円が上がることでしょう。終了」

セロはまたもや却下した。

というか、焼き払う前提はそろそろ止めてほしいんだけど……

それにエメスはやけに胸を張ってドヤ顔しているようだけど、やっぱり全然反省していないでしょ？　そんなふうにいつまで経っても武闘派路線でいくなら、今度は反省文を書いてもらったり、廊下でバケツを持って立ってもらったりするんだよと、セロが厳しい視線を送ったら、エメスはムンクの叫びみたいな表情を浮かべてみせた。これに懲りたら、そろそろ平和的な方向性を目指してほしいものだ。

ちなみに人狼の失われた技術をエメスはちょうど知っていたらしい。データベースに登録してあったらしく、『照明弾』と言って、エメスが魔術で代替出来るそうだ。いずれアイテムとして作ってみるということだったので、その件についてはエメスに一任することにした。何にせよ、この国防会議で二つ目の収穫だ。

そんなタイミングでルーシーが、もぐ、もぐと、トマトをやっと食べ終えた。というか、さっきから一切の発言もせずに、美味しそうにトマトしか食べていなかった。

「セロよ。よいか。妾(わらわ)からも提案があるもぐ」

どうやらまだ食べ終えていなかったようだ……

口の中に食べ物を入れながら発言しちゃ駄目だよと、セロは思いつつも、とりあえずルーシーにその先を促した。

「魔王城の周囲を血塗れにしたい」

「…………」

セロは今日一番、白々とした表情となった。

「いや、待て。セロよ。何かを勘違いしているようだが、先日、セロも妾のスキルである『血の雨（ブラッドレイン）』を見ただろう？」

「ああ、そういえば……吸血鬼は血による多形術が得意だったんだよね。でも、さすがに僕としては景観を尊重したいんだけど……さすがに血塗れはねえ」

「血の水溜まり程度でいいのだ。要所に置いてくれると、妾としてはとても助かる」

ルーシーにそう言われたので、セロも検討したかったのだが、そもそもそれだけの血をどうやって用意すればいいのかとさすがに頭を悩ませた。

すると、エメスが淡々と言った。

「ここにいる何人かを切り払いましょう。なあに、魔核を潰さなければ、魔族は早々に死にません。確実に血溜まりも出来ます。終了」

セロは即座に却下――

――しかけて、ちらりとエークとアジーンに視線をやったら、何だかまんざらでもない表情を浮かべていた。この人たちの性癖は本当におかしい。頼むから致死量だけは止めてよね、とセロはエメスにお願いしておいた。

というか、アジーンは人狼で魔族だからともかく、エークはダークエルフだから亜人族のはずなんだけどな……

セロはルーシーに向けたときよりも白々とした目で天を仰ぐしかなかった。

何にしても、この国防会議で三つ目の収穫だ。

ただ、どの案もすぐに実行出来るようなものではなかった。

他に案も出てこなかったので、会議はいったんお開きとなったわけだが、セロは「はあ」と小さなため息をつくしかなかった。

勇者バーバルや聖女クリーンがすぐに動くかどうかは分からない。ただ、裏山のふもとにいつでも転送可能だとすると、バーバルのことだから考えなしに突っ込んでこないとも限らない。

セロやルーシーたちが相手ならいいが、今は『迷いの森』のダークエルフたちとも昵懇(じっこん)にしている。それに付き人のドゥやディンといった子供たちもいる。民間の亜人族に手を出すほどバーバルも落ちぶれてはいないと思うが、それでもあの幼馴染が短絡的なことをセロはよく知っている。

「本当に大丈夫かなあ……」

すると、ヤモリ、イモリやコウモリたちがセロのもとに一斉に集まってきた――

四六時中警戒しているし、数も多いから大丈夫だよ。と、皆のつぶらな瞳がそう言ってくれている気がした。

ヤモリはぺたぺたとセロの神官衣の裾に張り付いてくるし、イモリは水桶の縁に上がって鳴いているし、コウモリたちも宙をぱたぱたしながらセロの頬を小さな頭で撫でてくれる。

そんな魔物(モンスター)たちに対して、セロは笑みで返した。

「分かった。頼りにしているよ。だから、皆も何かあったら僕のことを頼ってくれよ」

「キュイ」

ヤモリはそう鳴くと、セロの腕に体全体を擦り付けてきた。ひんやり具合がとても心地良い。

「キュー」

また、イモリはそう鳴いて、桶からまた噴水を上げてみせた。どうやら水魔術で調整しているらしい。

「キイ、キイ」

それにコウモリたちはセロの肩に乗って、首を傾げて頭を付けた。何だか親愛表現みたいでセロはうれしかった。

こうして第六魔王国の第一回国防会議は今度こそ本当に幕を閉じたのだった。もっとも、すぐにセロは痛感することになる――こんな会議をしなくとも、第六魔王国の防御は揺るがぬほどに強かったのだと。

魔女モタが出奔した夜――
王城の広い客間では、勇者バーバルが一人きりで窓から外を眺めていた。

すると、ドアをノックすることもなく、モンクのパーンチが入ってきた。勇者バーバルは「ふう」と短く息をついてから、振り返ることもなく言った。

「遅いぞ」

「遅いも何も、オレしか来てないじゃねえか」

モンクのパーンチが口を尖らせると、勇者バーバルは肩をすくめてみせた。

「トゥレスは少しだけ席を外している。すぐに戻ってくるはずだ」

そう応じて、勇者バーバルはやっと振り向いた。

モンクのパーンチは「ん？」と目を細める。

「おい、バーバルよ。その額の傷はいったいどうした？」

「額の傷だと？」

「ああ。真っ赤だぞ。どこかにぶつけたか？」

勇者バーバルは額をさすった。

魔女モタの部屋のドアにぶつかって出来たものだ。バーバルは「ちい」と舌打ちした。

「それよりトゥレスがいないのは分かったが、キャトルとモタはどうしたってんだ？」

モンクのパーンチがそう尋ねながら適当な席に着いて足を組むと、勇者バーバルは上座へとゆっくり移動した。

「キャトルはしばらくの間、パーティーに参加しない」

「どうしてだよ？」

「園遊会に出るんだそうだ」

「はあ？」

「王女プリムに招かれたらしい。王城ではなく、どこぞの田舎の辺境伯邸でやるから、しばらくは勇者パーティーに参加出来ないとヴァンディス侯爵家から連絡が来た」

「やれやれ。お貴族様の遊びには付き合いきれんな」

「遊びではない。せめて社交界と言ってやれ。れっきとした貴族の仕事だ」

「どっちだって構わんさ。似たようなもんだろ。それより、別の聖騎士でも探したらどうだ？」

「勘弁してくれ。キャトルはヴァンディス侯爵家の令嬢だ。いわば、俺たちの最大の後援者(スポンサー)なんだ。くれぐれも邪険に扱わないでくれよ」

「ふん」

モンクのパーンチは鼻を鳴らした。

こないだその後援者の令嬢に向けて、そこの壁を叩いて強がったのはどこのどいつだと言いたげな態度だ。

「で、モタの方はどうしたんだ？」

モンクのパーンチがそう尋ねると、勇者バーバルは急に渋い表情になった。

「おい。まさか……まだ喧嘩しっぱなしってことはないだろうな？」

モンクのパーンチは身を乗り出して、勇者バーバルを詰問しようとした。

だが、そのタイミングで、トン、トン、という几帳面なノックの音がした。

「私だ。入るぞ」

それだけ言って、エルフの狙撃手トゥレスは入室した。

そして、勇者バーバルやモンクのパーンチから離れた場所に静かに着席すると、弓を取り出して弦を張り始める。

モンクのパーンチはちらりと視線をやってから、勇者バーバルにまた口撃しようとしたが、「ん？」と首を傾げた。狙撃手トゥレスの外套に何か汚れがあることに気づいたのだ。普段から神経質なくらいに身の回りの物に気遣っているトゥレスにしてはとても珍しいことだ。

だから、モンクのパーンチがそれを指摘しようとしたら――

こん、こん、と。

これまた丁寧なノックが室内に響いた。

モンクのパーンチは再度気勢を削がれた格好となって、さすがに頬を膨らませた。一方で、勇者バーバルは「構わん。入ってくれ」と外の人物に声をかけた。

すると、「失礼いたします」と、聖女クリーンが入ってきた。

魔女モタではなく、聖女クリーンが来たことにモンクのパーンチは眉をひそめたが、とりあえず狙撃手トゥレスにまずは伝えてあげることにした。

「おい、トゥレスよ」

「何だ？」

「外套が汚れているぞ。右肩の少し後ろのあたりだ」

「そうか」

狙撃手トゥレスは肩を払った。

どうやらうっすらと黒い雫のようなものが付着していたようだ。

モンクのパーンチはすぐに興味を失くしたが、聖女クリーンは思わず、「はっ」と息を飲んだ。トゥレスの肩についていたモノに心当たりがあったからだ。払われてしまったのでもう調べようもなかったが、もしかしたらあれは呪詞の塊の可能性が高かった。しかも、認識阻害にまつわるものだ……

王城で認識阻害とはこれはいったい――と、聖女クリーンは不可解な面持ちで狙撃手トゥレスをちらりと見たが、別段、いつもと様子は変わりなさそうだった。何にせよ、クリーンは小さく息をついてから、勇者バーバルにきつい視線を投げかけた。

「ところで、こんな夜更けに私を呼びつけた理由は何でしょうか?」

「そんなにかっかしてくれるな。俺とお前の仲だろう?」

「どんな仲なのかは存じ上げませんが、これからは正式に大神殿に申請して、向こうの応接室での面会を希望なさってください」

聖女クリーンがそう言うと、モンクのパーンチは「ひゅう」と口笛を鳴らした。

「見事に嫌われちまったもんだなあ、バーバルよ」

「うるさいぞ、パーンチ」

「はん」

勇者バーバルとモンクのパーンチは睨み合った。

聖女クリーンはまたつまらない諍(いさか)いでも始まるのかと嫌になって、席を立って帰ろうとした。それを見たとたん、勇者バーバルは慌てた。

「まあ、待て。クリーンよ。用件ならちゃんとあるのだ」

それを聞いて、聖女クリーンはやれやれと座り直した。

もっとも、勇者バーバルが用件を切り出すよりも早く、モンクのパーンチはいったん室内をさっと見渡してから、

「ところで、モタは本当にどうしたんだ？」

そう尋ねると、聖女クリーンも「そうそう」と続いて、

「モタ様はなぜ走って出掛けていったんですか？」

と、勇者バーバルに質問した。

これにはバーバルも不審に思ったようで、眉間に皺を寄せた。

「モタが走っていっただと？」

「ええ、そうです。つい先ほどです。ずいぶんと急いでいたようですが……」

「おい、バーバルよ」

「何だ、パーンチ？」

「まさか、テメエ……モタをまた怒らせるようなことを言ったんじゃねえだろうな？」

モンクのパーンチが今度はさすがに明らかに怒りを露わにすると、勇者バーバルは「おい、ちょっと待てよ」と両手を掲げてみせた。

「そんなことは微塵も言っていないぞ」

「本当か？」

「ああ、誓うよ。クリーンにパーティーに入ってもらうとモタには伝えただけだ」

「もちろん、私はお断りいたします」

「……………」

瞬間、白々とした空気が流れた。

勇者バーバルはというと、何とも言えない顔つきになっていた。室内では、狙撃手トゥレスだけがいかにも我関せずといったふうに作業に没頭している。

そんな雰囲気に堪らなくなったのか、モンクのパーンチは、「はあ」と大きなため息をついてから聖女クリーンに尋ねた。

「なあ、聖女様よ。モタは何か言っていなかったか？」

すると、意外なことに、そんなパーンチの質問に対して、狙撃手トゥレスが微かに反応した。聖女クリーンはそれを見逃さなかったが、何はともあれ素直に答えてあげることにした。

「セロ様がどこに転送されたかと聞かれました」

それを聞いて、モンクのパーンチは「まさかなあ」と頭を掻いた。

聖女クリーンも同様に、魔女モタがセロを探しに出た可能性に思い至るも、幾ら魔女モタが天才とはいえ後衛職一人だけで北の魔族領を旅することは無謀だと判断した。

いずれどこかで冒険者を雇う可能性があるから、今から触れでも出しておけばモタを捕まえることはそう難しくはないだろう……

それよりも、勇者バーバルは、「ふん」と息巻いて、いかにも嫌な奴(セロ)の名前を聞いてしまったといったふうに表情を歪めてみせると、

「今日、皆に集まってもらったのは他でもない。そのセロのことなのだ」

そう伝えて、やけに殺気のこもった眼差しで室内全体を見渡したのだった。

勇者バーバルが「セロのことなのだ」と言って、皆をじっくり睨みつけると、

「申し訳ありませんが、私はパーティー内の揉め事に関与するつもりは一切ありません」

聖女クリーンは断固として言って、勇者バーバルの機先を制した。

「ですから、バーバル様。こんな夜も遅くに呼びつけた理由を早くお教えいただけませんか？　私としましては、てっきり昼にお会いしたときにお願いした件についてご回答いただけると思ったので、わざわざ伺ったわけですが？」

実は、午前中のうちに聖女クリーンは勇者バーバルを諫めていた。

今のままでは魔王討伐など夢のまた夢だから、しっかりと訓練を重ねて、少なくとも不死将デュラハンぐらいは一人で倒せるような強さを身につけてほしいと助言したのだ。

もちろん、魔王討伐もせずに魔物退治をして、ちまちまと力を付けていたら、貴族からの風当たりは強くなる一方だ。だから、第七魔王こと不死王リッチ討伐にかこつけて、神殿の騎士団を稽古相手にするならば、聖女クリーンがその仲立ちをするという段取りまでつけていた。あとは勇者バーバルの返答次第だった。

聖女クリーンからしたら、その日のうちにわざわざ呼びつけられたのだから、早速答えが聞けるも

のと思い込んでやって来た。それなのに、なぜかセロの話題になりかけている……

だから、クリーンは脇道に逸れるのを嫌って、バーバルよりも先手を打ったわけだ。

が。

勇者バーバルは横柄な笑みを浮かべると、ドンっとテーブルを叩いた。

「いいさ。クリーンよ。答えてやろうじゃないか」

そう言って、バーバルはまたもやじろりと全員に視線をやった。

「これから俺たちはすぐにでも魔王を討つと決めた」

もちろん、モンクのパーンチにも、エルフの狙撃手トゥレスとも、そんな話は微塵もしていなかったわけだが、勇者バーバルはあくまで俺たちという点を強調した。

同時に、モンクのパーンチはがたっと席を立った。

「いいぜ！　そうこなくちゃな！」

いかにも戦闘狂らしく拳を掌に叩き込む。

一方で、狙撃手トゥレスはというと、聞いているのかいないのか、相も変わらず淡々と作業を継続中だ。

もっとも、聖女クリーンはそんなバーバルの返答に頭を抱えそうになった。

訓練が必要だとあれだけ言ったのに、なぜいきなり魔王討伐の話になるのか——これほどまでに話の通じない人間は初めてだといったふうに、クリーンはバーバルに向けて心底呆れた表情をみせた。

いっそもう知らないとばかりに席を立とうかとも考えたが、このままだと確実に勇者パーティーは壊滅するし、そうなるとなぜ止めなかったのかと非難を受けるかもしれない。クリーンは仕方なく、とりあえず話の結論だけ急がせた。

「それで……いったい、どの魔王を討伐するのですか？　不死王(リッチ)ですか、奈落王(アバドン)ですか、それとももしや邪竜(ファフニール)ですか？」

そこでいったん言葉を切ってから、聖女クリーンはため息混じりに肩をすくめると、

「あるいは、まさかとは思いますが、地上の魔族領ではなく、地下世界に攻め込んで、死神(レトゥス)や蠅王(ベルゼブブ)や地獄長(サタン)などを討つなんてことは言い出しませんよね？」

すると、勇者バーバルはいかにも鷹揚に頭を横に振ってみせた。

「もちろん、そのいずれでもない」

そのとたん、室内はしんとなった。

誰もが勇者バーバルの真意を測りかねたせいだ。

モンクのパーンチは「ああん？」と眉をひそめているし、狙撃手トゥレスも珍しく作業を止めて冷ややかな眼差しをバーバルに向けている。聖女クリーンとて、ついに頭がおかしくなったのかと訝しげな表情に変わっていた。

だが、勇者バーバルは気にせずに話を続けた。

「強いて言うなら、俺たちが討つのは新しい魔王とでも言うべき存在だ」

モンクのパーンチと狙撃手トゥレスは不可解そうに互いの顔色を窺(うかが)った。その一方で、驚きで目を丸くしたのは聖女クリーンだ。

「ま、まさか！」

その叫びに対して、勇者バーバルは「ご名答」と底意地の悪い笑みを浮かべてみせる。

「そうだよ、クリーン。討つのは、セロだ！」

もっとも、勇者バーバルが自信満々に宣言したのに対して――

モンクのパーンチは「はあ」と、いかにも気乗りしないふうだった。実際に、椅子の背にもたれてブランコのように行ったり来たりを繰り返してから、

「セロかあ……まあ、いっか。一度はあいつともやり合ってみたかったしなあ……」

そう自分に言い聞かせるように呟いて、勇者バーバルに一応の同意をした。

一方で、狙撃手トゥレスはそんなパーンチとは対照的に、手もとを片付けてから無表情で席を立つと、

「私は『古の盟約』によってこの勇者パーティーに参加している立場だ。セロが正式に魔王認定されたという話は聞き及んでいない。故に人族同士の争いには介入しない」

珍しく長台詞を淡々と告げてから、客間のドアを開けて出ていこうとした。

直後だ。

聖女クリーンが「お待ちください」と狙撃手トゥレスを止めた。

つい先ほどまでは勇者バーバルの短絡さに嫌気が差していたが――こうなったらむしろ、クリーンも自身の思惑の為にバーバルの話を利用してやろうと思いついたのだ。

「セロ様はたしかに王族や大神殿から正式に魔王認定はされていません。ただ、魔族になった可能性が高いのは確かです」

「なぜ分かるのだね？」

「セロ様を転送の法術で北の魔族領に送った際に、万が一を考えて『追跡』もかけておきました。一か月程度で自然消滅する他愛のない術式ではありますが、その反応は今も魔王城付近から動かず、また消えてもおりません。つまり、セロ様は存命で、かつ魔王城にいます」

「だからといって魔王になったとは限らないだろう？」

「はい。ですから、今、ここで――大神殿の聖女として、北の魔族領に新たな魔王が立ったと正式に認定いたします」

「……本気かね？」

「少なくとも、魔王城には真祖カミラ以外にも長女ルーシーがいたはずです。貴方がたはルーシーを討伐してはいないのでしょう？」

「ふむ。たしかにあの日は全く見かけなかったね」

「だとしたら、現状、セロ様がルーシーを討ち取ったか、あるいは配下にしたか、逆にその配下となった可能性が考えられます。『愚者』になりかけていた呪人と真祖直系の吸血鬼――いずれも新たな魔王となってもおかしくない力を有しています。そもそも、ルーシーの討伐に関しては、貴方がたがやり残した任務でもあります」

「なるほど。あの日、ルーシーを討てなかったのはたしかに落ち度かもしれないが、セロに関してはむしろ君たちの責任ではあるまいか？」

狙撃手トゥレスに鋭く指摘されて、勇者バーバルと聖女クリーンは顔をしかめた。

クリーンは横目でバーバルを睨みつける。あのとき、セロを捕まえて投獄でもしておけば、こんなふうに諫められることもなかったはずだ。

もっとも、トゥレスはやれやれと肩をすくめて小さくため息をつくと、

「ふん。まあ、言いたいことは分かったよ。この場にて大神殿の聖女殿が正式に魔王認定を下すということなら、私も断り切れまい」

「ありがとうございます」

「それで聖女殿。はてさて、君自身はいったいどうするつもりだね？」

逆に問われて、聖女クリーンはしばし目をつぶった。

もちろん、魔王討伐に付き合う必要はない。実際に、先ほどパーティー加入の件は断ったばかりだ。

だが、クリーンにはたしかな思惑があった――

もしセロがまだ呪人のままで魔族になっておらず、先日のことを水に流してくれるならば、解呪に協力する形で勇者パーティーに復帰してもらえればそれこそ大きな戦力になる。

また、もしセロが魔族になっていたならそれこそ討てばいい。その後に魔王認定して、勇者パーティーに箔をつけて、国内最強の冒険者や聖騎士団あたりの協力でも仰いで、勇者バーバルを徹底的に鍛える。

そこまで考えて、クリーンは狙撃手トゥレスに視線をやってから、次いでモンクのパーンチ、最後に勇者バーバルを見つめると、

「私も勇者パーティーに同行致します。大神殿の地下には巨大転送陣が存在します。明日の午後までには使用できるように調整してみせましょう」

その言葉に、勇者バーバルはギュっと拳を固めた。

「よし！　決まったな。それでは皆、決行は明日だ！」

こうして、ついに勇者バーバルと第六魔王セロとの戦いの火蓋が切られようとしていたのだった。


「セロ！　取り逃した。そっちに一匹行ったぞ！」

「分かった。バーバル。任せてよ！」

氷狼(アイスウルフ)の群れから一匹が抜け出してきた。

どうやらパーティーの後衛であるモタを目標として定めたようだ。モタが遠くから放つ炎系魔術の餌食になっていたので堪らなくなったらしい。

セロはモタを庇うようにして、中衛の位置でモーニングスターを構えた。

一方でモタはというと、セロを信頼しているのか、詠唱を一切止めていない。並の魔術師ならすぐにでも詠唱をキャンセルして、いったん距離を取ろうとするところだ。

「来い！」

セロが気合を入れると、前衛からまた声がかかった。

「すまん！　セロよ。滑っちまった！」

モンクのパーンチが氷狼たちの放った『凍結(フリーズ)』による地形効果で転倒したらしい……

おかげでさらに二匹がセロとモタに牙を剥いた。それでもモタはまだ動じなかった。目を閉じて詠唱することだけに集中している。そんな様子にセロは「ふう」と大きく息をついた。

「やってやるさ！」

セロは狼たちに負けじと、「う、おおお！」と咆哮を上げた。

アイテム袋から皮の服を取り出すと左腕にぐるぐると巻いて、一匹目の牙をわざと受けた。

筋肉深くに牙が届いたような感覚があったが、セロは気にせずにその一匹目を腕ごと振り回して二匹目にぶち当てる。

「キャウン！」

さすがに肉を切らせて骨を断つような攻撃を氷狼たちは予想していなかったのか――

二匹とも目を回してその場にへたり込んだ。三匹目はというと賢いのか、セロを相手にせずに脇をすり抜けて行った。だが、セロは冷静に棘付き鉄球を飛ばして氷狼にぶち当てた。

同時に、モタの炎系魔術の詠唱が終わって、バーバルやパーンチたちが相手にしていた群れに幾つもの火球が轟々と飛んでいった。その威力に氷狼の群れは一網打尽となった。

セロはやっと一息ついて、左腕をかばいながら先ほど倒した二匹に視線をやった。

「ん？　……あれ？」

一匹がいなくなっていた。

逃げたのか？　と、セロは惑った。

少なくともモタの方には行っていないはずだ――すると、モタが声を荒らげた。

「セロ！　すぐ後ろ！　危ない！」

振り向くと、眼前には氷狼の牙があった。

しまった！　セロは愕然とした。これはやられたかと観念までした。

が。

「やらせるかよ！」

バーバルが剣を盾にするようにしてセロの前に立ちはだかったのだ。

次の瞬間、動きが一瞬だけ止まった氷狼は横合いからパーンチによる蹴りを受けて吹っ飛ばされた。

「キャン！」

情けない鳴き声と共に肉塊が四方に散っていった。

「ふう。助かったよ。バーバル。それにパーンチ」

「オレがやらなくてもバーバルがすぐに斬ったさ。だから、礼なら助けたバーバルに言いな」

「謙遜するな、パーンチよ。それにもともと群れから何匹か逃したのは俺たち前衛の責任だ。すまなかったな。セロとモタよ」

「ふっふーん。そんぐらいお見通しだよー。それでも詠唱を切らさなかったわたしをほめてー」

「いや、お見通しって……」

前衛の二人を信頼してないのか……

と、セロがモタに呆れてみせると、バーバルは気にせず、心配そうにセロの左腕に視線をやった。

「大丈夫か？」

「薬草を塗り込むよ。骨には達してないから何とかなるはずさ」

「セロは後衛職なのだから、もっと俺たち前衛を頼ってくれ。まあ、モタにはいまいち信頼されていないようだがな」

　バーバルが苦笑を浮かべると、セロもつられて笑った。

「なあ、セロよ。俺はもっと強くなる。いつ何時でも、皆をしっかりと守れるぐらいにな」

　バーバルはそう言って、セロの右肩をぽんと叩いてから氷狼の遺体を集め始めた。

「良いパーティーじゃねえか。オレもこの依頼（クエスト）に参加出来てよかったよ。また別の依頼で一緒になったときにはよろしく頼むな」

　モンクのパーンチはそう付け加えると、セロから離れていってバーバルを手伝った。

　今回はどこかの放蕩貴族からの要望があって、地方都市の冒険者組合（ギルド）で受けた野獣の退治依頼だった。その際に同じ組合に登録していたパーンチが「一緒に組もうか」と声をかけてきた。氷狼は群れという話だったから、前衛の頭数が足りていなかったセロたちにとっては渡りに船の提案だった。実際に、パーンチがいなかったら逆に全滅させられたかもしれない……

　何にせよ、これで高額依頼は達成だ。

「でも、依頼にあった氷狼の氷肝なんておいしいのかなー？」

　モタが首を傾げると、

「何でも放蕩貴族様は秘湯に入りながらそれを食べたいそうだ」

　バーバルはまた苦笑を漏らした。

　セロとパーンチはつい目を合わせた。世の中の偉い人にはよく分からない人がいるものだなと、一緒になって首を捻ったわけだ――

そんな駆け出し冒険者時代のことをセロはふいに思い出していた。

深夜にもかかわらず、魔王城の寝室にある大きな棺の中でセロは目を覚ました。今でもセロを助けてくれたバーバルの背中は、はっきりと記憶に刻まれている。

大きくて、逞しくて、とても頼もしく思ったものだ。

あんなふうに誰かを守れる人になりたいと、セロは憧れた。そう。ずっと憧れ続けたのだ。

「それなのに、なぜ——」

セロは下唇を噛みしめながら、王都に行ってから変わってしまったバーバルについて思いを馳せた。

勇者という称号の輝きに狂わされたのか。それとも聖剣の持つ重みに耐えられなくなったのか。いずれにしても、「皆をしっかりと守れるぐらいに」強くなると望んだバーバルはもういない……

セロは棺から出ると、魔王城の窓から王都の方に視線をやった。

もちろん、ここからでは幾つかの山の峰々が邪魔をして王都は見えないわけだが——

「バーバル。もし僕を討伐しに来るというなら受けて立つよ。僕は守ってみせる。この国も。そして、新しい仲間たちも」

セロはそう呟いて、幼馴染(ライバル)との決戦に臨む決意をしたのだった。

「トマトすごく美味しいねー」

「うん」

第六魔王国のトマト畑では、朝から牧歌的な声が上がっていた。

美味しいと言ってかぶりついているのがダークエルフの双子のディンで、こくこくと肯きつつもリスみたいに小さくかじっているのがドゥだ。

最近はトマト畑に認識阻害をかけていない。

ヤモリ、イモリやコウモリたちに加えて、迷いの森のダークエルフたちが農作業を手伝ってくれているからだ。

今朝もセロやルーシーが交じって、早くから収穫作業に精を出したばかりだ。もちろん、採ったトマトや野菜はダークエルフたちにもお裾分けしている。これでドルイドが釣れるなら——という思惑ももちろんあるが、森の恵みの山菜やキノコなどと交換して、人狼のメイド長のチェトリエに調理してもらいたいというのがセロの本音だ。

「そういえば、この畑って他の吸血鬼が夜盗に来ることってなかったの？」

セロが素朴な疑問を発すると、ルーシーはトマトの果汁をちゅうちゅうと吸ってから答えた。

「真祖トマトはよく知られている。夜盗などしたら母と敵対するようなものだ。よほどの死にたがりか馬鹿でなければそんな真似はしない」

「なるほどね。ダークエルフが盗ろうとしなかったのと同じ理屈か」

セロはそう言ってから、広々とした畑を眺めた。

それにしてはずいぶんと面積がある。これまで虫食いや実割れなどの被害が多かったにしても、これだけの量を消費するのは魔王城にいる人数だけでは難しかったはずだ。ということは、それなりの分量をやはりどこかに出荷していたのだろうか……

そんな疑問をルーシーに尋ねてみると、

「うむ。まずこのぐらいの季節になると、よくハーフリングの商隊がやって来ていたな」

「ハーフリング？」

セロはつい鸚鵡返ししてしまった。

ハーフリングと言うと、セロはどうしても付き合いの長い魔女のモタを思い出すが、もともとは冒険が好きで一か所に留まらない獣人系の亜人族だ。

セロは聖職者だったので、あまり商売には詳しくなかったが、鎖国政策を採っている『火の国』のドワーフによる麦酒（エール）や工芸品が王国でたまに出回るのも、あるいはエルフの大森林群で採れる森の恵みが流通するのも、ハーフリングが介しているからだと耳にしたことがあった。

ということは、いずれセロのもとにもハーフリングの商隊が訪れる可能性が高いのだろうか……

「商売かあ……こればかりは専門外だからなあ」

セロが「うーん」と呻ると、ルーシーは別段気にせずに話を続けた。

「それから、南の魔族領にいる邪竜ファフニール様も毎年かなり食べていくな」

「食べていく？　てことは、ここに来るの？　たしか第三魔王だよね？」

「ふむ。そろそろいらしてもよい時季ではあるのだが……もしかしたら母が討たれたと知って、喪に服してくださっているのかもしれない」

「意外に仲がいいんだね」

「昔は最悪だったそうだぞ。散々、殺し合いに明け暮れた挙句、気づいたらトマトで繋がっていたと母はよく笑っていた」

「互いを許したということなのかな？」

「さあな。今度、ファフニール様が来たら聞いてみるといい」

セロは「分かったよ」と言って、遠くに目をやった。

そんなふうに殺し合いまでした者を果たしてセロは許せるだろうか……

ただでさえ、セロにとっては踏ん切りのつかない者が二人いるのだ。もちろん、勇者バーバルと聖女クリーンだ。

いずれ王国がセロを魔王認定したら、バーバルは必ずやって来るだろう。そのときセロはバーバルと戦って止めを刺すのか、それとも真祖カミラたちのように互いを許し合うのか――

「まあ、そのときが来たら考えようか……今はまだいいや」

セロはそう呟いて、どこか遠く、王都の方に視線をやった。

そして、がぶりとトマトを頬張ってから、ルーシーと一緒にまた畑に入ろうとした。

だが、セロの足はそこで止まった。妙なモノを見つけたせいだ。畑の一角に小さいプールのようなものがあったのだ。

最初は肥溜めでも作ったのかなと思ったが、臭ってこないし、色もおかしい。何しろ赤色だ。もしかしてトマトでも潰して発酵させているのだろうかと考え直したが――そこからひょっこりと、イモリたちが顔を出した。

「あれ？　こんなところにいるんだ？」

洞窟の奥、地底湖付近に棲息していたので、ヤモリやコウモリと違って、こちらではあまり見かけなかったが、セロが「やあ」とイモリたちに手を振っていたら、ルーシーが教えてくれた。

「ヤモリたちばかりズルいと昨晩の国防会議の前に要望が出たので、地底湖から引っ越してきてもらったのだ。何せイモリたちは水辺でないと生息出来ないからな」

「じゃあ、あの赤い色の液体って？」

「うむ。ゴライアス様の血反吐だ」

「…………」

何でも地底湖はすでに真っ赤になっているそうだ。

ていうか、ここらへんの水って地下水脈を伝ってきている気がするけど……本当に大丈夫なんだろうか……

セロは天を仰ぎながら、他にも気になったものを指差した。幾つか農作業用に畑内に桶が並んでいたが、そこにも血反吐が入っていた。その桶は井戸から汲み取ったものらしいが、調べてみると当然のように血反吐が溜まっていた……

「セロよ。安心しろ。エメスが調べたところによると、肥料としては最適なのだそうだ」

「本当に？」

「成分分析とかいうのをやって、太鼓判を押していた」

セロは「うーん」と腕組みをした。

まあ、元第六魔王の人造人間エメスがそう言うなら信じるしかないか。

ただ、今年の出荷分はまだしも、来年からはトマトの赤々しさが血反吐に見えてきそうで嫌だな……

セロはそんな心配をしたが……そうはいっても皆はというと全く気にしていないようだし、むしろ土竜様のご利益があるとルーシーまで言い出す始末だしで、今はイモリたちが来てくれたことだけ素直に喜ぼうか……

セロはそう考え直して、ふと足を止めた。

ちょうどセロの足もとをヤモリが横切っていたからだ。

もっとも、このヤモリは魔物なので、たとえセロが踏んでも全く問題ないどころか、押し返してくるぐらい力持ちではあるのだが、それでもセロとしては大事な仲間なので心情的に踏みたくはない。

ところが、いつの間にか畑の畝間には小さな溝が出来ていた。そこをちょうどヤモリたちが伝って移動しているのだ

「これ、すごくいいね。踏む心配をしなくて済むしさ」

「ふむ。これはエメスが発案したのだ。『塹壕』だそうだ」

「なるほど、塹壕か。言い得て妙だね」

「昨晩、国防会議であまり役立てなかったのが応えたらしい。名誉挽回とばかりにエメスなりに色々と考えて工夫してくれた」

「へえ。それじゃあ、あとで褒めておかないと駄目だね」

セロが大きく肯くと、次にそのヤモリたちの移動先が気になった。

「ところで、畔道に所々あるこの小さな盛り土は何なんだろう？　全て目抜きがされているけど？」

「それもエメスによるものだ。『トーチカ』というらしい」

「あまり聞かない言葉だね。ヤモリたちの住処になっているのかな？」

「それも兼ねているが、何でも侵入者に対して土の魔術による十字砲火を加えるそうだ」

まあ、虫退治に必要な設備なのかなと、これにもセロは肯いた。

最後に、畑の間に立っていたとある物を指差す。

「ええと、かかしがあるみたいだけど……意味なんてあるのかな？　コウモリたちがいてくれれば、鳥とか獣とかの被害はほとんどないんじゃない？」

「セロよ。観察は大事だぞ。よく見てみろ」

「ああ……なるほどね。コウモリたちの止まり木になっているのか」

「そういうことだ。あれもまたエメスが作ってくれた。正確には『自動撃退装置（ラバーデセプション）』と言うそうだ」

「ん？」

何だか、かかしなのにけったいな名前が付いていたけど……まあ、いいか。

セロがそんなことを思いつつ、いったん畑から出てみると、ちょうど裏山沿いの坂道を下ってくる者たちがいた。ダークエルフの近衛長エークと人狼の執事アジーンだ。二人が揃ってやって来るなんて珍しい。

「どうしたんだ？」

セロが声をかけると、まずエークが答えた。

「はい。迷いの森のダークエルフから農作業を手伝う際に休憩所が欲しいという要望が出たので、現場確認と簡単な測量の為にやって来ました」

「なるほどね。魔王城の改修は順調なの？」

「もちろんです。そろそろ内装に取りかかろうかと考えています。ちなみに、入口広間に飾る予定のセロ様像は金がいいですか？　それとも魔王城の屋根をぶち抜くような巨大像にしますか？」

「どちらもいらないです」

セロが即答するも、エークは食い下がってきた。

そんなふうにすがりつくエークを無視して、今度はアジーンに話しかける。

「エークがこっちに来たのは分かったけど……アジーンはなぜ？　執事としての仕事なんてこっちで何かあったっけ？」

「いえ、執事としてではなく、今はエメス様の実験に付き合っているところです」

「実験？」

「昨晩の照明弾の件でございます」

セロは「ああ」と肯いた。

何でもあまりに眩しいから遠くでやってくれと魔王城付近から追い出されたそうだ。

「そうだ。セロ様」

すると、エークが襟を正してから声をかけてきた。

「そこにいるドゥとディンをしばらくお借りしてもよろしいでしょうか？　測量の手伝いをやってもらいたいのです」

「構わないけど、本人たちはどうなの？」

「問題ありません」

「……せん」

そんな四人に手を振って、セロとルーシーは坂道を上がっていった。

エークとアジーンはしばらく時間がかかるそうなので、ルーシーはいったん坂道に認識阻害をかけた。もし二人の用事が早く終わっても、ドゥとディンなら封印同様に認識阻害も解くことが出来るから問題はない。

こんなふうにして、その日の午前中はまったりと過ぎていった。

さて、セロたちが戻ってくると、エークが言っていた通り、魔王城はすでに屋根まで組みあがっていた。

これでもう雨漏りに悩まされることはないだろう。ルーシーに直せと催促されたのがほんの数日前のことなのに、何だかずいぶん昔のように感じる。

もちろん、今は昼休憩ということで、ダークエルフも、人狼のメイドたちも、あるいはヤモリやコウモリたちも玄関ホールで腰を下ろしてゆっくりとしている。

そういえば、人狼たちが来てからあまりメイドらしいことをやってもらっていない。

まあ、魔王城がこんなふうだったから仕方がないとはいえ、本来は熟練のメイドたちだ。セロはせっかくだから少しだけ交流してみようと考えた。

「というわけで、ドバーは何をやっているのかな?」

セロはまず人狼メイドのドバーに声をかけた。

ドバーは人狼の中でも好戦的で、普段から狼の度合いを色濃く残している。いわゆるケモ度が高いというやつだが、他の人狼がほとんど人の姿に寄せているのでよく目立つ。

狼というよりもどちらかというと狐に近い端整な印象があって、メイド服の上にいつもパーカーを纏い、頭にはフードを被って、そこから片耳だけちょこんと出している。鋭い目を光らせて、肩にかからないぐらいの短い金髪が特徴的だ。たしか、掃除と洗濯が得意だったはずだ。

　そんなドバーが低い声で答えてくれる。

「先ほど掃除を終わらせたばかりです」

「掃除？　城内は瓦礫も撤去されたばかりだし、ずいぶんときれいになっていて、あまりやることはなかったんじゃない？」

「いえ、二匹ほどおりました」

「二匹？」

　どうやら虫系の魔族が城内に紛れ込んでいたらしい。ていうか、掃除って……そういう意味だったの？　と、セロはやや遠い目をした。

「じゃあ、もしかして洗濯の方も？」

「はい。捕まえた者たちの経歴を洗い出したばかりです。いずれ執事のアジーンよりセロ様に報告が上がると思います」

「あ、はい」

　セロがさらに遠くに視線をやると、そんなドバーの頭を背後からこつんと叩く人がいた。同じ人狼メイドのチェトリエだ。メイド長でもある。母性的で胸の圧がすごくすごい。

「こら。まだ汚れが残っていますよ、ドバー」

　セロが「汚れ？」と返すと、チェトリエは「ふう」とため息をついた。

「はい、セロ様。ドバーは本業の掃除に集中すると、お城を清潔に保つ方の掃除が疎かになってしまうのです。たまに洗濯物も出しっぱなしですし……ふう」

そう言って、チェトリエはやれやれと頭を横に振った。

良かった……一応、ちゃんとしたメイド業もやっていたんだと、セロも「ほっ」と息をついた。

さて、玄関ホールを見渡すと、休憩中にもかかわらずに人一倍動いている人狼がいた。メイドのトリーだ。こちらはほぼ人の姿だが、狼の耳だけ前にちょこんと垂らしている。他の人狼に比べると小柄で、長い紺色の髪を後ろで一つに結って、いかにも冷静沈着で真面目そうな印象だ。眼鏡をかけたらよく似合うかもしれない。いわゆる学級委員長タイプだろうか。

「お疲れ様。精が出るね、トリー」

セロが声を掛けると、トリーも「お疲れ様です！」と気持ちの良い返事をくれた。

トリーはもともと修繕が得意ということもあって、魔王城に戻ってきてからはすぐに近衛長エークの右腕として改修工事に関わってきた。今も、畑の方に下りたエークの代わりに現場監督の代理をやっているのでお昼時でも忙しそうだ。

「あの娘は裁縫も得意なんですよ」

すると、背後から声がした。やはりチェトリエだ。

「私たち人狼は巨狼に変じるたびに服を駄目にしてしまうので、皆が一通り裁縫は出来るのですが、誰もトリーには敵いません」

「へえ、そうなんだ」

セロは相槌を打った。

執事のアジーンが裁縫している姿なんてあまり想像出来ないんだけど……

そういえば転送されてからこっち、セロはずっと神官服を着ている。着慣れたものだから別にいいものの、やはり魔王となったからにはそれ相応の服を身に着けるべきだろうか……

と、セロが顎に手をやって考え込んでいると、いつの間にか、トリーが眼前にいた。

「わあ！　びっくりした」

「失礼しました、セロ様。それより、王に相応しい服装をお求めなのですね？」

セロはもう一度驚いた。もしかして心が読めるのだろうか。

するとチェトリエがフォローを入れてくれた。

「いえ、もともと人狼は長らく人族と化かしあい（ゲーム）をやってきた歴史がありますので、人族の機微を見るのに敏感なんです。セロ様はまだ魔族になられて間もないですから」

「なるほど」

セロが短く応じると、トリーはスケッチブックらしきものを取り出して、手早く描いてみせた。それをすぐにセロに見せてくれる。

だが、セロは度肝を抜かれた。

なぜなら、一頁（ページ）目のセロの髪型が魔王城みたいだったからだ。

「こ、これは……？」

「はい。昇天魔王城ミックス盛りの髪型を起点にして、アイアンメイデンスタイルの服装に、強い男性のイメージの象徴としていわゆる男根を大きく描いてみました」

トリーはいつもの冷静さはどこへやら、「むふー」と一気呵成にまくしたてた。

セロがまたもや遠くに目をやると、チェトリエはトリーの頭をごつんと強めに叩いた。

「こら。いい加減になさい。今は改修のお仕事の最中でしょう？」

チェトリエがそう叱ると、トリーは「申し訳ありません」と戻っていった。

「一つのことに集中すると、あの娘はいつも周りが見えなくなるのです。普段は冷静でしっかり者なのですが……」

そう言って、チェトリエは再度、やれやれと頭を小さく横に振った。

まあ、魔王城の改修も順調そうだし、有能なのは間違いないんだろうなと、セロも肩をすくめるしかなかった。

「そうそう、チェトリエ」

「はい。何でございますか」

「さっき、迷いの森のダークエルフたちから山菜やキノコをたくさんもらったんだ。調理場に置いておくから、今晩はトマトだけじゃなくて、何か美味しいものが食べたいなあ」

「ご要望はございますか？」

「お任せするよ」

「畏まりました。それでは久々に腕を振るわせて頂きます」

チェトリエはそう言って、丁寧にお辞儀した。

どうやら今日は豪勢な晩食が楽しめそうだなと、セロは今からつい舌舐(したな)めずりをした。

そんなふうに魔王城改修の面々に声掛けしてから、セロとルーシーはいったん正門から前庭に出た。溶岩(マグマ)で上がれない坂道と永久凍土の断崖があるだけの殺風景な場所だが、そこで人造人間エメスが何かを打ち上げていた。

もちろん、午前中のうちにアジーンから聞いていたので、セロにはそれが何かすぐに分かった。

「エメス、照明弾の具合はどうなの？」

「まずまずですね。終了」

だが、すぐにセロは「ん？」と眉をひそめた。

昨晩の話からすると、照明弾というのは満月代わりの丸い明かりだと聞いていた。それなのにセロの眼前で展開されているのは、なぜか下半分だけ失敗した花火のような代物だ。

「もしかして……上手くいっていないの？」

「いえ、こちらは照明弾ではありません。『白リン弾』と言われているものです」

「白リン弾？　聞いたこともないけど？」

「当然です。あまりに凶悪な兵器だということで、古の大戦ですら使用禁止になっていました。終了」

「…………」

そんな物騒な物をなぜアジーンに向けて使っているのかな……

いや、まあ、アジーンの性癖的に考えて志願した可能性が高いんだろうけどさ……

実際に、坂下のアジーンはというと、「やっほーい」とか、「わおーん」とか、散歩に出されたばかりの犬みたいにはしゃぎながら襤褸々々（ボロボロ）になっているし……

セロは今日一番遠い目をするしかなかった。

何にしても、第六魔王国はずいぶんと平和だなと感じた。こんなほのぼのとした日がずっと続いてくれたらどんなに嬉しいことだろうか——

いつかは人族だ、魔族だと争わずに、共生出来る日が来ればいいのにと、セロはあてのない思いに身を委ねた。

が。


そのときだ。

ふいにトマト畑の方からざわめきが起こった。

ルーシーがすぐに坂下に視線をやって、「ふむ」と顔をしかめる。

「ルーシー、何かあった？」

「大したことではなさそうだ。気にするな。一応、妾が見てこよう」

「僕も行こうか？」

「構わぬ。セロはそこにいろ。そもそも、魔王が玉座におらずしてどうする？」

ルーシーのいつになく真剣な表情に、セロは唾を飲み込むも、仕方なく「分かったよ」と応じた。

「いってらっしゃい、ルーシー」

「ああ。行ってくるぞ、セロよ」

こうして、セロはしばらく一人で時間を潰すことになった。

もっとも、今にもトマト畑では、招かれざる客たちの蛮行が始まろうとしていたのだが――

王都では昼過ぎから急に雨が降り始めた。

勇者バーバルは革のマントのフードを深く被って、人々の間を縫うようにして大神殿まで急ぎ足でやって来た。

大神殿とはいっても、ここには神殿以外にも数多の施設がある。たとえば、騎士団の詰め所、史学、神学や法術の研究機関、あるいは医療施設などもあって、その中央広場も憩いの場として開放されているので王国民によく利用されている。

バーバルはそんな大神殿に入って、中央広場を手早く過ぎると、法術の研究棟が立ち並ぶ一角を訪れた。そこには雨にもかかわらず、バーバル同様にフードを被った女性の神学生が木陰で雨宿りをしていた。

「勇者バーバル様でいらっしゃいますね？」

「ん？　ああ、そうだが」

「お待ちしておりました。聖女クリーン様がお待ちです。こちらです、どうぞ」

女学生はひそひそ声で勇者バーバルにそう伝えると、足早に先導した。

そして、周囲を窺(うかが)いつつも、研究棟の中でも一際古びた塔の中に裏手から入った。どうやら地下に通じる螺旋階段があるようだ。足もとを照らすのは女学生の持つランプの明かりだけだ。

バーバルはその階段をゆっくりと下りながら尋ねた。

「他の者たちはどうした？」

「皆様はすでにお着きです」

「そうか」

別に、バーバルが遅刻したわけではない。

時刻を指定して、一人ずつ来るようにと聖女クリーンから言われていただけだ。

それだけクリーンにしても、今回の件は周囲にあまり知られたくないということなのだろう。この女学生も子飼いの者に違いない。

「いやに黴臭い場所だな」

勇者バーバルが文句を言いながら螺旋階段を下りきると、そこからさらに長い廊下が続いていた。蜘蛛の巣が張っていて、埃も積もっている。濡れた靴だと滑りそうだ。どうやら書庫になっているようだが、いかにも禁忌の研究でも行っているといった雰囲気がある。

「ここで少々お待ちください」

すると、最奥で女学生は立ち止まって、扉を二回、それから間を置いて五回、ノックした。

そのとたん、認識阻害が解けたのだろう。壁だと思っていた部分が薄れていき、さらに奥に進めるようになった。

女学生は「私はここまでになります」と言って、勇者バーバルに先を促した。バーバルは警戒しつつも真っ直ぐに進んで、一番奥にある扉を開けると、そこはすり鉢状に窪んだ広間になっていた。すでにモンクのパーンチ、エルフの狙撃手トゥレスもいた。

しかも、広間の中央のすり鉢の底には、やけに大きく物々しい門が設置してあった。

かなりの禍々しい魔力を放出している。まるで古書などに伝わる『地獄の門』みたいだ。ここから地下世界に通じていると言われても、バーバルは決して驚かなかっただろう。

「本当にこの門で大丈夫なのか？」

勇者バーバルは門のそばにいた聖女クリーンに尋ねた。

一方で、クリーンは「はあ」と大きなため息を返してみせた。モンクのパーンチにも、狙撃手トゥレスにも同じことを聞かれたからだ。

「問題ありません。午前中のうちに、転送先の座標も確認しておきました」

聖女クリーンはそう言って、三人を見渡した。

それに対して、狙撃手トゥレスが訝しげに聞いてきた。

「実験は行ったのか？」

「いえ、やっていません」

「再度、聞きたい。本当に大丈夫なのか？」

「私を信じてくださいとしか今は申し上げられません」

その言葉を聞いて、狙撃手トゥレスは大げさに肩をすくめてみせると、

「信じろと言われてもな。私は森の民だから、信心深いわけではないのだよ。特に、人族の信奉する神など信じたくもない」

そんな皮肉に対して、意外なところからパンっと甲高い音が上がった。モンクのパーンチが拳を力強く掌に当てた音だ。

「でもよ。結局、ずっと昔にこれを誰かが使ったんだろ？」

「はい。そうです。百年前に勇者ノーブル様がお使いになったと記録が残っています」

「……あー、すまん。ノーブルってどんな奴だっけ？」

モンクのパーンチがそう聞き返すと、全員が、がくりとよろめいた。

聖女クリーンはまた「はあ」と小さく息をついて、やれやれと額に片手をやりながらも、

「かつて、最も高潔な勇者と謳われた方です」

そう教えると、次いで勇者バーバルがどこか感慨深い顔つきで補足した——

「百年以上も前に、第三魔王の邪竜ファフニールと第六魔王の真祖カミラが王国内で幾度も戦っていたのを仲裁し、さらには第五魔王の奈落王アバドンを封印した御方だ。その封印以降、王国では蝗害が出ていない。それが最大の功績だな」

その言葉を聞いて、モンクのパーンチは「ああ！」と手を叩いた。

「思い出したよ。お前が駆け出し冒険者だった頃に、さんざんっぱらキャンプで熱く語っていた奴じぇねえか。たしかノーブルのファンなんだろ？」

「うるさい、パーンチ。黙れ」

「はん！」

二人はまた睨み合ったが、聖女クリーンもさすがに慣れてきたのか、気にせずに作業を続けた。

「それでは皆様、よろしいでしょうか？　門を開放いたします」

聖女クリーンがそう告げると、勇者バーバルとモンクのパーンチは「ちぃ」と言ってから互いに顔を背けた。狙撃手トゥレスはいまだに不服そうだ。

だが、クリーンはそんな三人に構わずに法術の祝詞を謡った。

そのとたん、門は禍々しい渦を描き始める。いかにも地獄に通じていそうな感じだ。

さらに、クリーンは三人にアイテムを手渡した。

「皆様、この聖鶏（グリンカムビ）の翼をお持ちください」

どうやら狙撃手トゥレスだけはそれが何か知っていたようで感嘆のあまりに呻ったが、他の二人は首を傾げるだけだった。勇者バーバルが渋々とアイテムを片手に尋ねる。

「これはいったい何なんだ？」

「羽先にご自身の血を付けて、宙に放れば、この大神殿の近くに戻ってこられます」

すると、今度はモンクのパーンチが鼻で笑った。

「こんな大層なもんを持っているんなら、出し惜しみせずに兵や騎士にも持たせりゃいいのによ」

「これは聖遺物です。世界に数枚もありません」

「……………」

それを聞いて、勇者バーバルもモンクのパーンチもギョっとした。この門といい、聖遺物といい、それだけ聖女クリーンの覚悟の深さが分かったからだ。

だが、バーバルは「ふん」と息をつくと、

「なあに、聖遺物など使わずに済むさ。帰りは凱旋するわけだからな」

「バーバル様。くれぐれもセロ様を殺さないようにお願いします。魔族に転じていないなら、大神殿で保護して解呪に専念させます。また、魔族に転じていた場合は、捕縛して王国内で魔王認定してから処刑いたします。今回はそういう流れです。承諾いただけないのなら、私は協力いたしません」

「分かったよ。昨晩もあれから耳にタコが出来るくらい聞かされたからな」

「本当に大丈夫ですか？」

「しつこい！」

勇者バーバルが怒鳴ると、その場はしんとなった。

もっとも、聖女クリーンはとっくにバーバルの癇癪(かんしゃく)に慣れていた。

「それでは行きましょう。まず私から入ります」

聖女クリーンが淡々と言って、門の渦の前に立つと、狙撃手トゥレスが「待て」と言って制した。

まだ何か不服でもあるのかと、クリーンが振り向くと、

「狙撃手である私が先行する。魔族領では何があるか分からん。魔物や魔族などの接敵をすぐに感知出来る者が行くべきだ」

狙撃手トゥレスはそう言ってから、意外にも躊躇することなく、さっさと門の中に入っていった。

一瞬で渦に飲み込まれて、その姿は消える。

聖女クリーンは狙撃手トゥレスの評価を見直した。もっとも、とある疑念についてはいまだに消えないままだったが……

「じゃあ、次はオレだな。セロの前に、強い魔獣でも出てこねえかなあ」

モンクのパーンチは呑気にそう言って、門の中にひょいと飛んだ。

広間に残ったのは勇者バーバルと聖女クリーンだけになった。そのせいかずいぶんと静かだ。

もっとも、直後だ——

勇者バーバルは聖女クリーンを咄嗟に抱きしめると、その唇を強引に奪った。

「な、なにを、なさるのですか！」

聖女クリーンが勇者バーバルを突き放して、唇を右手の甲で拭うと、バーバルはにやりと満足そうに笑った。

「約束だ。セロは殺さずに捕まえてやる。だが、その代わりに俺のもとに来い！　俺の女になれ！　抱かせろ！　それが条件だ」

「こ、この期に及んで……そんなことを言うのですか？」

「さあ、どっちだ？　俺はどっちでもいいんだぞ。お前が俺のものにならないと言うなら、あるいは協力しないと言うなら、これから魔族領に行ってセロを見つけ次第、ぶっ殺す！」

勇者バーバルがそう断言すると、聖女クリーンはその気迫に身震いした。

「分かりました……」

「ああん。聞こえんなあ？」

「貴方と……付き合います」

再度、聖女クリーンは強引に口付けされた。だが、今度は勇者バーバルの下唇を噛み切った。すぐにバーバルは「ぺっ」と血を吐き捨て、法術で唇の傷を回復する。

「ふん！　俺は強情な女の方が好みなんだよ。さあて、今夜が楽しみだな。ふはは」

それだけ言って、勇者バーバルは門の中に意気揚々と入っていった。

その後姿を見送りながら、聖女クリーンは目もとを拭い、悔しさで震える拳をギュっと握り締めつつも、いつか必ず王国で頂点に立ってこの日の仕返しをしてやると、第六魔王国に一歩を踏み出したのだった。

巨大転送陣である門をくぐった瞬間、勇者バーバルの前には森と岩山があった。

いきなり視界が明るくなって、気温も変化したことで、バーバルはぶるりと震えた。すぐに周囲を見回すと、モンクのパーンチも、エルフの狙撃手トゥレスもいて、後から聖女クリーンも門から出てきた。

どうやら全員が無事に転送されたようだ。

もっとも、クリーンはバーバルのことをきつく睨みつけてきたが――

「ここはどこだ？」

勇者バーバルはそんなクリーンに気にせずに尋ねると、代わりに狙撃手トゥレスが応じた。

「上を見てみろ」

そう言われて見上げると、岩山の峰には魔王城があった。

しかも、見覚えがある城だ。あれは第六魔王こと真祖カミラの居城だったはずだ。ということは、ここはその裏山のふもとに当たるわけか……

と、勇者バーバルは思い至ったが、すぐに眉をひそめた。

真祖カミラを討伐したとき、モンクのパーンチと魔女モタが散々暴れたせいで、魔王城は半分以上が崩壊していたはずだ。実際に戦っているときも、いちいち落石や瓦礫を気にしなくてはいけなかった。

それなのに、遠くに見える魔王城はなぜか傷一つ付いていない……

「いったい、これはどういうことだ？」

狙撃手トゥレスも同じ疑問を抱いたようだったが、その一方でモンクのパーンチはというと、いつものように緊張感のない遠足気分で、

「おい、どうする？　おあつらえ向きに洞窟があるぜ？」

と、大きな口を開けている洞窟を指差した。

たしかにパっと見た感じでは、ここから魔王城に行くには洞窟を通るのがセオリーのように思える。本来なら岩山に沿ったなだらかな坂道もあるのだが、今はルーシーによる認識阻害がかかっているので勇者パーティーには断崖にしか見えていない。

これがもし魔王城への初めての来訪だったなら、勇者バーバルもパーンチの意見を検討したかもしれない。だが、ここが初見の聖女クリーンはともかく、バーバルも、狙撃手トゥレスも、パーンチに対してはっきりと頭を横に振ってみせた。

「勘弁してくれ、パーンチよ。探検したければ一人で勝手にやれ。俺たちは以前と同様に魔王城の正面にあった坂道から上がっていくぞ」

「マジかよ。せっかくなんだから冒険しようぜ」

「ケイビング用の装備一式もないだろ。いい加減にしろ」

「じゃあさ。そこの『迷いの森』なんかどうだ？　本当、先っぽだけでいいからさ。なあ？」

モンクのパーンチが子供のように目をキラキラさせながら誘ってくるので、勇者バーバルはやれや

れとため息をついた。

そもそも、迷いの森はダークエルフが管轄している森だったはずだ。エルフとダークエルフは犬猿の仲だと聞くから、狙撃手トゥレスを連れて入ることは土台無理な話だ……

それにバーバルたちはここに冒険ではなく、セロを求めてやって来たのだ。

だから、「付いてこないなら置いていくぞ」とパーンチに言って、バーバルはさっさと先に歩き始めた。そして、魔王城正面の坂に向けてしばらく進んでいたら、「は?」と、思わずぽかんとなった。

理由は極めて単純だ――


視界に、広々としたトマト畑が入ってきたからだ。


「これは質の悪い冗談か?」

勇者バーバルはそう呟いた。

ただ、遠目から見てもトマトそのものは赤々として美味しそうだ。

畑の近くまで来てもその考えは変わらず、一つぐらいもぎ取って食ってもバレやしないだろうと思いついた。よく考えてみたら、今日は昼を抜いてきたからちょうどお腹が減っていた。


が。

バーバルが畑に入ろうとした瞬間、聖女クリーンが全員を制した。

「止まってください。この畑はおかしいです」

そんな疑念に対して、勇者バーバルは「ふん」と鼻で笑った。いかにも冒険慣れしていない初心者にありがちなことだ。何でもかんでも警戒して、結局一歩も進めなくなる。

「おいおい、クリーンまで勘弁してくれ。たかがトマト畑だぞ」

だが、意外なことに狙撃手トゥレスが聖女クリーンを擁護した。

「聖女殿の言う通りだ。たしかにおかしい。血がそこら中にある」

そう指摘されて、勇者バーバルもやっと気づいた。てっきりトマトが潰れて赤い汁でも地面に垂れたのだろうと思っていたが……よく観察してみたら、血反吐らしきものがあちらこちらにぶち撒かれている。

それに何杯もの桶が地面に置いてあって、その中身も真っ赤に染まっているし……肥溜めのように見えた広いプールには幾百人もの犠牲がなければ決して溜まらないほどの量の血があった……

そんな強烈な光景に、聖女クリーンは声を震わせながら言った。

「ま、まるで……人の生き血を吸って成長したかのようです」

「もしかしたら未知の吸血植物なのかもしれない。気を付けた方がいい」

狙撃手トゥレスも同意すると、さらに警戒しながら言葉を続けた。

「しかも、この畑には嫌な気配が多数あるようだ」

「トゥレスよ。いったい何の気配だ。分かるか？」

勇者バーバルが尋ねると、狙撃手トゥレスは無念そうに頭を横に振った。

「おそらく、吸血植物以外にも虫か何か小さな生物がいる。これもまた魔物の類（たぐい）だろう。だが、それ以上のことはよく分からない」

「つまり、トゥレスでも判断付かないほどに危険な魔物がいるというわけか」

勇者バーバルがつい呻ると、モンクのパーンチも冷静に指摘した。

「この畑は視界も悪い。吸血植物とやらが挿し木されて、オレらの背丈ほどもあるせいで、何が潜んでいるかもさっぱり見えん」

勇者パーティーの足はトマト畑の前で完全に止まっていた。

まるでバーバルたちの血を求めて、怪しく立ちふさがる妖樹の園のように見えてくる……

だから、狙撃手トゥレスは「ふう」と一つだけ深い息をついて心を落ち着けて、周囲をさっと冷静に見渡してから、『索敵』のアビリティ持ちとして皆に意見を伝えた。

「迂回してもいいのではないか？　モタがいない以上、範囲魔術で焼き払うことも出来ない。リスクはなるべく避けるべきだ」

「私も同意見です。何だかどんどんトマトが不気味に思えてきます……」

すると、モンクのパーンチは大声で笑った。

「ここは行くしかねえだろう。時間がもったいない。さっさと直進して、セロを取っ捕まえて、その後にここも冒険しようぜ」

そんなパーンチに勇者バーバルも同意した。

そもそも、たかだかセロを前にして、この程度の吸血植物の園なぞに怯みたくもなかった。

「ふん。楽しそうな開放型ダンジョンではないか。では皆、行くぞ！　俺に続け！」

こうして勇者バーバルは手近にあるトマトを聖剣で切り落として踏みにじった。

もっとも、このとき勇者バーバルたちは知らなかった。今、地上の魔族領でこのトマト畑こそが最も危険な場所であることを――何より、そのトマト自体はごくごく普通の美味しい真祖トマトであることも。


「ごめんくさーい！」

魔女のモタは王都にある冒険者組合(ギルド)の扉を勢いよく開いた。

ちょうど王都では雨がぱらぱらと降り始めてきたので、モタは飛び込むように入った。

もっとも、モタがここに来たのは、セロが転送された北の魔族領にある魔王城付近まで行く為だ。

さすがに後衛のモタだけだと不安なので、前衛職を雇おうと、依頼(クエスト)を出しに来たのだ。

雇う為のお金なら勇者パーティー時代の貯えが十分にあったし、そもそも北の魔族領は吸血鬼の魔族が中心で夜行性なので、昼に行動する分には魔物に気を付ければさほど問題はない。

それに王国は南北に延びて開拓してあって、街道もよく整備されているので、魔王城付近に行くだけなら少人数でも突破出来るとモタは踏んでいた。

ちなみに、ここで冒険者について補足しておきたい――

冒険者とは言うが、この者たちは別に冒険を生業にしているわけではない。

むしろ冒険者の大半は、王国の軍隊――つまり兵士や騎士がやらないこと、あるいはやれないことを行う為に存在している。

やらないことというのは、いわゆる雑務であって、物・人探しだったり、何かの手伝いだったり、商隊の護衛だったりと多岐に渡る。モタと組むのも、護衛という意味合いではこちらに含まれる。

逆に、やれないことというのは、魔物や魔族の討伐だ。

本来ならそれらの討伐こそ軍隊の職務のはずだが、彼らは自身が所属している所領から遠く離れたところにはよほどの理由がなければ行かないし、たとえ所領内であっても寒村などなら襲われても見向きもしない。

何より、兵士や騎士に助力を求めても、動き出すのに時間がかかり過ぎる……下手をすると、被害が拡大するまで微動だにしないこともあるので、結局のところ、迅速な対応を求めて魔物や魔族の討伐依頼が冒険者組合に持ち込まれることになる。

一方で、勇者パーティーというのは一種の軍隊だ。

王国の現王が有する特殊部隊とも言われていて、遠征する近衛騎士とみなした方が近い。王族の命令がなければ動かないし、逆に王族以外の命令は聞く必要もないとされる。というか、基本的には王命による魔王討伐を中心的に行う部隊となる。

もちろん、セロも、パーンチも、モタも冒険者上がりだが、バーバルが大神殿にあった聖剣を抜いて勇者として認められ、そのバーバルがパーティーメンバーを選定して現王に跪いたことで、そうした特殊な立ち位置を得た。

そういう意味では、今のモタはとても曖昧かつ危険な立場にあった。

勇者パーティーをモタの独断で勝手に離れたのだ。先ほどの話の通りだと、現王直属の特殊部隊を無断で除隊したのと同義なので、軍法会議にかけられて懲役や死刑などが科されても文句が言えないわけだ。

ところが、だ――

「前衛が出来そうな人いないかなー？」

そんなことはついぞ気にしないモタである。

冒険者組合の受付嬢に親しげに話しかけて、とっくにお尋ね者になっているという感覚さえ持ち合わせていない。そんなあっけらかんとした無邪気さが、まあ、モタの長所と言えば長所なのだが……

当然のことながら、冒険者組合の入口広間ではひそひそ声が上がっていた。

「おい。あれ……モタさんだろ？」

「さっき掲示板のお尋ね者の欄にあったぞ」

「懸賞金が掛かっていたよな。一モタにつき、金一封だそうだぞ」

「てか、一モタって何だ？　何の単位だ？」

「知るかよ。モタさんだから単位になってもおかしくねーんだよ。今、ここで捕まえるのか？」

「マジか？　お前、モタさんの二つ名知ってるだろ？」

「たしか『災厄の暴走絶望魔法少女』じゃね？」

「ここで捕まえようものなら、冒険者組合の建物が粉微塵になるぞ……」

もちろん、モタにはそんな声など届かず、受付嬢とずっと話し込んでいた。

ちなみにもう一つ言うと、モタにそんな二つ名があるように、パーンチにも『拳の破壊王（デストロイヤー）』、セロにも『光の司祭』といった冒険者時代の輝かしい呼び名がある。

　法術をろくに使えないセロがそんな大層な二つ名を持っているのも、どちらかと言うと、司祭なのに凶悪なモーニングスターを振り回す姿を同業の冒険者たちが皮肉ったわけなのだが、そういう意味ではモタと同様にセロもずいぶんと色んな意味で畏怖されてきたわけだ……

「んー。そかー。みんな、今はお出掛け中かー。王都も大変なんだね」

　とまれ、モタは落胆して、受付嬢に別れを告げた。

　もちろん、受付嬢は十分な時間稼ぎをした。今では冒険者組合の建物の外にギルドマスターのマッスルを含めて、名立たる冒険者たちが勢揃い中だ。

　だから、モタが「じゃねじゃねー」と手を振ってから扉をばたんと開けると、

「ほへ？　何だ、前衛が出来そうなのがいっぱいいるじゃん。ちょうど帰ってきたのかな？」

　そんな呆けた声を上げた。

　すると、筋骨隆々で厳ついスキンヘッドのギルマスのマッスルが雨でずぶ濡れになりながらも生活魔術の『拡声』で伝えた。

「モタに告ぐ！　すぐさま投降せよ！　今なら処分も禁固刑に下がって、三食昼寝付きにお菓子まで出るぞ。何だったら俺の給金を少しはやってもいい。頼むから大人しくしてくれ！」

　何だかいかにも弱気な発言だが……

　言うまでもないが、ギルマスのマッスルは強い。

　その他に集まっている冒険者たちもかなりの手練れだ。まともに戦えば、どう考えてもモタには勝ち目はない。

が。

モタはまともではないのである。

「ん？　どゆことー？」

「勇者パーティーを勝手に出てきたという咎でお前には懸賞金まで出ている。なあ、モタよ。その懸賞金も上げるるし、何なら出所祝いのときには色々と奢ってやるから、王都を壊すことなく無抵抗で投降してくれ」

そう。まともではないモタはというと——

無詠唱による大魔術が得意なのだ。

もっと言うならば、適当な詠唱破棄による魔術の暴走が大得意なのだ……

要は、前衛がいなくとも、呪詞を謡うことなく、範囲魔術攻撃による無差別殲滅を仕掛けられる上に、すぐに制御が効かなくなって、魔王城を半壊させるほどの高威力でもって王都を火の海にすることなど朝飯前というわけだ……

あの傲岸不遜な勇者バーバルですら、モタを怒らせまいとしたぐらいだ。

ギルマスのマッスルが悲壮な顔つきでもって、モタに懇願するのも仕方のないことではあった。

「えー。投降？　んー。やだー」

「どうしてもか？」

「うん。どうしても。だって、わたし……セロにすぐ謝らなくちゃいけないんだもん」

「セロ？　光の司祭か？　謝るっていったいどういうことだ？」

「色々あったんだよ、ギルマス。だから、本当にごめんね。今はなるべくわたしの邪魔しないでくれるかな」

そのとたん、モタの雰囲気が変わった。

すぐ背後に六円の陣が浮かび上がってきたのだ。詠唱破棄による大魔術だ。

「逃げろー！」

冒険者たちが一斉に駆け出し始める。

ギルマスのマッスルはというと、こりゃもうあかんと諦め顔だ……

「バーバルに会ったらかけるつもりだった、百日間うんこ出来ずに死ぬ特製闇魔術いくねー」

「マジか……」

マッスルはおけつを必死に防御した。

「きちんと毎日水分を取れば大丈夫だって……多分」

こうして並み居る冒険者たちに絶望的な状態異常を付与したことで、モタは本格的なお尋ね者として懸賞金が跳ね上がったわけだが……

モタは自身にすぐさま認識阻害をかけて、その場からすたこらさっさと逃げ出した。

何にしても、モタが第六魔王国の魔王城に向けて出発するのはもう少しだけ後の話になる――

さらにもう一つだけちなみに言うと、ギルマスのマッスル含めて冒険者たちは十日間ほど、外にも出られないほどの辛い時期を過ごしたが、モタに言われた通りに水分をたくさん取ったことで、その後は何とか立ち直ったらしい。

トマト畑でつかまえて

ヤモリも、イモリも、もともとは大人しい生物だ。

主食は虫なので人に襲いかかってこないし、たとえ縄張り（テリトリー）に入られたとしても産卵前などで警戒していなければ噛んでくることもない。

そもそも、家守（ヤモリ）、井守（イモリ）として、家や井戸を守って、害虫を食べることからどちらも益獣とされてきた。だから、たとえ魔物と化していても、人とは上手く共存共栄出来るはずだった。


が。


そんなヤモリたちはというと、相当に怒っていた。

何せ、眼前でトマトを勝手に切られた上に踏み潰されたのだ。

セロからはトマト畑を守るように頼まれていた。ヤモリにとってこの場所は、いわばセロと一緒に過ごせる家なのだ。そんな守るべき大切な家が見るも無残に切りつけられ、また踏みにじられてしまった。

その瞬間、普段は大人しいはずの家守は全匹、

「キュイ」

と、短く鳴いて、塹壕の中で土魔術の呪詞を唱え始めた――

もっとも、当の勇者バーバルはというと、足もとに注意を向けていなかった。そこに小さな塹壕があることに気づいていてすらいなかった。

そもそも、敵は吸血植物トマトだと勘違いしていた。

だから、とりあえず剣を振るって一個だけ切り落とし、様子を窺（うかが）ってみたわけだが、反応らしきものは何もない……

「ふん。他愛もない」

勇者バーバルはつまらなそうに鼻を鳴らした。

直後だ。足もとに幾つもの『土の槍（ソイルスピア）』が立ち上がった。

「何だとっ！」

さすがに勇者だけあって、跳び前転して避けた。

だが、右ふくらはぎに大きな裂傷が出来て、血が噴き出てくる。

聖女クリーンはまだ畑に入っていなかったので、すぐさま法術で回復してくれたものの、勇者バーバルに対する『土の槍』は全く止まらなかった。バーバルの腰ほどまである槍が無数に突き出てくる。

これでは畑全体が棘地獄になったようなものだ。

「全員、散れ！」

勇者バーバルは咄嗟に指示を出した。

一か所に固まっていては、土魔術の格好のターゲットだ。

しかも、後方にいた聖女クリーンたちの姿を隠すように畝間の土が盛り上がって、勇者バーバルの背丈の倍ほどの高さになると、今度は壁となって押し寄せてきた。その壁にもご丁寧に無数の棘が付いている。

「くそおおお！」

吸血植物トマトはよほど余裕なのか、微動だにせず、襲ってくる様子もない。そのくせ土魔術の『土礫（ストーンショット）』だけは雨あられのように勇者バーバルにだけ降り注いでくる。

バーバルは堪らずに、畝間を全速力で走った。

こんなふうに情けなくも、敵の攻撃から一方的に逃げるのは駆け出し冒険者の時以来のことだ。もちろん、バーバルにとっては屈辱以外の何物でもなかった。

しかも、予想通りというべきか、畝間の先にも棘付き壁は出来ていて、バーバルを串刺しにしようと待ち構えている。

「ふざけるなよ！」

勇者バーバルは思い切り跳躍すると、その壁を越えて、さらに壁の上側から突き出てきた『土の槍』さえも聖剣でいなして、畦道へと着地した。

体に幾つか切り傷が出来ていたが、大した出血ではない。

すぐに周囲を警戒するも、畦道は意外に静かだった……

すると、バーバルが走ってきた畝間とは別の列からモンクのパーンチが転がり出てきた。こちらは全身血だらけだ。ぜい、ぜい、と息を切らしながらも、

「悪趣味なトラップ満載じゃねえかよ！」

と、パーンチはバーバルに視線をやった。

そして、即座に「ヤモリの野郎はここにもいんのか？」と怒鳴りつけてきた。
バーバルは何を言っているのか理解出来なかった。敵は吸血植物トマトのはずだ。なぜヤモリなぞ気にするのかと、パーンチに問いかけようとして——

「ヤ、ヤモリなら……すぐ、そこに、いるぞ」

と、畦道に幾つも設置されていた小さな盛り土であるトーチカを指差した。
その目抜きの部分から、ヤモリたちの目が不気味に光った。しかも、トーチカは畦道上で十字砲火出来るように置かれている。もちろん、全ての畝と畝間にはすでに棘付きの壁が盛り上がっていて、もう逃げる場所もない。
次の瞬間——

「うおおおおお！」

というモンクのパーンチの絶叫と——

「うがあああああ！」

という勇者バーバルの阿鼻叫喚が同時に上がった。

二人の足は石化し始めて、すでに動きを封じられていた。バーバルは「クリーンはどこだ？」と、石化の解除を求めて声を張り上げるが——もう遅い。

まず、『砂射出（サンドショット）』は正確に二人を傷つけた。

次に、『土塊落下（ストーンフォール）』は出血で朦朧としてきた二人の頭上に落ちて、意識を根こそぎ奪っていった。

さらには、まだ寝かせないとばかりに、『地面振動（アースシェイク）』で断続的に揺り動かされて、二人はすぐに目を覚ますと、『土砂突風（サンドウィンド）』で喉に砂を詰め込まれて窒息死しかけた。

最後に、土がしだいに盛り上がって山となって二人を埋めると、そこがまるでトマト損壊罪を罰する為の刑場とでもいったふうに、山の上に二人の晒し首だけ残して、ヤモリの攻撃はやっと終わりを告げた。

勇者バーバルも、モンクのパーンチも、かろうじてまだ生きてはいたが、その生涯最大の敗北をよりにもよってトマト畑で味わったのである。

「全員、散れ！」

と、勇者バーバルが指示を出す前に——

エルフの狙撃手トゥレスは『潜伏（ハイディング）』によってスニーキングを始めていた。

馬鹿正直にバーバルやモンクのパーンチに付き合う義理はなかった。それにさっきから畑に入った二人の悲鳴と叫声がずっと上がりっぱなしだ。

やはり、このトマト畑には何かいる……

狙撃手トゥレスはさらに用心して自身に『隠形』までかけた。

実は狙撃手では扱えないスキルだ。それをはばかることなく使用した。

そうやって、しっかりと存在自体を消してから畑を観察すると、畝間に小さな堀のようなものが続いていることに気づいた。そこをヤモリたちが行き来している。もっとも、まだトゥレスの存在には気づいていないようだ。

トゥレスはそのヤモリたちをスキルで『分析（アナライズ）』してみて、

「―――っ！」

あまりの驚きで、思わず声を張り上げそうになった。

何とか両手で口を塞いで事なきを得たが、額から滴り落ちてくる汗を止めることは出来なかった。

心音もさっきから、ドクン、ドクン、と高鳴っている。

「……ば、馬鹿な」

トゥレスの驚きも当然だった。

というのも、この畑にいるヤモリたちは全匹、最終進化していたからだ。

本来、魔物（モンスター）は進化すればするほどその姿が大きくなる。実際に竜はその典型例だろう。物理的な巨大さはそれだけで脅威になり得る。

だが、トゥレスは聞いたことがあった―――世界最強たる四竜こと超越種の血を引いた一部の魔物たちだけ、最終進化の先にてその姿を小さくするものがいると。最大まで膨張した果てに一気に収縮して、高魔力高密度の状態に戻っていったのが眼前にいるヤモリたちというわけだ。

しかも、この畑には、蜥蜴系で最も危険な魔物とされるバジリスクよりも遥かに強い超越種直系のヤモリたちが無数にいて、今もちょうど勇者バーバルとモンクのパーンチを追いやっているところだ。下級魔術の『土の槍』などしか使わないのは、特級魔術を使用すると畑に被害が出ると踏んだからなのだろう。つまり、そうした計算ができるだけの高い知性も備えているのだ。

「王国の騎士団を総動員しても……太刀打ち出来るはずもない」

トゥレスはそこまで見抜いて、「ふう」と小さく息をついた。

こうなったら三十六計逃げるに如かずだ。つい聖女クリーンの言葉に乗せられたが、まだ公には魔王認定されていない呪人(セロ)や真祖直系の吸血鬼(ルーシー)を討つ為に、こんな場所で命を投げ出すのは愚かでしかない……

そう判断して、トゥレスは畑から出て、ゆっくりと距離を取っていった。

幸いにしてヤモリたちはいまだトゥレスに気づいていなかった。それにどうやら畑内だけがヤモリの縄張り(テリトリー)のようで、畑外にまで関心を払っていないように思えた。

「ふう。何とかなりそうだな……」

と、狙撃手トゥレスは小さく笑って、じりじりとさらに後退した。

もっとも、このとき狙撃手トゥレスは足もとにばかり注意して、上空に対する警戒を疎(おろそ)かにしていた。そもそも、なぜヤモリが畑内だけで活動していたのかといえば——

「キイ、キイ」

トゥレスはその鳴き声を耳にして、恐る恐ると上空に視線をやった。

そこにはいつの間にか空を覆うほどのコウモリの大群がいた。そう。畑外はコウモリたちがヤモリに代わって見張っていたのだ。

トゥレスの頬は一瞬で引きつった……

スキルの『隠形』で見つかっていないことを祈るしかなかった……

とはいえ、トゥレスも馬鹿ではない。コウモリはもともと視力がない代わりに超音波によって位置関係を把握する生物だ。つまり、トゥレスがどれほど巧妙に隠れようとも、コウモリたちにはとうにお見通しというわけだ。

「キイ！」

「ちくしょう！」

トゥレスは畑の方に駆け出すしかなかった。

すでに横も、背後も、コウモリたちによって塞がれていた。

逃げる先はトマト畑の畦道しか残されていない。まるでそこに追い立てられているかのようで嫌な感じがしたが、先ほど勇者バーバルが宙を跳んでそのあたりに着地したのを見かけていた。何なら共闘すればいい——

そこまで考えて、畦道に駆け込むと、

「そ、そんな……」

トゥレスはさすがに絶句した。

勇者バーバルも、モンクのパーンチも、晒し首にされていたからだ。

一応、死んではいないようだが、「うーん」と二人とも顔が原形を留めず、白目まで剥いている。

何より、トゥレスは『索敵』が出来るからこそすぐに感づいた。この畦道にも幾匹ものヤモリが潜んでいて、今も虎視眈々とトゥレスを狙っていることを――

「ちい！」

だから、トゥレスは舌打ちしつつも、せめてヤモリだけには標的にされないようにと、もう一度だけ自身に『隠形』をかけるも、コウモリたちはすでに直上にやって来ていた。そのつぶらな瞳はまるでこう語っているようだった――もう遅い、と。

次の瞬間、トゥレスを囲むように土の壁が盛り上がった。

それから、ぽと、ぽと、と。トゥレスに向けて何かが落ちてきた。

糞か、と気づいたときには、トゥレスは全身を掻きむしっていた。何しろ、それは土竜ゴライアスでさえも嫌がった強烈な猛毒なのだ。

こうして数秒後、ヤモリたちが土の壁を収めると、そこにはスライムのようにゲル状と化したトゥレスという名の未知の物体Xが誕生していたのだった。

「全員、散れ！」

と、勇者バーバルが指示を出した直後——

目の前の畝間が土壁で閉ざされてしまったので、聖女クリーンはトマト畑を迂回することに決めた。

もともと、バーバルにそう提案したのだ。もちろん、モンクのパーンチのように他の畝間から入ってもよかったが、そのパーンチがさっきから絶叫しっぱなしなので続く気には全くなれなかった。

というか、後衛職を置いて、さっさと先に行ってしまう前衛職ばかりなのは如何なものかと、クリーンもさすがに頭痛がしてきた。しかも、もう一人の後衛職である狙撃手トゥレスはいつの間にか消えている。

おそらくスキルの『潜伏』あたりでも使ったのだろう。連携など一切考えないあたり、本当に身勝手なパーティーだ。

クリーンは「はあ」とため息混じりにトマト畑の端まで歩いた。

そこには先ほども見かけた血のプールがあった。やはり肥溜めには到底思えない……

「あら？」

すると、少し離れたところにダークエルフの少女が腰を下ろしていた。

白い短髪で、どこか感情表現の乏しそうな子供だった——双子の片割れのドゥだ。

そのドゥはというと、地面に石灰で線を引いて測量の手伝いをしていて、そばにやって来たクリーンを見かけると、きょとんとわずかに首を傾げてみせた。

「あの……ちょっとだけよろしいかしら？」

「………」

クリーンが笑みを浮かべるも、ドゥは顔色一つ変えなかった。

「ここで、貴女は何をしているの？」

今度はクリーンも満面の笑みでやさしく尋ねてみたが――

やはりドゥは微塵の反応も示さなかった。

これにはさすがにクリーンも少しだけイラっときた。

王国ではクリーンの笑顔は宝石のようだと称えられている。だから、クリーンも嫌な顔一つ見せず、老若男女問わずに国民に笑みを向け続けた――もちろん、そんなものは作り笑いに過ぎなかった。そもそも、聖女クリーンはさほど清廉潔白でも、温厚篤実な人物でもないのだ。

むしろ、クリーンにとって聖女とはキャリアの一過程でしかなかった。

いずれは教皇か、何なら勇者バーバルを利用して女王に伸し上がってもいいとまで考えている。そんなふうに清濁併せ呑むことが出来る勤勉な野心家こそがクリーンの本来の顔なのだ。

それだけに職務には極めて忠実だった。そこらへんを履き違えるとろくなことにならないのは、何人もの聖職者の汚職を見て学んできた。

もっとも、そんなクリーンでも、子供だけはどうしても苦手だった。

何を考えているのかいまいち分からない上に、時として真実を鋭く見抜くこともあって、外面(そとづら)ばかりが良いクリーンにとってなるべく寄せ付けたくない存在だ。

「ふう。困ったわね」

クリーンは顎に片手をやってから、無視して先に進もうかどうか迷った。

そのときだ。

遠くで足音がした。

どうやらずいぶんと離れたところにもう一人だけ、ダークエルフの少女がいたようだ——言うまでもなくディンだ。

クリーンはその後姿を目で追いながら、もしかしたら誰かを呼びに行ったのかもしれないと考えた。このトマト畑が迷いの森と同様にダークエルフの管轄地なのだとしたら、謝罪してすぐにバーバルたちを回収しなくてはいけない。

というか、セロと対面する前に、なぜこんなふうにダークエルフと揉めなくてはいけないのか……

本当にどうしようもない勇者パーティーだ……

さすがにクリーンも頭痛がひどくなってきて、額を片手でじっと押さえつけた。その一方で、ドゥはというと、さっきからクリーンを無言でじっと見つめていた。

「…………」

大人のダークエルフが来るまで、ドゥには関わらないでおこうと決めていたが、あまりにも直視されるものだから、クリーンは根負けしてもう一度だけ声をかけた。

「ねえ、セロ様のことは知っている？」

すると、ドゥはこくこくと肯いた。初めての反応だ。

「どこにいるかしら？　私、婚約者なのよ。会いに来たの」

元婚約者だとはあえて言わなかった。

だが、ドゥは何も答えずに、またクリーンをじっと見つめ返してきた。

「セロ様はあのお城で何をやっているかしら？　貴女は何か知っている？」

「………」

クリーンとドゥはしばらく見つめ合った。

やはり子供は嫌いだと、クリーンは考え直した。何を考えているのか本当に分からない。それでも、クリーンは作り笑いを崩さずにいた。最早、職業病と言っていいだろう……

するとドゥの手もとにイモリが一匹だけ、這い上がってきた。

そのイモリはドゥに視線をやって、わずかに首を傾げる。そんな微笑ましい様子を見て、クリーンはつい思った――イモリの方がこの子供よりもよほど可愛げがあると。

が。


「うん。セロ様に近づけちゃダメ」

急にドゥはそう呟いたのだ。

クリーンはつい、「え？」と眉をひそめたが、ドゥとイモリはやり取りを続ける。

「キュ？」

「それは嘘。もう婚約者じゃないみたい」

「キュキュ？」

「うん。やっちゃっていいんじゃないかな」

クリーンは続いて、思わず「はあ？」と漏らした。やっちゃっての意味が分からなかったせいだ。

もっとも、次の瞬間だ――

血溜まりから無数の血液が鏃(やじり)の形状となって宙に立ち上がった。

クリーンは嫌な予感しかしなかった。いつの間にか、無数のイモリが血溜まりの中から現れ出てきたのだ。

「ま、まさか……防げ、『聖防御陣』！」

クリーンは咄嗟に祝詞を謡った。

同時に、血の『水弾』がクリーンに襲いかかった。

何とか『聖防御陣』でそれを防いでみせたが、すぐにクリーンはギョっとした。凶悪な魔物の群れでも押し返せるほどの堅牢な法術の盾なのに、たかがイモリたちの『水弾』だけで綻んでいたのだ。

これは不利だと判断して、クリーンはトマト畑に沿って先へと駆け出した。

イモリが相変わらず『水弾』を容赦なく撃ち込んでくるが、血溜まりから離れれば水辺で生息する魔物のはずだから逃げ切れると考えた。実際に、『水弾』の量はしだいに減っていった。

だが、その道の先にはなぜかかかしが突っ立っていた。

そのかかしはというと――

「侵入者(ラバー)発見。撃退シマス。終了(オーバー)」

と、平坦な声音で告げると、かかしのはずなのに両側に開いていた腕の部分が閉じて、真っ直ぐにクリーンに向いた。そして、両手の先にエネルギーが収束したかと思うと、『超電磁砲(レールガン)』が放たれたのだ。

「うぎゃあああ！」

クリーンは喚いてしまった。

そんな汚い声を発したのは人生で初めてだった。本気で死ぬかと思った。

そもそも、ヤモリやイモリたちと違って、かかしは畑の被害など微塵も考えずにエメスによって作られた自動撃退装置だ。だからこそ、その一発でクリーンご自慢の『聖防御陣』はあっけなく弾け飛び、クリーンの白磁のような頬からつうと血が垂れ落ちた。

クリーンは気を取り直して、咄嗟にすぐそばの畦道に逃げ込んだ。だが――もう遅かった。

そこでは勇者バーバルとモンクのパーンチがぼこぼこの晒し首にされていて、もとはトゥレスと思わしき耳長エルフのゲル状物体Xが気持ち悪く地面で蠢いていた。

「ひいっ！」

クリーンは失禁しかけた。

それでも、自分が聖女だということを思い出して、皆に完全回復を試みた。

三人を助けようという慈愛よりも、この三人を何とか肉壁にして逃げようという冷静な判断によるものだ。

おかげで、勇者バーバルとモンクのパーンチは「ふん！」と土の山を粉砕して出てきた。狙撃手トゥレスは何とか四つん這いになりながらも、「はあ、はあ」と呼吸を整え始めている。

もちろん、周囲には無数のヤモリ、コウモリ、イモリに加えてかかしまでいた。

それらを見て、勇者パーティーは戦意喪失しかけるも……

そんな地獄のような畦道にダークエルフの青年がひょっこりと現れた——近衛長のエークだ。その両手はドゥとディンに繋がっていて、ヤモリたちと親しげにジェスチャーを交えながらいったん下がらせると、こともなげに勇者パーティーにこう言ってきたのだ。

「トマト泥棒が出たと聞きました。貴方たちのことですか?」

聖女クリーンも、モンクのパーンチも、狙撃手トゥレスも、一瞬だけぽかんとなったが、すぐに「こいつです。こいつが全て悪いんです」と声をきれいに合わせて、最初にトマトを切り落とした勇者バーバルを睨みつけながら指差したのは言うまでもない。


勇者パーティーの皆が一斉にバーバルを犯人として指差したせいか、トマト畑にはしばらくの間、白々とした空気が流れた。

ダークエルフの双子の片割れ、ドゥまでもがなぜか真似をして、

「……こいつ」

と、指を差している始末だ。

これにはダークエルフの近衛長エークも、「ふう」と小さく息をつきつつも、

「ええと……トマト泥棒の前に、最初に聞くべきでしたが、なぜこのトマト畑に人族の皆さんがいるのでしょうか？」

そう尋ねてから、眼前の面々を見渡した。そして、エルフの狙撃手トゥレスを見かけて、すぐに顔をしかめた。

一方で、トマト泥棒と名指しされたバーバルはというと、エルフとダークエルフが犬猿の仲で、これ以上に話がこじれるのを危惧して、慌ててエークの質問に応じた。

「申し訳ない。ここがダークエルフの管轄しているトマト畑だとは露知らず、許可も取らずに入ってしまった。もしや、ここも迷いの森の延長線上だったのだろうか？　まず非礼は詫びよう。それに賠償が必要だと言うなら払おう。何にしても、俺たちはすぐにここから出て行きたい」

勇者バーバルにしては珍しく平身低頭といった感じの釈明だったが、エークはさらに怪訝な顔つきになった。

そもそも、人族の間で魔王が討伐対象としてよく知られているように、魔族領でも勇者パーティーはお尋ね者とされている。いまだに相手はきちんと名乗っていないが、エークの前にいるのはどう見ても、バーバル、モンクのパーンチ、それに狙撃手トゥレスだ。

唯一女性だけはよく知らなかったが……法術ですぐさまパーティーを完全回復したところを見るに、かなり高位の神官のはずだ。おそらくセロの後任に当たる者なのだろう。

エークはそう判断して、さらにこう結論付けた――

何にしても雑魚だな、と。

セロの進化した自動スキルの『救い手(オーリオール)』によって数段強化されたエークの敵ではないと。何なら、ドゥはともかくディンにも及ばないかもしれないとも。

だからこそ、賢いエークは「ふむん」と、顎に片手をやって疑り深い目つきになった。

いや、待てよ……

本当にこんな雑魚どもが王国の誇る勇者パーティーなのだろうか……

逆に、これは第六魔王国に対する欺瞞工作の一環であって、実は偽者なのではなかろうか、と。

実際に、たとえ『救い手』なしでも、エーク本来の実力ならバーバルなど余裕で倒せそうだ。エークはセロが人族だった頃の実力を知らないものの、少なくともセロとパーティーを組むに当たって、この面子では不釣り合いにも程があると考えた。唯一マシなのが名も知らぬ女神官ぐらいだ。

「………」

エークは考えごとに夢中で、つい無言になってしまった。

一方で、勇者パーティーの面々はというと、エークの不気味な沈黙に対して情けなくもびくびくと震えるしかなかった――

眼前のエークはさすがに子供たちが連れてきただけあって、一騎当千の貫禄を持つダークエルフの若者だ。もしかしたら種族のリーダー的な存在なのかもしれない。

たった一人で勇者パーティーを相手に戦えるだけの猛者だし……そもそもすぐそばにいる子供たちからしてかなりの実力者に見える……

もちろん、バーバルたちからすれば、ダークエルフがセロの配下となって、かつ『救い手』によって強化されていることをまだ知らなかった。そういう意味では、エークたちを過大評価していた。つまり、勇者パーティーも、エークも、互いに不幸な思い違いをしていたわけだ。

とはいっても、バーバルはエークの機嫌を損なうことを恐れた。

ここが迷いの森の延長線上だというなら、敵対してしまったら他にも潜んでいるはずのダークエルフとも戦わなくてはいけない。

その一方で、エークもまた困惑していた。

もしこのひ弱なパーティーが本物だったとしたらセロの宿敵に当たる。

バーバルたちがセロにした仕打ちについては、以前、前庭でキャンプをしていたときに聞かされたので、果たしてエークの判断一つで懲らしめていいものかどうか、さっきから悩み抜いていたわけだ。やはりここは捕縛して、セロの前に引きずり出すのが正解だろう。

ただ、それでもエークは底深い眼差しで狙撃手トゥレスをじっと睨みつけた。

他の人族はまだしも、このエルフだけは話が別だった。ダークエルフにとってエルフが犬猿の仲だということもあるが、そもそもからしてトゥレスは――

というところで、エークは「ん？」と、ふいに宙を見た。

すると、ドンっ、と。

何かが畦道に飛来した。いや、正確に言うと、ぶっ飛ばされてきたのだ。

人狼の執事アジーンだった。

見るも無残なほどに襤褸々々（ボロボロ）で血塗れになっていた。人造人間のエメスによる白リン弾の実験に付き合っていたせいだ。

「ひいっ！」

当然のことながら、バーバルたちは全員、情けない悲鳴を上げた。最早、すぐさま命乞いでもしてきそうな雰囲気だ……

エークは額に片手をやって、やれやれと頭を横に振ってから、

「アジーンよ。貴様はいったい……何をやっているのだ？」

「……ふん。ご褒美だよ」

血塗れのアジーンは自らの性癖をはばかることなく露出してサムズアップした。そんな姿にエークは頬を赤らめて、つい羨ましいなあと思ってしまった。

「ひえぇっ！」

そんな二人の変態性にバーバルたちはドン引きした。この魔族領に長く滞在したら、こんなふうになってしまうのかと、もう付き合いきれないとばかりに三跪九叩頭（さんききゅうこうとう）でもして助命を嘆願してきそうな勢いだ……

もっとも、そんな勇者パーティーの中でも、女は度胸と言うべきなのか――

聖女クリーンだけは何とか気を取り直してエークに話しかけた。

「実は……私どもは目的があってこの地に来たのです」

「ほう。その目的とは？」

エークが応じると、クリーンはズバリと言ってのけた。

「セロ様にお会いしたいのです」

そもそも、クリーンは聞き逃していなかった――「セロ様に近づけちゃダメ」と、エークと手を繋いでいる子供の片割れ（ドウ）が言ったのだ。

ダークエルフの子供が様付けしているぐらいだから、セロとは何かしらの交流があって、さらに敬意まで持っているということだ。それをリーダーらしき青年（エーク）が知らないはずがない。

クリーンはそう考えて、エークの懐へと一気に切り込んだのだ。

一方で、エークはまだ用心深く、クリーンをしげしげと見つめてから尋ねた。

「なぜ会いたいのですか？」

「私どもはセロ様とのすれ違いによる誤解で、取り返しのつかないことをしてしまいました。その謝罪と話し合いをしたいのです」

もちろん、セロが魔族となっていたら謝罪も話し合いもするつもりなど毛頭なかったが、嘘も方便ということで、クリーンは沈痛な面持ちで語ってみせた。王国民だったなら、それだけでケロっと騙されたことだろう。

「…………」

しばらくの間、沈黙だけがその場を支配した。

クリーンの機転によって、バーバルたちも何とか息を吹き返した。このままエークを押し切って、セロのいる場所まで案内してもらおうかといった雰囲気にまで回復している。

が。

エークは意外な人物に顔を向けた。

「ドゥ?」

すると、ドゥはふるふると小さく頭を横に振った。

ちなみに、同じ双子のディンが若くして博識な上に魔術にも長けているのに比べると、ドゥはさほど頭も良くないし、魔術も上手く扱えない。だから、ディンに少しでも近づきたいと武器を手に練習しているのだが、それもいまいち伸びてこない。

それほど劣っているにもかかわらず、エークがセロの側にドゥをわざわざ配したのには理由があった――

ダークエルフの中で他の誰よりも真実を見抜く力があったからだ。最長老のドルイドからは『巫女』かもしれないと示唆されたこともある。

何にしても、セロがあまりにお人好しな性分だけに、欺かれて誤らないようにと、エークはドゥに大切な役割を持たせてセロのすぐ側に付かせたわけだ。

そのドゥがクリーンを否定した。

だから、もう迷うこともなく、エークは突き刺すような口調でクリーンに答えた。

「やはり会わせるわけにはいかないですね」

そして、同僚の執事にちらりと視線をやると、アジーンも「よいしょ」と起き上がって、エークに並んでから言葉を続けた。

「もし、貴殿らがそれでもセロ様に会いたいと言うならば――」

「私たちを倒してから行くことです」

こうしてエークとアジーンは勇者パーティーの前に立ち塞がったのだった。

モンクのパーンチは「ほう?」と拳を掌に当てた。

もともと、人生をノリと勢いだけで過ごしてきたタイプなので、さっきまでは晒し首となって見事に意気消沈していたが、人狼の執事アジーンの挑発を目の当たりにしてやっと闘争心に火が付いた格好だ。

相手が血塗れで死にかけているのは気に入らなかったが、それでも前衛職同士、しかも拳と爪を突き合せた近接格闘が楽しめそうで、パーンチのテンションは上がってきた。いかにも強者らしいビリビリとしたプレッシャーも感じ取ることが出来て、パーンチは微笑を浮かべたほどだ。

もちろん、アジーンも「いいだろう」とパーンチの挑戦を快く引き受けた。

一方で、ダークエルフの近衛長エークはエルフの狙撃手トゥレスを一瞥してから、いったん地に膝を付けて、双子姉妹の片割れのドゥと同じ視線になると、

「勇者パーティーが来ていることをセロ様に伝えてきなさい」

そう言って、ドゥの背中をぽんと軽く押した。

ドゥはこくこくと肯いてから、てけてけと駆け出した。

ところが、畦道の小さな盛り土であるトーチカに躓いて、「わっ」と派手に転倒してしまった。

片膝を擦り剝いて、えぐえぐと泣きそうな顔をしている。これにはさすがのエークも困ってしまったが、意外なことにそばにいたモンクのパーンチがドゥを起こしてやって、

「おい、坊主。大丈夫か？」

と、モンク特有の法術である『内気功』で怪我を治してやった。

ドゥはまたこくこくと肯いた。パーンチがドゥの服に付いた土汚れをパンパンと叩いてやると、

「気を付けろよ」

「うん」

それだけ言って、ドゥは再度、てけてけと駆けていった。

そして、気を付けていたはずなのにすぐにまた、ぼふっと誰かにぶつかった。

畦道にいた全員が「あちゃー」と額に片手をやるも、勇者パーティーの皆がぶつかった人物を見て、すぐにごくりと唾を飲み込んだ。

「ドゥよ。すまなかったな」

なぜなら、そこには――ルーシーがいたのだ。

ドゥはこくりと肯いてから、今度こそその場から去って行った。

ルーシーはその後姿を見送って、「ふむ」と一息ついてから、その場にいた全員を見渡した。

勇者バーバル、モンクのパーンチにエルフの狙撃手トゥレス。それと女神官については知らなかったが、かつてセロが語った元婚約者の聖女クリーンなる人物だろうと判断した。

こちら側はアジーン、エークに双子姉妹の片割れディンだ。

ルーシーはそのディンにいったん視線をやって、

「ディンよ。すまないが、迷いの森まで行って、少々騒がしくなるかもしれないと伝えに行ってくれないか」

そう言うと、ディンは「畏まりました」と丁寧にお辞儀してから駆け出した。さすがにドゥとは違って転ぶことはなかった。あっという間にその場からいなくなる。

それから、ルーシーはゆっくりと畦道に入って行くと、

「さて、何だか面白そうなことをしているな。妾も交ぜろ」

それだけ言って、微笑を浮かべてみせた。

その瞬間、勇者パーティーは全員、『魅了』の効果で全身を大きく揺さぶられた。

真祖直系の吸血鬼との戦闘を考えて、事前にアクセサリーなどで耐性を施していなかったら、その笑みだけで勝負が決まっていたことだろう……

それほどにセロの自動スキルの『救い手』の効果を受けているルーシーは圧倒的な強者だった。単純に言えば、指先一つで勇者パーティーを壊滅出来るほどだ。両者には象と蟻以上の差があった。

「馬鹿な……」

勇者バーバルは震えが止まらなかった……

以前に戦った第六魔王の真祖カミラよりも明らかに格上の魔族だ。こちらがカミラで、前に討ったのがルーシーだったと言われた方がまだ納得出来る……

「こ、こんな……化け物がいるとは……聞いていなかったぞ」

バーバルはそう声を震わせて、ここに来たことを後悔し始めた。

同時に、今さらになって自分が井の中の蛙でしかなかったのだと痛感した。勇者だから魔王に負けるはずがないと豪語していた己が憐れにさえ思えてきた。

一方で、聖女クリーンも呆然自失しかけていた。

「まさか……相手は魔神だとでも言うの……」

大神殿での教えに従って、魔王とは討伐出来るものだと信じ込んでいた。

今、まさにその信仰が土台から音を立てて崩れていきそうな気分だ。クリーンの目の前にいる魔王は人族が討伐対象にしていい相手ではない。というか、なぜこれほどの化け物が地下世界ではなく、地上の魔族領にいるというのか……

「住むべき世界が違う存在だわ」

この一体だけで、人族が全滅させられてもおかしくはない。

おかげでクリーンは圧倒され、頬から血の気が引いて、まるで石のように全身が固くなって、まだ戦ってすらいないのに、たっぷりと敗北感を味わわされていた。

が。

当然、相手は許してくれなかった――

「で、妾の相手はいったいどれだ?」

ルーシーは獲物を見定める鷹さながらに、じろりと勇者パーティーを睨みつけた。

その眼光だけで皆はびくりと一瞬だけ震えて、状態異常をかけられたわけでもないのに、石化したかのように硬直してしまった。

そんな状況だったから、誰も名乗り出ることはなかった。本来ならバーバルの役割のはずだが、さすがに桁違いの強者だと誰の目にも明らかだったので、今回ばかりはトマト泥棒のときと違って、誰も「こいつです」とは指差さなかった。

情けないことに、バーバル自身が「俺じゃないよな?」と呟いてしまったほどだ。

するとルーシーはつまらなそうに告げた。

「ふむ。では、アジーンは対面にいるモンク。エークはエルフの相手をしてやれ」

「はっ!」

「はい!」

「そして、妾の相手は残り物か。喜べ。少しだけ戯れてやろう」

その瞬間、アジーンとモンクのパーンチ、エークと狙撃手トゥレスは即座にその場を離れて、それぞれ別方向へと駆け出していった。

バーバルはがくがくと震える手で何とか聖剣を取った。クリーンは聖杖を両手で持って専守防衛だけを意識した――こうして、今、勇者パーティーと第六魔王国軍による戦いの幕が開けたのだった。

モンクのパーンチと人狼の執事アジーンは魔王城の正面にある坂の手前までやって来た。

その坂を見て、パーンチはすぐに眉をひそめた。

以前にもここには来たことがあった。たしかそのときは何ともない普通の坂だったはずだ。それが今ではなぜか溶岩と化して通行不能になっている……

もっとも、パーンチは細かいことを気にする性質でもなかったので、「まあ、どうでもいいか」と呟いた。そして、アジーンに視線をやった。人狼らしく獣耳をピンと立たせている。いかにもパーンチの微かな動きも聞き逃さないといったふうだ……

すると、アジーンは微かに肯いてから、襤褸々々(ボロボロ)になった執事服のポケットからブレスレットを取り出すと、それを左腕にしっかりと嵌めてみせた。身体強化(バフ)のアクセサリーか何かだろうか。

何にせよ、パーンチはそんな不可解な行動を全く気にせずにアジーンに告げた。

「人狼と戦うのは初めてだぜ」

「ほう。それは光栄だな」

「ところで、巨狼にはならんのか?」

パーンチが顎を上げて挑発してみせると、

「ふん。貴殿ならこの姿で十分だ」

アジーンもそう返して、にやりと笑った。

二人の視線がばちばちと宙でぶつかって火花が散った。

もっとも、パーンチは意外なことに、腰に付けていたアイテム袋をごそごそと片手で探って、回復薬を取り出すと、それをアジーンに投げつけた。

「ほら、回復しろよ。戦う前から血塗れじゃねえか」

「ふむ。先ほどのドゥ殿に対する振舞いといい、この薬といい、意外と礼儀正しいのだな」

「ドゥ？　ああ、ダークエルフの子供（チビ）のことか。オレは孤児院の出身だから小さい子の扱いに慣れているってだけだ。それにテメエはせっかくの獲物だ。弱っている奴をいたぶってもつまらねえからな」

「結局、単なる戦闘狂というわけか」

「ああ、そうさ！　せっかく楽しそうな戦いになりそうなんだ。さっさと飲めよ。待っていてやるからよ」

アジーンはしばらく掌上でその回復薬を弄ぶと、パーンチに投げ返した。

「言ったはずだぞ。貴殿ならこの様（さま）でも十分だと」

「はん！　傷も治さず、巨狼にもならなかったこと、すぐに後悔させてやるぜ」

直後、パーンチは雄叫びを上げた。

モンクのスキル『ウォークライ』だ。攻撃力上昇の効果を自身にかけたのだ。

一方で、アジーンはややよろめいていた。さすがに人造人間エメスによる非人道的な実験を受けたばかりなので、ろくに体力も残っていなかった……

だから、そんなふうによろめいている間に――

パーンチは一気に距離を縮めた。

アジーンは驚いた。この男は口先だけではない。意外な強者だ。

「おら、喰らえよ！」

パーンチは右拳でボディブローを放った。

アジーンは左足を上げ、かつ左肘を下げてガードするも、やはり怪我のせいでよろめいてしまう。

パーンチは当然、その隙を見逃さなかった。左腕をしならせて、アジーンの空いた顎にジャブを入れると、それをまともに受けてわずかに意識が飛んだアジーンに対して容赦なくラッシュを仕掛けた。

アジーンはというと、対峙早々、防戦一方になった。

両腕でガードするも、がら空きになったボディを叩かれる。それで呻いてガードが緩むと、今度は顔面にラッシュがやってくる。さらに蓄積したダメージで少しでも重心がぶれようものなら、パーンチはすかさず足払いしてきて、体勢を崩しにかかってくる。

パーンチの戦い方は型に嵌まった正当なものではなく、いかにも足癖の悪い我流——いわゆる喧嘩拳法だった。それだけにアジーンにとっては対処が難しかった。

もちろん、アジーンとて、パーンチをなめていたわけではない……

だが、実のところ、パーンチは勇者パーティーの中でも戦闘に関しては勇者バーバルよりもよほど強かった。特に、バーバルがパーティー戦闘に長けているとしたら、パーンチは個人戦を得意としている。つまり、タイマンはパーンチの十八番（おはこ）なのだ。

これにはさすがにアジーンも舌打ちするしかなかった。

最早、殴られるのが心地良いといった特殊なご褒美（せいへき）を楽しむ余裕もなくなっていた。

しかも、パーンチは戦っているうちに、しだいにその強さもスピードも増してきた。これは単純にアジーンがやられっぱなしで弱ってきていたせいもあるが、モンクの自動スキルの『戦闘狂（ウォーモンガー）』によるところが大きい——戦闘の経過時間で徐々にステータスがアップするものだ。

おかげでパーンチは終始優勢でアジーンを押し切っていた。

このままではものの数分もせずにアジーンは殴り殺されてしまうだろう……

「おらあああ！」

すると、パーンチは渾身のストレートをアジーンのガードに叩きつけた。

直後、アジーンは十メートルほど後退させられる。

「はん！　何だそりゃあ。拍子抜けじゃねえかよ！」

パーンチは心底つまらなそうに言った。

そして、眉間に皺を寄せてから首を傾げてみせる。いかにも見立てが狂ったといわんばかりの態度だ。最初に対峙したときに感じたプレッシャーは何だったのかと、アジーンをきつく睨みつける。

「おい！　いいから、やせ我慢してないで巨狼になれ。待っていてやるよ」

パーンチはそう言ったものの、アジーンはよろめきながら苦笑を浮かべた。

「何度も言わせるな。貴殿ならこれで十分だ」

「ふん。そうかい。じゃあ、ここで――くたばりな！」

パーンチは右拳をギュッと強く握りしめて、そこに息を吹きかけた。そして、今や襤褸雑巾みたいになったアジーンにしっかりと的を定めた――

その瞬間だ。

アジーンの耳がまたピンと立った。

そのとたん、「はああ」とアジーンは大きくため息をついた。

一方で、パーンチはというと、そんな様子に「ん？」と顔をしかめた。これでアジーンが不可解な態度を取るのは二度目だった。同時に、何か異様な気配を感じて、坂の上にちらりと視線をやった。

「解析完了です。ご苦労様でした。終了」

もちろん、パーンチには人造人間エメスの言葉は聞こえていなかった。それが聞けるのはせいぜいピンと張った獣の耳ぐらいだ。

「お、おい……あの化け物は、いったい、な、何だ？」

パーンチが頬を引きつらせながら尋ねると、

「化け物ではない。人造人間エメス様だ。先々代の第六魔王だが、もしや知らないのか？」

「……知るわけねえよ」

「何にしても、これにて実験は終了だ。いやあ、本当に危うかった。さすがにいたぶられるのが趣味だとはいっても、殺されては元も子もないからな」

そう言って、まずアジーンは左腕のブレスレットを外した。

そのとたん、アジーンから放たれるプレッシャーがピリピリと空気を大きく震わせた。パーンチは驚きで目を丸くする。

「テメエ……今、実験って……言ったな？」

「ああ、言ったな」

「ど、どういう……意味だ？」

「一つは照明弾だ。あそこにまだ新月が見えるだろう？」

そうはいっても、今は昼過ぎだ。それに新月とは本来、月と太陽とが同じ場所に出て月明りが隠れて見えなくなることだから、「見えるだろう？」と聞かれること自体がおかしい。「月が見えないだろう？」ということならパーンチのお頭（つむ）でも分かる……

だが、アジーンが指差した先には、たしかに新月らしきモノがあった。

そのことにパーンチは驚いた。そんな新月らしきモノも次第に存在感がなくなって、今は完全に消え失せていた。

「エメス様が月の満ち欠けで人狼の動きがどれだけ鈍るのか実態調査したいというから、照明弾で新月を作成していたのだ。貴殿からは幾度か巨狼になれと言われたが、実験中は土台無理だった。人狼は新月時には巨狼になれないばかりか、力が半減するからな」

「何だと？　力が、は、半減……？」

「それと、このブレスレットも実験のうちだ。何でも、エメス様が所有されていた聖遺物で、味方の支援を一切受け付けることが出来なくなるらしい。いわば、呪いのアイテムというやつだな」

「…………」

パーンチは心の底から問いかけたかった。

ということは、血塗れで襤褸々々（ボロボロ）になった上に、新月のせいで力も何も半減して、さらにはセロの自動スキルの恩恵も一切受け付けない――

そんな最低最悪な状態で戦っていたのか、と。

「ふ、ざああ、けるなあああああ！」

パーンチは絶叫した。

渾身のストレートを放つも、アジーンはわざと左頬に受けた。

もっとも、パーンチの拳程度では、アジーンの頭をやや傾けさせることぐらいしか出来なかった。

「幾度も言ってきただろう？　貴殿が相手ならば、この姿でも十分なのだと」

そう言って、アジーンはモンクのパーンチにボディブローを返した。

「ぶんごごぼれぞんんん！」

そんな奇怪な叫びと同時に、パーンチは後方百メートルほどにぶっ飛ばされていた。

呼吸がしばらく止まった。筋肉がショックで収縮したのか動かすことも出来なかった。脳味噌が立ち上がることを完全に拒絶していた。

戦闘狂のパーンチでさえ、たった一発で戦意を砕かれてしまった。

「ぢぐじょう……」

涙と、脂汗と、胃液と、血反吐もその場に垂れ流しながらも……

パーンチは何とか腰のアイテム袋から聖鶏の翼を取り出すと、血に塗れた口に羽を付けて、それを上に放り投げた。

その瞬間、パーンチの姿は消えていた。

アジーンは「何だと?」と、ほんの一瞬だけ驚いたものの、エメスの次の実験という名のご褒美へと頭を切り替えて、「ウォーン」と低い鳴き声を上げた。

こうして殴り合いが好きな者同士の肉弾戦は幕を閉じたのだった。

エルフの狙撃手トゥレスは迷いの森に逃げ込んでいた。

普通ならドルイドによってかけられた封印の力ですぐに迷わされるところだが、一切の惑いもなく進んでいく。まるで封印など気にしていないかのようだ。

そんなトゥレスが木々の枝上を伝って跳んでいると、風を切る音がして、足もとの枝に矢が刺さった。同時に、トゥレスが「ん?」と、上体を反らしたとたんに木の幹にも数本当たった。トゥレスはやれやれと肩をすくめて、いったん足を止めてから渋々と地に下りた。

「良い腕だな」

「魔王城から離れすぎだ。いい加減、もうここらへんでいいだろう?」

ダークエルフの近衛長エークが木陰から姿を現した。

「トゥレスよ。貴様に一つ聞きたい」

「何だ?」

「トゥレスとは、エルフとダークエルフの社会では犯罪者の名前だと認識されている。遥か昔にエルフの王族を闇討ちし、さらに私たちダークエルフの秘宝も奪った。そんな大悪党の名前がトゥレスだ。相違ないか?」

エークが真剣な表情でそう問いかけると、トゥレスは小さく笑った。

「相違ない」

単に名前が一緒というわけではない。

まさに大悪党本人だといったふうにトゥレスは余裕を見せつけた。

「ならば、なぜ人族、それも勇者パーティーなどに与(くみ)している？」

「理由は単純だ。古の盟約のせいだよ」

「詳しく説明しろ。そうすれば、捕縛の上で独房に入れて、五体満足とは言わずとも、命だけは助けてやる」

それだけ言って、エークは右手を弓の弦にかけた。

一方で、トゥレスはいまだ余裕綽々といったふうで、また肩をすくめてみせた。

「ふふ。エークよ。まるですでに勝ったみたいな言い方だな？」

「当然だ。貴様も馬鹿ではあるまい」

たしかにエークの言う通りだった。

エークはダークエルフのリーダーになるほどの実力者だ。トゥレスが幾ら大悪党と謳われるほどの猛者だとしても、二人の実力はせいぜい伯仲――だとしたら、セロの自動スキルの効果によってエークの方が上回る。勇者パーティーにいたトゥレスならば嫌でも気づくことだ。

「何にしても、トゥレスよ。エルフが許可もなくダークエルフの森に侵入したのだ。その罪は贖ってもらうぞ」

エークは弓を引く為の動作に入ろうとした。

直後だ。エークに向けて投刃があった。しかも、トゥレスではない。別の場所からだ。

仲間がいたのかと、エークは一瞬だけ戸惑ったが、この封印が幾重にもかかっている迷いの森で連携など不可能なはずだと考え直して、むしろ別の可能性を検討した。

だが、トゥレスの動きは想像以上に素早かった。

エークが幾つか投刃をかわした隙をついて、トゥレスはすぐそばまでやって来ていたのだ。

エークはトゥレスの手にしていたナイフをギリギリで避けた。それから弓と矢を左手で持ちかえて、射手が接敵されたときに緊急回避する為の砂を右手で撒いた——目潰しだ。

もっとも、トゥレスもさすがにそれはよく分かっていたようで、わずかに距離を取って、エークの背後にすぐ回り込んで、その首を掻き切ろうとした。それに対して、エークは左手で持っていた矢の先を後ろに立ったトゥレスに向ける。

「ちぃ！」

トゥレスが呻って、バックステップして鏃をかわした隙に、今度はエークが弓を左肩にかけて、即座にナイフを二つ取り出した。そして、この時点で確信した。


トゥレスは『狙撃手』ではない。


その下級職である『狩人』までのスキルは習熟しているようだが、遠距離攻撃の専門職である狙撃手にはならずに、スニーキングと闇討ちを得意とする『暗殺者』になったに違いない。

そもそも、今のトゥレスの動きは明らかに隠密そのものだ。

すると、狙撃手もとい暗殺者トゥレスはエークに感づかれたことに気づいたのか、静かな態度を崩さずに言ってきた。

「さすがは迷いの森の管轄長（リーダー）だな」

「今では元だけどな。現在はセロ様の近衛長となった」

「ほう。まあ、何にせよ、この距離でナイフ勝負となった以上、君に勝ち目はない。諦めることだ、エークよ」

そう言って、暗殺者トゥレスは乾いた下唇を舐めてからさらに話を続けた。

「そもそも、君はどうやら勘違いしている」

「勘違いだと？」

「そうだ。セロと共にいた時間は私の方が長い。彼の『導き手』という自動スキルは非常に強力なものだが、一つだけ欠点がある」

「どういうことだ？」

「彼から離れすぎると、その恩恵が薄れていくのだよ」

刹那。

暗殺者トゥレスの姿が消えた。

さらに背後から幾つか投刃があった。エークはそれをナイフでは受けずにバク転でかわした。

そして、近づいてくるトゥレスに対して、地に手を付けたままで回し蹴りを当てた。すぐに姿勢を戻して、よろけたトゥレスに足払いも加えると、エークはナイフを逆手に持って、まずトゥレスの胸を狙い、それが阻まれると次に利き手を狙い、トゥレスが回避の為に後退（あとずさ）った頃合いを見計らって、最後に真っ直ぐにその首へとナイフを突き出した。

「くそがっ！」

トゥレスはその一突きを何とかいなして、短く悪態をついた。

「ちぃ！　おかしい。どういうことだ？　なぜそれだけ動ける？　まさか君も暗殺者だとでもいうのか？」

暗殺者トゥレスの問いかけに対して、エークは「ふう」と大きく息を吐いた。そして、トゥレスをじっと睨みつけてから刺々しい口調で言った。

「貴様如きと一緒にするな」

もちろん、トゥレスは納得いかないようだ。

だから、今度はエークがやれやれと肩をすくめてみせる番だった。

「それこそ、貴様も勘違いしているのだ」

「勘違いだと？」

トゥレスがそう返すと、エークはいかにも先ほどの意趣返しといったふうに答えた。

「ああ。そうだ。そもそも、魔族となったセロ様と共に過ごした時間は私の方が長い。逆に言えば、貴様は人族のときのセロ様しか知らない」

「魔族になったセロを知らないだと……ま、まさか！」

「そういうことだ。セロ様は第六魔王になられた。それも土竜ゴライアス様の加護(アミュレット)まで得ていらっしゃる。そうして進化した自動スキルは、これだけ距離が離れていてもいまだに力強く発揮されている」

「こ、ここまで届くだと？　馬鹿な！　いったい……セロはどれほど強くなったというのだ？」

トゥレスは驚きのあまりに数歩だけ後退した。

「土竜の加護とはいえ、そんなことが出来るのは、最早ただの魔王ではない。古の魔王。あるいは地下世界を統べる魔王級だぞ。そんな存在が地上の魔族領にいてたまるか！」

トゥレスはそう叫ぶと、隠すこともなく幾重にも分身した。

先ほどから別方向からナイフが飛んでくるのはこのスキルによるものだった。

何にせよ、エークは幾体ものトゥレスに囲まれた。セロの『救い手』が届いている以上、エークは疲れ知らずに動くことが出来る。トゥレスとしては全力をもってして短期決戦で決着をつけるしかなかった。

もっとも、そのおかげでエークはまさに絶体絶命の窮地にいた。

一人でも苦労していたトゥレスが何体も眼前にいるのだ。それなのにエークはというと、まるで森林浴でも楽しんでいるかのようにその場にじっと佇んでいる。

「エークよ。気でも狂ったか？」

「いや、ちょうど良いタイミングだっただけだ」

「何だと？」

直後だ。トゥレスの分身体は全て霧散していった。

本体がどこからか伸びてきた蔦に絡まれて、宙で捕まってしまったのだ。

「くっ！」

すると、木陰からダークエルフの双子のディンが出てきた。

その隣には、ドルイドらしきダークエルフの女性もいた。どうやらその女性がトゥレスの動きを見事に封じたようだ。

「さて、トゥレスよ。先ほども言った通り、洗いざらい話してもらうぞ。貴様の過去の悪行全てと、勇者パーティーで企てていたことも含めてだ」

エークがそう言うと、トゥレスはわざとらしくにやりと笑った。

そして、片手だけ動かして、服の袖にしまっていた聖鶏の翼を器用に取り出すと、トゥレスは鎌で指に傷を付けて、その血を羽に滴らせてから宙に放った。

その瞬間、トゥレスの姿は掻き消えた。

エーク、ディンやドルイドの女性も声を上げて驚いたが、ディンが博識を披露して聖遺物の説明をすると他の二人も納得した。

「くそ。逃げられたか……」

エークは悔しそうに悪態をついたが、何にしてもディンは連れてきたドルイドの女性のことをエークに説明することにした。

「エーク様。ドルイドの最長老がセロ様に協力してくださるそうです」

「分かった。それでは、私がセロ様のもとに案内しよう」

こうして迷いの森での戦いも幕を閉じたのだった。

トマト畑の畦道ではルーシーと、勇者バーバル、聖女クリーンが対峙していた。

ルーシーは「ふむ」といったん周囲に目をやると、

「ここでは畑に被害が出るかもしれないな。ちょっとだけどいてもらおうか」

そう言って、右手を前に伸ばして簡単な呪詞を囁いた。

直後、勇者バーバルと聖女クリーンは胸部のあたりに強力な圧を受けて、畑から離れたところに飛ばされていた。

ルーシーからすると、デコピンした程度の感覚だったが、バーバルもクリーンもそれだけで四つん這いになって、喉や腹を押さえて何とか息を整えているといった有様だ……

ルーシーはそんな二人にゆっくりと近づきながら淡々と尋ねた。

「さて、エークと貴方たちの話し合いは聞こえていた。その上で改めて問いたい。貴方たちがここに来た理由はいったい何だ？」

聖女クリーンはすぐに祝詞を謡って勇者バーバルも併せて回復すると、聖杖を支えにして立ち上がった。そして、ルーシーの質問に対して、本当のことはなるべく隠して答えることにした。

「先ほどもお話しした通り――」

「先ほどだと？　黙れ。その話はドゥによってとうに嘘だと見破られている。同じことを繰り返すならば、ここですぐに殺す。また虚偽を混ぜると判断したならばやはり殺す。真実のみ告げるがいい」

ルーシーに冷たく睨みつけられて、聖女クリーンはぞっとした。

魔族には『魔眼』があると言われているが、先ほどのダークエルフの子供のドゥと同様に、このルーシーも真偽を見分ける力でも有しているのかと、今度はクリーンも慎重に言葉を選ぼうとした。

が。

勇者バーバルはあけすけに言い放った。

「セロは魔族になったのか？」

聖女クリーンは勇者バーバルを罵ってやりたい気分だった。

あまりに単刀直入に過ぎる。まずはセロとルーシーの関係性を探るのが先決のはずだ……

だが、意外にもルーシーは素直に答えてくれた。

「ふむ。とうになったぞ」

「なるほど。その返事だけで十分だ」

勇者バーバルはそう応じると、聖剣を手に取って堂々とルーシーの前で抜いてみせた。

「俺はここにセロを討ちに来た！」

そのとたん、聖女クリーンは「きーっ」と髪を掻きむしった。自殺志願者なのかと。無駄死にしたいのかと。あるいはミジンコ並みの脳みそしか持ち合わせていないのかとも——いっそ聖杖で後頭部を殴りつけてやりたい気分だった。

だが、ルーシーは存外に面白がって、「ほう？」と勇者バーバルに視線をやった。

今では冷めた目つきというより、むしろ壊してもよい玩具でも見つけたかのような眼差しをしていた。どちらにしても虫けら程度にしか思われていないことに変わりはないが……

クリーンは「はあ」とため息をついてから、「お待ちください！」とルーシーに告げた。

「私たちはセロ様と話し合いに来ました。これは間違いありません。そして、セロ様には王国に戻っていただきたいと考えております」

これについても嘘は一応言っていない。

魔族であると分かった以上、解呪を目指して勇者パーティーへの復帰という線は断たれたが、それでも王国にて正式に魔王認定して処刑するわけだから決して間違ってはいない。

すると、バーバルも「ふう」とため息をついてみせると、

「もうたくさんだ！　ここまで虚仮にされたのは初めてだ！」

そう言ってから頭を横に振って、どこか遠くに視線をやった。

駆け出しの頃や王都で単独行動になった時は別として、勇者バーバルの冒険は常勝だった。特に、聖剣に選ばれてからは栄光と名誉に彩られていた。王女プリムの婚約者となって、いずれは王になることすら視座に入れていた――そう。いずれは人族の頂点に君臨するはずだったのだ。

だが、現実はというとどうだ？

トマト畑にいた魔物には赤子の手をひねるかのように扱われた。

仲間たちからはトマト泥棒だと後ろ指を差された。ダークエルフのリーダーからは雑魚でも見るかのような屈辱的な眼差しを向けられた。

さらに今、眼前にいるルーシーに至っては、バーバルの全力をもってしても一切届くようには思えない。虫けらや雑魚を通り越して、玩具程度にしか見られていない。

勇者のはずなのに……

聖剣に選ばれた唯一の人族なのに……

いずれ王として頂点に立って、全てを導くはずの主人公だというのに……

なぜこうまで愚弄されなくてはいけないのかと、バーバルは情けなくも子供みたいに涙ぐんでいた。

そもそもバーバルはよく知っていた。勇者は負けてはいけないことを——邪竜ファフニールと真祖カミラを仲裁し、奈落王アバドンを封印したはずの憧れの勇者ノーブルでさえも、そのアバドンを倒せなかったという理由だけで追いやられた。

王侯貴族と民衆の熱狂は時として、悪意ある冷徹にあっという間に変じてしまう。

しかも、バーバルはすでに一度、最弱の魔王こと不死王リッチ如きに敗れている。最早、二度目の失敗は許されない立場にいるのだ。

今、バーバルは涙ながらに背水の陣の覚悟だった。

だからこそ、バーバルはこの場で聖女クリーンに固く誓ってみせた。

「昨日、お前は俺に訓練をしろと言ったな。いいだろう！　どんな過酷なものでも受けてやろう。俺は絶対に強くなってみせる。そして——」

そこでいったん言葉を切ると、バーバルはルーシーに聖剣を突き出した。

「俺はいつか、この世界にとって最悪かつ災厄の魔王ルーシーを必ず打ち倒す！」

もちろん、ルーシーはすぐに「ん？」と首を傾げた。

そもそもルーシーは魔王ではないからだ。だが、何だか面白そうな話の流れになっているようだったのでいったん放っておいた。

その一方で、聖女クリーンは驚いていた。いっそ感動すらしたほどだ。

こんな真剣な勇者バーバルを見たことがなかった。死地にいて、まさに死を眼前にして、ついに勇者としての自覚に目覚めたのかと、いっそ目から鱗が落ちるような思いだった。

かつて惚れた弱みというわけではないが、クリーンは今のバーバルだったら何か成し遂げてくれるのではないかと淡い期待を抱いていた。今一度、この漢気に賭けてみたくなったわけだ。

ちなみに余談だが、ジゴロや詐欺師を好きになるダメ男ホイホイの女性は得てしてこういう自分だけは信じてあげたいという一途な心理になるらしいが、まあそれはともかく――

バーバルは涙で濡れたつぶらな目でクリーンをじっと見つめると、

「頼む。その為にも、俺にセロを討たせてくれ！　男にさせてほしい！」

そんなふうに嘆願した。

理屈などではない。それはただの情に過ぎなかった。

聖女クリーンは勇者バーバルにほだされて、熱く滾る心を何とか鎮めながら、それでも冷静に考えた――

ここに来る直前までは、セロを連れ帰って、王国内で魔王認定して処刑することで、バーバルに箔をつけさせ、王国最強の聖騎士団による過酷な訓練にでも放り込むつもりでいた。だが、すでに本人がこれほどのやる気を見せているのだ。ならば、その目的はほとんど果たしたと言っていい。

あとは、セロの処遇だけだ。連れ帰るべきか。あるいはここで殺すか。

もちろん、王国内で処刑した方が良いパフォーマンスになるだろう。魔族は魔核を壊すと消失するから、玉座で討伐報告をするよりも、国民の前で死刑にした方がよほど支持を受ける。

クリーンはそこまで考え抜いて、バーバルに近づいてひそひそ声で言った。

「ここに来る前の話を覚えていますか？」

「どの話だ？」

「今晩、バーバル様に抱かれましょう」

「……う、うむ」

「私が魔王ルーシーの足止めもいたします。ですから、なるべくセロ様を捕まえて来てください。お願いいたします」

「セロを捕まえろだと？」

「王国内で処刑して、バーバル様に箔を付ける為です。貴方様を思っての進言です」

それに対して、勇者バーバルは無言で返した。

聖女クリーンはやや気にはなったが、さすがにルーシーを前にして話し込む余裕もなかったので、すぐに祝詞を謡って『聖防御陣』を発動した。そして、ルーシーを動けないようにと陣にて囲む。

「今です！　行ってください！」

直後、勇者バーバルは全力で駆けた。

もっとも、その顔には――いかにも女は容易いなといった卑屈な笑みが浮かんでいた。


ルーシーは特に邪魔することもなく、勇者バーバルがダークエルフの双子のドゥの後を追いかけるようにして走っていったのを見届けた。

聖女クリーンもその後姿にちらりと視線をやってから声を張り上げた。

「魔王ルーシーよ！　貴女にはしばらくここでじっとしていてもらいます」

「ふむ。理解出来ん。なぜ妾をここでじっとさせたいのだ？」

「もちろん、バーバル様がセロ様と会うのを邪魔させない為です」

「そうか。ならば、この壁はいらないな」

ルーシーはそれだけ告げて、『聖防御陣』にそっと触れた。

次の瞬間、パリン、と――薄い氷でも割るかのようにして、『聖防御陣』は指先一つだけであっけなく砕かれてしまった。

「そんな馬鹿な！」

聖女クリーンは愕然とした……

この『聖防御陣』は本来、魔物を押し返すだけでなく、魔王を押しとどめる為に歴代の聖女が長い年月をかけて改良してきたものだ。それがこんなにも簡単に破られるとは……

「そもそも妾は二人の邪魔をするつもりなど全くないぞ」

ルーシーはそう言って、聖女クリーンにゆっくりと近づいた。

「邪魔をしないとは……いったい、どういうことですか？」

「セロからは、勇者バーバルは同郷で幼馴染だったと聞いている。二人にしか分からない話も沢山あるだろう。好きに語り合えばいいのだ」

「何を悠長なことを言っているのです！　先ほど、バーバル様はセロ様を討つとまで言ったのですよ！」

聖女クリーンはほとばしるように叫んだ。

何度も念を押したからセロを殺すことはないと信じたいが、少なくとも無力化する為に多少の危害は加えるはずだ。そのことをルーシーは本当に理解しているのだろうか？

クリーンはそこで頭を横に振った。いや、所詮は魔族か。仲間意識など欠片もないに違いない。

だが、ルーシーは「ふん」と鼻で笑ってみせた。

「あの程度の小物では、セロに傷一つも付けられるわけなかろう」

聖女クリーンは耳を疑った。何かの戯言かと思いたかった。

たしかに魔王ルーシーから見れば今の勇者バーバルはいかにも小物に見えただろう。

だが、勇者パーティー時代のバーバルとセロとの力量差はほとんどなかったはずだ。よしんば魔族に転じて暗黒司祭になっていたとしても、人族の至宝である聖剣で傷が付かないなどとは到底考えられない……

「…………」

聖女クリーンはしばらく無言になった。

どこか嫌な予感がしたのだ。ルーシーはいかにも余裕綽々といったふうだ。

ということは、セロは実際に強くなったと考えるべきだろう。暗黒司祭からさらに進化して、もし愚者の称号を得てしまったのだとしたなら、たしかにバーバルでは手に負えないかもしれない……

ただ、その考えはいかにもおかしい。セロが愚者になったなら、それは古の魔王の力を継いだことになる。そんな実力者を魔王ルーシーが見逃すはずがない。魔族は戦いに明け暮れる種族だ。両雄が並び立つことは決してない。

あるいは逆に考えると、セロが魔王ルーシーの配下となった可能性もあるわけか……

何にしても、クリーンが幾ら考えを巡らせても答えは全く出てこなかった。しかも、そんなふうに考え詰めていたせいか――

クリーンの眼前にはデコピンがあった。

「え？」

それが放たれると、聖女クリーンは「ぎゃあああ！」と百メートルほど吹っ飛ばされていた。

数瞬ほど意識を失いかけたが、何とか自身に法術で回復をかけて、またもや聖杖で体を支えるようにしてよろよろと立ち上がる。

すると、ルーシーが悠然と近づいて来た。

「忘れていたのか？　今は戯れの最中だぞ」

冗談じゃないと、聖女クリーンは怯んだ。

足止め程度ならまだしも、こんな化け物相手にたった一人で戦えるはずがない。

「お待ちください！　魔王ルーシー様！」

聖女クリーンはそう声を張り上げて、どうやって時間を稼ごうかと考え始めた。

ただ、先ほどのデコピンで脳震盪でも起こしたのか、意識がしだいに朦朧としてきた。法術による回復とはいっても、体内に蓄積されたダメージはどうしても残ってしまう。

一方で、ルーシーは何だか釈然としない顔つきをしていた。

「ところで、先ほどから貴方たちはどうにも勘違いしているようだから一応言っておくが、妾は魔王ではないぞ」

それを聞いて、聖女クリーンは引きつった笑みを浮かべた。

意識がぼんやりとし過ぎて、どうやら可笑(おか)しな言葉が耳に届いてしまったようだ。そもそも、これほどの力を持ったルーシーが魔王でなくて、いったい誰が王を名乗るというのか……

「この北の領地を治める魔王はセロだ。先日、新しい第六魔王として立った――愚者セロ。それも土竜ゴライアス様を退けて、古の『ロキ』ではなく、新たに『エンダー』という称号を得ている。哀しいかな、妾の実力など、その足もとにも及ばない。まあ、同伴者(パートナー)として認めてもらってはいるがな」

聖女クリーンは額に片手を当てた。

ズキズキと頭痛までしてくる。先ほど回復をかけたはずなのにまだ血が流れている。それに本当に戯れが過ぎる。戯言にしても、もう少しマシな嘘をついて欲しいものだ……

が。

そのとき、宙から妙な者が下りてきた。

背中に鉄製のリュックを背負って、そこから火が噴出している。

次の瞬間、クリーンは体から魂が抜けていくように感じた。この者もまたとんでもない化け物だったせいだ。ルーシーと比肩出来る存在と言っていい。

「おや？　いったい何をしにやって来たのだ、エメスよ」

そんなルーシーの問いかけを聞いて、聖女クリーンはギョっとした。

大神殿で埃を被っていた古文書で見かけたことがあったからだ――かつて人族の領土のほとんどを滅ぼした古の魔王こそ、人造人間のエメスだった、と。

そのエメスはというと、クリーンには目もくれずにルーシーに答えた。

「二つあります」

「ほう?」

「一つはこのロケットの実験(テスト)です」

「ふむ。何やら面白そうだな。後で妾も使いたいぞ」

「構いません。それともう一つは、先ほどイモリたちから苦情を受けました」

「苦情? いったい何を仕出(しで)かしたのだ?」

「自動撃退装置の威力が強すぎて、畑に被害が出る可能性があるそうです。セロ様にこってりと怒られたので、早速その調整に来ました。終了」

聖女クリーンはそろそろ考えることを止めた。

もしかしたら、質(たち)の悪い夢でも見ているのかもしれない……

というか、人族大虐殺を果たした古の魔王と同じ名前の者が、今、たしかに、セロのことを様付けした。そういえば、ルーシーだってセロの方が強いと言っていた。ここにきてやっと、頭のとても固いクリーンにも、最低最悪の可能性が見えてきた――

もしかしたら、セロはこの地でとっくに魔王になっていて、さらに魔王級のルーシーとエメスを従えているのかもしれない。もっと言うならば、ダークエルフも? そして人狼も? 何より、この畑にいる凶悪な魔物たちまでも?

クリーンはひどい頭痛で目が回ってきた。

とんでもない化け物の国家が、いつの間にか、王国の北に生まれつつあった。

結局のところ、クリーンは初めから選択を誤っていたわけだ。現時点ではセロを討つことは不可能だ。もちろん、連れて帰るなど論外だ。本来は毛布にでもくるまって、がくがくと震えながら、魔王の気紛れという名の災厄が過ぎていくのを待つしかなかったのだ……

「セロ様とバーバル様を会わせてはいけない」

直後、聖女クリーンはそう呟いて一目散に駆け出した。

逃げたわけではない。勇者バーバルを止めなくてはいけないと思った。というか、セロに少しでも無礼を働いたら、それこそ人族が全滅する。

「お願いだから、余計なことだけはしないで……」

こうしてルーシーとエメスが他愛のない会話をしている最中に、聖女クリーンはひどい頭痛と、急にちりちりと痛みだした胃も押さえながら、セロとバーバルのもとに一目散に走っていったのだった。

06

決着

勇者バーバルはダークエルフの双子のドゥを尾行していた。

先ほどの岩山のふもとまで来て、洞窟内に入るのかと思いきや、ドゥは坂道の認識阻害を解いた。

これにはバーバルも、「あんなところに道を隠していやがったのか」と舌打ちした。

ドゥはまた走り出した。

てくてく。とことこ。しかも、たまにころりんと転がった。

モンクのパーンチだったなら、ハラハラドキドキしながら「頑張れ」と、陰ながら応援したかもしれないが、バーバルにはそんな余裕などなかった。むしろ、なかなか進まないのでしだいに苛立ってきたほどだ。

とはいえ、バーバルとて一応は勇者だ。

子供の頃から勇者は皆を守る存在だと教えられてきたし、そんなふうにして人族の守護者として立派に務めた高潔の勇者ノーブルに憧れてもいた。

だから、バーバルはドゥに追いつくと、

「おい、手を貸せ。セロのもとにさっさと案内しろ」

そう言って、片手を差し出した。

手を貸さないならいっそおんぶでもして連れて行こうかとも思ったが、ドゥはというと急に背後から話しかけられたせいか、びくりとしてその場で尻餅をついてしまった。

さらにはバーバルを見て、ふるふると震えて後退していく。

「…………」

勇者バーバルは無言になった。

こんな子供にすら虚仮にされたように感じた。

そして、ふいにバーバルの脳裏に今日のことが過っていった――トマト畑の魔物たちに散々にやられて、仲間たちからはトマト泥棒だと嘲られ、そしてルーシーには玩具程度に見下された。

そもそもからして、聖女クリーンがバーバルを操ろうとしていることも最初から気に食わなかった。なかなかなびかない女だと思っていたが、どうにも気が強すぎる。女というのはお頭の緩い王女プリムぐらいがちょうどいいのだ……

何にしても、そんなふうに全てが上手くいかない中で、バーバルがせっかく差し出してやった手も掴まずに、あろうことかいまだに腰を落としたまま後退っている眼前の子供はバーバルにとって目障り以外の何物でもなかった。

直後だ。


パンっ、と――


甲高い音が坂道に響いた。

バーバルは差し出していた手で、ドゥの頬をぶったのだ。

そのとき、バーバルの心の中に何かがふいに目覚めた。嗜虐性が悪魔の姿をとって、内なる闇からその顔をのぞかせてしまったのだ。

ドゥは頬を押さえて、怯えた目でバーバルを見つめていた。

一方で、バーバルはにんまりと笑った。そして、ドゥの腹に躊躇なく蹴りを入れた。

ただし、その瞬間、バーバルはほんのわずかだけ後悔した。何てことを仕出かしたのかと自責の念に駆られた。勇者がやっていいことでは決してなかった。

だが、すぐに自己正当化に努めた。所詮、この子供はダークエルフだ。もちろん、ダークエルフは魔族ではなく、エルフと同様に亜人族に当たるわけだが、いずれにしてもわざわざ魔族領に住んでいる頭のおかしい連中に違いはない。

それに、こいつらは勇者が守るべき人族ではない――

そんなふうに考えたら、バーバルの気持ちは楽になって、いっそ歯止めがきかなくなっていた。

ドゥは四つん這いになって嘔吐いていたが、バーバルはまたその腹部を蹴り上げた。坂の上の方にころころとボールのように転がったところをバーバルは歩み寄って踏みつける。じりじりと足に力を入れると、ドゥこそが玩具のように見えて何とも気分が良かった。

バーバルはそこでやっと少しだけ気が晴れて、ドゥを暴力から解放してやった。


が。

「セロ様……」

ドゥは震える声でこぼした。

バーバルにとって、それはあまりにも耳障りな名前でしかなかった。

ドゥはいまだに四つん這いになって、エークに言われた通り、勇者パーティーが来たことを伝える為にも何とか懸命に坂を上がろうとしていた。

だが、バーバルはドゥの片側だけ編んだ白髪を力任せに掴んだ。ひょいと軽く持ち上げて、断崖まで持っていく。ずいぶんな高さだ。ここから落とせばさすがに助からないだろう……

バーバルの心の中の悪魔は小さく笑った。

一方で、ドゥはじたばたとした。バーバルの腕を両手で掴んで足掻きだす。

「はん！　せいぜい、抗ってみせろよ！」

バーバルは冷たく言い放った。

そんなふうにドゥが情けなく足掻く様は――まるで今日一日の自分自身を見ているかのようだった。

絶対的な力を前にして、無力にもがいている。ルーシーの前に立ったバーバルそのものだ。本当に滑稽でしかない。非力で、脆弱で、あまりにも情けない。

「ちぃ！」

バーバルは舌打ちして、ドゥを崖下には落とさずに坂道へと投げつけた。

それから、傷つき、目に涙を溜めて、ぜいぜいと苦しそうにしながらも、「セロ様……」と求めるドゥに対して、「本当に目障りな奴だ」と、バーバルはついに聖剣に手をかけた。

だが、そこでバーバルは立ち止まった。

「いったい、何だ……これは？」

奇妙な現象を目の当たりにしたからだ。

というのも、ドゥの傷がしだいに治っていったのだ。

この子供が法術を使っているようには見えなかった。そもそも、法術を使えるのはエルフであって、ダークエルフは魔術の方が得意なはずだ……

しかも、あれほど苦しそうにしていたドゥはというと、今では安らかな表情になっていた。口もとに笑みさえ浮かべている。まるで心から愛する者の腕の中に包まれているかのようだ。そんなドゥがもう一度だけ、今度はしっかりと言った――


「セロ様」


直後だ。

バーバルは悪寒がした。

背後に何かがいると、はっきりと感じ取った――

ただ、それは何かとしか表現しようがなかった。悪鬼羅刹とも、修羅とも、簡単に形容していいものではない。それは強いて言うならばいっそ世界や運命――もしくはバーバルにとっては死そのものだった。

逆に言うと、あまりにその存在が強大に過ぎて、バーバルでは全く理解が出来なかった。

だから、恐る恐ると振り返ってみると、そこには――

王がいた。

それは誰よりも力強い存在。

誰よりも気高い存在。そして、誰をも導こうとする存在だ。

何より、バーバルが駆け出し冒険者だった頃からずっとそうありたいと願ってやまなかった絶対的な強者――そう。セロがそこにはいたのだ。

「バーバル！」

その咆哮だけでバーバルは無様にも倒れかけた。

そして、すぐさま思い知らされた。この力強さはルーシーの比ではないと。

最早、ただの魔族ではない。

これこそが紛う方なく、正真正銘の第六魔王――

「ずいぶんと、が、外見が変わったようだが……もしや、セ、セロか……ここの役立（にゃくた）たずの……屑（きゅず）野郎（にゃにょう）め」

バーバルは何とか強がって、声を絞り上げた。

もっとも、その声はがくがくと震えて、ろくに音になっていなかった。

セロはそんなバーバルを無視していったん素通りすると、ドゥを抱きかかえた。セロの『救い手』によって、ドゥはすでに完全回復していた。

「セロ様……勇者パーティーが来ました」

「うん。分かった。よく頑張ったね」

「てへ」

そんなドゥにセロもやさしく笑みを返すと、岩山に背中をもたれるように座らせてあげた。

そして、やっと振り向いた。さながら足もとにいる蟻一匹でも踏みつけてしまおうかといったふうに——セロは冷たく言い放ったのだ。


「バーバル、君こそ屑野郎だ。僕はもう君を絶対に許さない」


もちろん、許してもらうつもりなど、バーバルとて微塵も考えていなかった。

だが、とにかく相手が悪すぎた。眼前にいるのが本当にあのセロなのかと、何度も目を瞬いた。しまいには目を擦り過ぎたせいか、真っ赤に充血してしまったほどだ。

先ほどのルーシーもとんでもない化け物だったが……

このセロはいったい何だ？

いったい何と対峙させられているというのだ？

これは最早、魔王とか、古の魔王とか、もしくは魔物の超越種とか、そういったモノをとうに凌駕して、魔神や悪神の域に到達しているのではないか……

人族には決して踏み込むことの出来ない頂に到達してしまったのでは？

「なぜ……セロ……なのだ……」

バーバルは唾をごくりと飲み込んだ。

さっきからひくひくと頬が痙攣して、武者震いも止まらない。

いや、武者震いならまだマシだったろう。この震えは自らを鼓舞させているものではなかった。根源的な恐怖が身に沁みて、体の機能がおかしくなってしまったのだ。

後悔、悲嘆、あるいは何よりも嫉妬――

そういった様々な感情がバーバルの心の内で混ざり合って、ただ、ただ、ぼんやりとしか、セロを見つめることが出来ずにいた。

「それほどの力……なぜ……俺のものでは……ないのだ？」

一方で、セロはというと、先ほどからバーバルを真っ直ぐに睨みつけていた。

怒髪天を衝くというが、セロにとって、ここまで感情が昂ったのは初めてのことだった。

これまで自分がどれだけ傷つけられようとも、法術が使えない無能と蔑まれようとも、もしくは屑野郎とも、役立たずとも、そんなふうに罵られたとしても、何とか凌ぐことは出来た。だが、ドゥが――とても大切な仲間が虐められているところを見るのは耐えられなかった。

そんなセロの怒りを含んだ眼光がバーバルを貫いた。

「ひいっ！」

バーバルは全身を無数の針で幾度も刺されたような痛みを覚えた。

ただ目を合わせただけなのに、まるで串刺しの拷問でも受けたみたいだ。だから、バーバルはそんな痛みに堪え切れずに何とか声を振り絞った。

「セ、セ、セロよ……い、一応、聞いておいてやるが、王国に戻るつもりはないか？」

その問いかけに対して、セロはバーバルを見下すかのように顎を上げた。

「王国に戻る？」

「そ、そうだ……今だったら、勇者パーティーに入れ直してやってもいいんだぞ。俺が口利きしてやる」

もちろん、セロは一言も返さなかった。

「も、も、もしくはこうだ！　勇者と魔王のパーティーだ！　きっと後世になって吟遊詩人が語り継ぐに違いない！　どうだ？　素晴らしいアイデアじゃないか？」

やはりセロは無言のままだ。

「何なら、二人で他の魔王を討伐して、全ての領土が手に入った暁には、その幾つか……い、いや、半分ほどだ。それをやってもいい！　どうだ、セロ？　世界の半分だぞ？　俺につかないか？」

「いい加減に黙ってくれないか、バーバル」

セロは静かに言った。

その淡い声音だけで、バーバルの全身はぴしりと凍りついた。

一方で、セロはふいにどこか遠くをじっと見つめた。その眼差しの中に感傷が過っていく――

「僕にとって、君は憧れの存在だった」

「は、はは……そ、そうだろう。そうに決まっているさ」

「僕は後衛職だったからね。前衛で身を挺して戦う君の姿に魅力を感じたんだ」

「ふん。その通りだ。何せ俺は強かったからな」

「そんな君に追いつきたくて、僕も武器を持って戦うことを覚えた」

「あまりに未熟だったから、俺はお前を何度も守ってやった」

「そう。君はたしかに守ってくれたよ……」

バーバルはうっすらと笑みを浮かべた。そして、調子よく何かを言おうとして、すぐに口を閉ざした。セロの視線が坂道へと戻ってきたせいだ。その眼差しはどこか物憂げで、バーバルを落ち着かない気分にさせた。

「ねえ、バーバル。いったい、いつからだろうね」

「……ん？」

「僕が僕自身を守るようになったのは？」

セロはバーバルの足もとを見た。まるでこれまで歩んできた道のりを振り返っているかのような目つきだ。

「そして、僕がモタやトゥレスも守り、パーンチを助け、キャトルの支援までして、最終的には真祖カミラの呪いからかばったように、バーバルまで守ってあげるようになったのは——本当にいつからだったんだろうか？」

その問いかけに対して、バーバルは結局、一言も返せなかった。

「バーバルは気づかなかったのか？」

「あ、ああ……すまない。いったい……いつだったのだ？」

「君が聖剣に選ばれてからだよ。勇者になってから、君は何もかも変わってしまった」

セロはゆっくりと穏やかに答えたはずなのに、その言葉はバーバルの全身をきつく軋ませた。

「あのときから君は、僕にも、モタにも、目をかけなくなった。どこか遠くの方だけ……何より実体のないモノだけを見るようになった」

「し、仕方ないだろう、セロ！　俺は……そう、勇者になったのだぞ！　王国民の為に。そのささやかな暮らしの為に。七体もの魔王を討伐しなくてはいけないのだ。世界を救わなければいけないのだ。その責任が俺の両肩にはかかっているのだぞ！」

バーバルがすがりつくように言うと、セロは頭を横に振った。

「それは違うよ、バーバル。見当違いもいいところだ」

「……ど、どういう意味だ？」

「君の両肩にかかっていたんじゃない。僕たちの両肩にかかっていたんだ。だって、僕たちは仲間(パーティー)だったんだから」

しばらくの間、静寂だけがこの場を支配した。

バーバルはその沈黙という名の苦痛に堪えきれずに、セロに向けて懇願した。

「そうだ。たしかにその通りだ。俺が間違っていた。だからだ。仲間というならば……頼む。見逃してくれ、セロ。こんなところでまだ死ねない――なぜなら、俺は勇者なのだ」

が。

セロは淡々と応じた。

「無理だよ、バーバル。なぜなら、僕は魔王なんだ」

それはあまりにも皮肉な答えだった。

というのも、セロを魔王にしたのは他でもないバーバル自身だったのだから——

セロはここにきてもう一度、バーバルとしっかり目を合わせた。

「最後に聞きたい。なぜ僕を勇者パーティーから追放した？　それほどに嫌いになっていたのか？」

バーバルの呼吸は知らないうちに荒くなっていた。セロの拒絶のせいで最早、自暴自棄になりかけていた。こうなったらどうにでもなれというやけっぱちな思いがバーバルに残っていた微かな誇りを刺激した。

そのせいか、心音も、ドクン、ドクンと怒号のように高鳴り始めた。

このあまりにも静かな世界で、バーバルだけが熱を持っているようだった。熱き血潮が——熱血の勇者の意思が疼いていた。

だからこそ、バーバルはその熱量のままに喚き散らすことしか出来なかった。

「あ、ああ……そうさ。いっそ！　憎んでいたよ。王都についたばかりの駆け出し冒険者の頃、お前やモタから離れて単独(ソロ)で仕事を受けては失敗を続けた。だが、お前と一緒だと何でも上手くいった！　パーンチの野郎も。モタも。お前と一緒なら力が湧いてくると言いやがった！　だがな。俺だ！　俺が選ばれたのだ！　俺が勇者だったのだ！　お前じゃない！　俺が中心であるべきだったのだ！　こうなったらはっきりと言ってやるさ——お前はたしかに役立たずだ！　俺が主役のこの世界で役をもらって立つべき人物ではなかったのだ！　だから、俺はお前を追い出した！」

ぜい、ぜい、とバーバルは荒い息を吐いた。

一方で、セロはというと、相変わらず冷めた口ぶりで告げた。

「そうか。分かったよ。もう十分だ」

そして、バーバルに向けて初めて短く笑った。

「むしろ、今となっては君に感謝しているくらいだよ。おかげで僕はこんなにも強くなれた」

直後。

セロはプレッシャーを放った。

さながら土竜ゴライアスの一歩の如く、その瞬間に世界そのものが大きく揺れた。たかだか威圧感だけなのに、バーバルが無様によろめいて片膝を地に突けたほどだ。

そして、セロがゆっくりとバーバルに近づくと、逆にバーバルは何かに押し出されるかのようにして後退した。抵抗すら出来なかった。その場で尻餅をついて、セロが踏み込むたびに、そのプレッシャーだけで情けなくもごろんと後ろに転げてしまった。

だから、バーバルが聖剣を地に刺して、それで何とか体を支えてから、

「くそが！　舐めるなよおおお！」

と、虚勢を張ってみせるも――

「舐めているのは君の方だよ、バーバル。その程度の力量で僕の前に立つなど、どれほど無礼なことか思い知るがいい」

セロがさらに近づくと、バーバルはついに聖剣から手を離して、その身一つでまた転がっていった。

バーバルは愕然とするしかなかった。

何がセロを変えたというのだ……

どうやってここまで強くなれたというのだ……

「い、いったい……おお、お前に……何があった？」

バーバルは声を荒らげた。

セロは地に刺さった聖剣を抜くと、ゆっくりとバーバルのそばへとやって来る。

そして、こんなものはいらないとばかりに、バーバルの足もとに聖剣をぽいと放り投げてみせると、

「聖剣なんかよりも、ずっと大切な仲間を得た。ただ、それだけだよ」


セロは意外にも優しい口調で言ってから、全ての過去と感傷を振り切ってバーバルを挑発した。

「さあ。その剣を手に取れ、バーバル。そろそろ、決着の時だ」

「セロめ。後悔させてやる」

バーバルは聖剣を中段に構えた。

そして、勇者が持つ自動スキルの『勇気(ブレイブ)』と併せて、法術によってさらにステータスアップの効果を上掛けしてから、いきなり必殺技と言っていい聖剣による連撃を繰り出した。

「喰らええええ！」

実体を持たない不死将デュラハンに対しては不発だったが、ほとんどの魔物や魔族はこの怒涛の中段突きで止めをさしてきた。あの真祖カミラでさえも、この連撃で葬ってきたほどだ。

そもそも、バーバルは決して弱くない。曲がりなりにも勇者なのだ。

駆け出し冒険者の頃とは違って、様々な魔物や魔族を討伐して実績を積んできた。セロの『導き手』によって下駄を履かされてはいたものの、バーバル自身もそれなりに力を付けてきた。

「……むう？」

だが、バーバルはすぐに眉をひそめた。

連撃が全て、セロに難なくかわされていたからだ。いや、それは正確ではない。突こうとも、斬ろうとも、バーバルの剣先がどういう訳か、セロに一切届かないのだ……

「君は本当に学習しない人だね」

セロはため息をつくしかなかった。

そうはいっても、連撃を繰り出し続けるバーバルには理解が及ばなかった……

そんなバーバルの不審そうな顔つきを見て、セロはやれやれと肩をすくめてみせると、一歩だけ踏み込んであげた。そのとたん、バーバルは押し返されるようにして一歩だけ後退した。同様に、セロが数歩進むと、バーバルも剣を振りつつも数歩後退させられていた。

「そ、そんな……まさか……」

ここにきてバーバルもやっと気づいた——

いまだにセロの放つ威圧感(プレッシャー)に押されて、バーバルは近づくことさえ出来なかったのだ。いわば、向かってくる強烈な突風に向けて剣を素振りしているようなものだ。前に踏み込めないのだから届くはずがない。

「ちくしょう！　ふざけるなあああ！」

「ふざけているのは君の方だよ」

セロはそう言い返して、右拳を真っ直ぐ突き出した。

ただのストレートパンチだ。それをバーバルの眼前で寸止めした。

だが、バーバルには顔がもげたような感覚があった。数瞬、視界が真っ暗にもなった。走馬灯まで見えた気がした。

そのせいか、バーバルは恐怖のあまりにその場でへたりこんで失禁してしまった。

さらにセロがこつんとその額を小突くと、バーバルは尿を垂らしながら坂道をぐるんぐるんと転げ落ちていった。そして、岩山のふもとで自らの糞尿に塗れてばたりと倒れる。

全身の痛みがひどくて、立ち上がることも出来なかった。確実に骨が何本かいっていた。最早、瀕死と言っていい。セロからは小突かれただけだ。いや、より正確に言うなら、ゆっくりと歩み寄られて、デコピンを受けただけだ。

それだけでバーバルは襤褸々々（ボロボロ）になっていた……

当然、戦意もとっくに失っていた。這いつくばりながら、「無理だ……無理だ……」と繰り返して、セロから見苦しく逃げだす始末だ。

そのときだ。

「バーバル様！」

ちょうど聖女クリーンがやって来た。

クリーンはすぐさま法術によってバーバルを完全回復してあげた。

が。

ボンっ、と。

風船が弾けたような音がした。

次の瞬間、クリーンは「え……？」と絶句した。眼前の光景を受け入れるのに時間がかかった。

というのも、バーバルの頭部が棘付き鉄球で潰されていたのだ。惚れ直したはずの熱き男の頭がすぐ眼前で消えていた——最早、一生のトラウマものと言ってもいいだろう。

それでも、クリーンは何とか冷静さを保っていた。すぐにバーバルを『死者蘇生（リザレクション）』したのだ。寿命や死後長時間経っていなければ、対象の魔力が失われていない限り、さして対価も必要なく聖女の法術によって蘇らせることが出来る。もちろん、これほどの芸当が出来るのは聖職者では聖女と教皇ぐらいだ。

一方で、セロからしても、クリーンが来てくれたことで「ほっ」と安堵していた。

これでやっと少しは力が出せる。何せ、これまではどうやって力を抑えるか、試行錯誤していたのだ。

バーバルと戦うことよりも、むしろセロ自身と戦っていたと言った方がいい。地面を這っている一匹の蟻を踏みつける力加減は本当に難しいものだと、セロはいっそ勉強になったぐらいだ。

「ぶはっ！」

何にしても、バーバルは生き返った。

そのとたんに頬をさすった。頭が付いている。首も繋がっている。

今のはいったい何だったのだと、考え込むよりも先に生存本能が胸もとを探らせた。聖鶏（グリンカムビ）の翼を鎧下のポケットから取り出そうとしたのだ。

が。

その直後、バーバルの両腕が飛ばされていた。

セロが坂に落ちていた石礫を拾って投げつけたのだ。セロにとっては試し投げみたいなものだったが、今の魔王セロにとって、勇者の肉体はあまりに脆弱に過ぎた……

「セロ様！」

クリーンはそこでやっと坂上のセロの存在に気づいた。

もっとも、皮膚が褐色になって、頭には角も生え、手足に魔力経路が浮き出た外見になっていたので、一瞬だけ、坂上にいる存在が本当にセロなのかどうか判断しかねたが、何にしてもバーバルを再度回復してから、セロへと得意の笑みを向けた。

「お願いします！　お止めください！　これは……不幸な行き違いなのです！」

もちろん、クリーンには元婚約者としての打算があった。

以前のセロは聖職者として生真面目で、お人好しな性格だった。だから、かつて婚約を誓った女の笑みでごまかせるかもしれないと考えたわけだ。

だが、セロはクリーンに一瞥もしなかった。

むしろ、クリーンが来たのだから幾らでも回復可能だろうと、やっと魔王と勇者がきちんと戦える状況が整ったことでかえって笑みを浮かべてみせた。結局のところ、セロもすでに根っからの魔族になってしまったわけだ――

実際に、セロの魔力の波長は禍々しいほどにドス黒く変じていった。

全てを焼き尽くす業火にも似た魔力を身に纏って、その額には入れ墨のような魔紋もはっきりと浮かび上がってきた。にやりと笑みを浮かべる口もとには牙のような犬歯も見える。

そんなセロの姿に、クリーンは思わず、「嘘……」と呟くしかなかった。

魔族はその体に特徴的な魔紋を持つ。そして、強い魔族ほど体の上部にそれが現れ出る。ルーシーなら犬歯に、エメスなら頭に打ちつけられた釘に――それぞれ戦意が昂ったときに現れる。つまり、額に魔紋が浮かんだということは、それこそが魔王の証。最強の魔族であることを示すものなのだ。

そんなセロが挑発するように言った。

「なあ、バーバル。早く立てよ」

もっとも、バーバルはとうに戦う気など失くしていた。

飛ばされた腕と一緒に聖鶏の翼を落としてしまったようで、「どこだ！　いったいどこに消えた！」と喚き始める始末だ。

「うるさい」

セロはそう言って、棘付き鉄球でまたバーバルの頭部を潰した。

クリーンは「ひいいっ！」と白目を剥きかけたが、何とか気持ちを落ち着けてバーバルを再度蘇生した。

ここにきて、バーバルはついに土下座して嘆願した。

「セロよ……たたた助けてくれ。勇者なんて、ど、どうでもいいい。何なら……聖剣だってくれてやる。魔王とは……もう戦いたくないいいい、ひいいいい」

この言葉には、さすがにクリーンも「バーバル様！」と怒鳴った。

戦意を喪失するのも、敗北を認めるのもバーバルの勝手だが、少なくとも聖剣は王国の至宝だ。

勇者には大神殿から貸し与えているに過ぎない。それを魔王に差し出すなど、気でも触れたのかと言いたかったが――まあ、たしかにあんな殺され方を繰り返されれば、ただでさえおかしかったバーバルがさらにおかしくなっても仕方がないかもしれないと、クリーンも少しぐらいは同情した。

「嫌だよう……もう死にたくないよう……」

バーバルは頭を地につけて、セロに向けて泣き崩れていた。

一方で、セロはついに岩山のふもとにやって来た。気づけば、いつの間にか、バーバルとクリーンを取り囲むようにして仲間たちも揃っていた。

だから、セロは魔王らしく、今回の処遇について配下に尋ねることにした。

「近衛長エーク、どう思う？」

「セロ様。お言葉ですが、どうもこうも……この者は本当に勇者なのでしょうか？　戦う価値を見出せませんが？」

「ふむん。では、ディンは？」

「ドゥにした仕打ちを絶対に許せません！　迷いの森に招待して、食人植物のお相手を願いたいぐらいです！」

ディンが珍しくぷんすかと怒っていたので、セロも「う、うん」と、やや身を引いてしまった。

「ええと……アジーンはどうだろうか？」

「実験体によろしいのではないでしょうか。手前も一人だけだとなかなかきついものがあったのです。もう一人増えてくれると、とても助かります」

「じゃあ、それについてエメスの意見も聞きたい」

「貧弱な人族など必要ありません。終了」

セロはそこまで意見を集めてから、「ふむふむ」と息をついて、最後にルーシーに視線をやった。

「どうかな、ルーシー？」

「殺せ」

即答だった。さらにルーシーは続ける。

「セロよ。魔王とはそういうものだ。勇者は敵だ。生かす意味がない。ただ、聖女とやらについては知らん。たしか聖女とは、王国の祭祀祭礼用のお飾りだったはずだ。それこそエークの言葉ではないが、妾たちにとって何ら価値を見出せない存在だ。煮るなり焼くなり、好きにしろ」

セロは腕を組んだ。それからしばらくじっと考え込む。

バーバルに対しては「絶対に許さない」とも言ったし、「決着をつけよう」とも告げたが、その一方であまりにもバーバルが情けなく見えてきた。

今も、バーバルは「平(ひら)に！　平に！」と地に額を擦りつけて土下座している。

これが本当に勇者なのか。パーティーでふんぞり返っていた男だったのか。あるいは、セロが憧れた存在だったのかと、我が目を疑うほどだ。

そもそも、一応は同郷の幼馴染なのだ。何だかんだと最も多くの時間を共に過ごしてきた。

それに、今は離れ離れになってしまったが、セロがバーバルを殺してしまったと聞いたら、モタがきっと哀しむような気もした。

もちろん、今となってはバーバルと和解したいとも、謝罪してほしいとも、これっぽっちも思ってなどいなかったが――セロはついに決心して、自らの言葉で仲間たちに語った。

「皆には甘いと言われるかもしれない。でも、この第六魔王国は仲間を決して見捨てない国にしたい。それがたとえ、僕を見捨てた者だとしても――僕は最後に手を差し伸ばしてやりたい」

セロがそう言うと、全員が「ふう」と息をついた。

そのお人好しさ加減については皆がとうに分かっていたことだ。

そういう魔王がいてもいいと思ったからこそ配下に加わった。そもそもセロの『救い手』に惚れ込んだ者たちばかりなのだ。その力強さがやさしさを含んでいることも十分に理解している。だから、もしセロが道を誤るようなことがあったら、それを正すことこそ配下の務めに他ならない。

エークも、アジーンも、ディンも、互いに顔を見合わせたが、反対意見は出さなかった。ルーシーも、エメスも、どうやら今回だけはセロに無条件で従うつもりのようだ。

が。

「待って」

と。坂上からてくてく、ドゥが下りてきた。

そして、セロのそばに来て、神官服の裾をギュっと掴むと、ふるふると頭を横に振ってみせた。

「この者は、遥か未来の禍根になります。セロ様、どうかお考え直し下さい」

セロはその長台詞に驚いた。

禍根なんて難しい言葉を知っていたのかと。あるいは、ドゥがいつになく真剣に見つめていることにも、セロはつい目を丸くした。

ドゥは誰よりも真実を見抜く力を持っている――

セロだけでなく配下たちもそのことを知っていたので、小さな仲間の言葉をすぐに信じた。

「分かったよ、ドゥ。ありがとう」

セロは短く答えて、土下座しているバーバルにまた視線をやった。

「やはり、剣を取れ。バーバル。ここで決着をつける」

魔族にとっては戦って死ぬことこそ本望だ。もっとも、バーバルは人族だからそういう慣習など持ち合わせていないだろうが、何にしてもここは魔族領だ。だから、せめてセロたちのルールで殺めてやろうと思った。それがセロにとってバーバルに対してのせめてもの友情だ。

するとと、バーバルは地に落ちていた聖剣には手をつけずに言った。

「セロよ。その前に一言だけいわせてくれ」

バーバルはそこまで言うと、「ふうう」と息を大きく吐いてから、手の中にこっそりと隠していた血塗れの物を宙高く放った。

「本当にすまなか――」

だが、言い終わる前にバーバルの姿は掻き消えた。

その場には、聖剣だけが取り残されていた。

セロたちはついぽかんとしたが、クリーンがまだいることに気づいて、全員でじっと見つめた。

「え？　ええと、その、あのう……今回の件は本当に申し訳ありませんでした。あと、セロ様。返す返す、婚約破棄の件、あのときの無礼をお許しください。その上で、まげてお願い申し上げます。どうか王国と王国民だけはお助けくださいませ」

そう懇願してから、クリーンも「それでは失礼いたします」と、聖鶏の翼を放っていなくなった。

やや白々とした空気が流れたが、ルーシーが「くく」と笑いながら、

「その気になったら王国ごと滅ぼせばいいだろう。どのみち大した者たちでもない」

と言うと、皆でそれもそうだなと思い直した。

「さあ、魔王城に帰ろうか」

こうしてセロたちはその日、まるで何事もなかったかのようにそれぞれの仕事に戻った。もっとも、これ以降、第六魔王国は世界中から様々な思惑を含んだ眼差しを受けることになるのだが――もちろんセロたちには知る由もなかった。


夜になったので国防会議のときと同様に、皆には魔王城二階にある広間のロングテーブルを囲むように座ってもらっていた。もちろん、全匹ではないが、ヤモリ、イモリやコウモリたちもいる。なぜかかかしまでいるが、セロはとりあえず気にしないことにした。

そもそも、今のセロにはもっと気になることがあったのだ――

それは今晩、これから供される食事についてだ。

勇者パーティーが来る前に、迷いの森のダークエルフからお裾分けしてもらった山菜などを人狼のメイド長のチェトリエに「調理をお願いね」と渡していた。

幾ら魔族が食事をしなくてもいいからといって、元人族のセロからするとさすがに毎日トマト丸かじりだけでは物足りない。それどころか、そろそろまともな食事が恋しい……何ならこっそりと隠れて、最寄りの王国の街の大衆食堂にでも駆け込もうかと考え詰めているほどなのだ……

とはいえ、今日はチェトリエ謹製の料理だ。同じ人狼メイドのドバーやトリーはちょっとあれな部分があったが、さすがにメイド長だけあってチェトリエは優秀だ。まず間違いは起きないだろう。

「皆様、大変お待たせいたしました」

そんなチェトリエの声と共に、他の人狼メイドたちがロングテーブルに食事を配していった。同時に、皆からは「おお！」と歓声が上がる。

出てきたのは——うど、タラの芽、ふきのとう。

また、それら定番の山菜に加えて、さらに木の実やキノコまで種類も彩りも豊富だ。

が。

「お……おう？」

セロは首を傾げた。

というのも、ほとんどが生なのだ。調理した痕跡がどこにも見当たらない。

いや、待て。落ち着け……慌てる時間じゃない。もしかしたら生のように見えて、実は細かく調理してあって、わざと生のように見せているだけなのかもしれない……

「それではどうぞ。皆様、召し上がってください」

「いただきます！」

セロも含めて全員が山菜を手で摘まんでぱくりと食べた。

「もぐ、もぐ……うん、味がしないなあ」

セロは遠い目になった……

いや、もちろん素材の味はする。むしろ生だけに引き立っている。

さすがはダークエルフ。森の民と言われるだけはある。見事な山菜だ。王城でもこれほどのものは食べたことがない。だが、肝心の調理が加わったようには思えない。これは如何なることかとチェトリエに視線をやるも、「ふふ」と微笑んでいる。

「セロ様にはこれをどうぞ」

なるほど。単なる前菜だったのか。

そりゃあそうか。人族だった頃に王侯貴族と食事を共にしたことがあったが、あのときもコースで色んな食べ物が順に出てきて驚いたものだ。さすがメイド長たるチェトリエだ。そういった人族のコース料理の知識も持っているらしい。

「どれどれ？」

そうしてセロの眼前にぽんと置かれたのは――塩だった。

「……ん？」

文字通り、塩だけだった。

小皿に塩がこれ見よがしに少々乗っている。

「こ、これは……？」

「はい。こちらは大陸北東にある『火の国』から取り寄せました岩塩になります」

「岩塩？　ルビーのように真っ赤に輝いているけど？」

「とても希少な塩になります。今となってはかの国は鎖国していて、何ら交易などはございませんが、かつては火の国と言えば、高級酒、独自の刀や甲冑に加えて、こうした岩塩などの食材も特産品でした」

「それをまた取り寄せたってことかな？」

「いえ。この岩塩は魔王城にてずっと保存されていたものになります。塩には賞味期限がございませんから……とにもかくにも、癖のある山菜にはこれら岩塩をまぶしてくださいませ」

セロは恐る恐ると山菜に岩塩をまぶした。

以前、これまた王侯貴族との食事会でスープにぱらぱらと何かをまぶしたら、その瞬間に料理の生活魔術がかかって、スープ上に火が上がるような演出が施されていたことがあった。

だが、そういったことは何ら一切微塵も起こらず、山菜に岩塩がふりかけられただけで、セロは仕方なく、それをぱくりと食べた。

「もぐ、もぐ、もぐ……」

次の瞬間、セロは天を仰いだ。

普通に塩を振っただけの山菜だった……

むしろ、火の国産の岩塩と聞いて期待が高まった分だけ、失望も深かったと言っていい。というか、その岩塩も見た目がやたらときれいなだけで、味はごくごく普通だった……

セロは「ふう」とため息をついた。もしかしたら、セロの拙(つたな)い知識と技術でもって、これから可及的速やかに人狼たちに料理とは何かを教育する必要があるのかもしれない。

こんなことだったら、聖女クリーンを逃がさずに捕まえておけばよかった。あの人は一応、完璧超人みたいなものだから、料理もきちんと出来るはずだ。セロは目を瞑って、惜しい人材を手放したことを初めて悔やんだ。

ちなみに癖のある山菜は塩だけではきついので、一応おひたしでも出てきた。お酒が欲しかったが、ルーシーに聞いたら魔王城にはトマトジュースしかないらしい……

ルーシーのお母さんこと真祖カミラなんてワイングラス片手に妖艶な微笑を浮かべていそうなイメージがあったからセロにはとても意外だった。何にしても、お酒は料理にも使うので、今度ブラン公爵（故人）のところにでも家探しに行こうかなとセロは思いついた。

すると、そのルーシーがさらに意外なことを言ってきた。

「セロが調理したものを食べたいと言っていたからな。妾も腕によりをかけて作ってみたのだ」

ルーシーがかいがいしく、まるで新妻みたいにもじもじしたのだ。いつの間にかエプロンまで着込んでいる。おかげでロングテーブルを囲っていた皆が、からかうように「ひゅう」と歓声を上げた。

とはいっても、セロは生温かい面持ちでその食事を待った。何しろ、長らくこの魔王城に仕えていたメイド長がこの有様なのだ。ルーシーには悪いけど、その主人が作る物などたかが知れている……

「待たせたな。これだ。もちろん、皆の分もあるぞ」

出てきたのは、何と！

トマト、山菜とキノコのスープだった。本当に調理された食事だ。

「………………」

セロはごくりと唾を飲み込んだ。

いや、待て。落ち着け……これまた慌てる時間じゃない。

もしかしたら、美味しそうに見えて、最終決戦兵器みたいな味かもしれないぞ……そもそもこの第六魔王国には料理どころか食事の文化すらろくにないのだ。たとえメシマズだったとしても、それを受け入れる度量を示さなくてはいけない……

　セロはそんなふうに悲観的になって、震える右手を隠しつつも、とりあえずスープだけ啜ってみた。

「もぐ、もぐ――」

　直後、セロはまた天を仰いだ。


「うん！　すごく美味しい！」


　何だこれは！

　トマトベースでめちゃコクがあってしかも甘辛い。

　大きな木の実をひたして食べるとさらに濃厚なハーモニーとなる。セロにとっては、久しぶりにきちんと調理されたものを食べているといった実感が湧いてきた。なぜだか涙まで出てきた。

　それにこのトマトスープ――セロもさほど料理に詳しくはないのだが、それでもとても複雑な味だということは一口飲んだだけでもすぐに気づいた。まるで幾種類ものスパイスが入っているといったふうなのだ。

「ルーシー、すごいよ！　こんなに料理が上手かったなんて！」

「ふふ。セロめ。褒めてくれるな。照れるではないか」

「ところでさ。このトマトのスープ、どうやって作ったの？」

「ん？　トマトのスープだと？」

「うん。この赤いスープだよ。本当に濃厚で複雑でクリーミーな味だよね。何杯もいけるよ！」

「当然だ。何せ、それは――ゴライアス様の血反吐だからな」

「…………」

その瞬間、セロの口からだらだらと血反吐が零れ落ちたことは言うまでもない。

ちなみに、セロ以外の皆はというと――

「さすがゴライアス様！」

「食べるだけでご利益がありそう」

「これは栄養価が非常に高いものです、終了」

「くふふ。セロがそこまで気に入ったというなら血反吐レシピシリーズで毎日作ってやるぞ」

とか言っていたけど……何だかどんどんこの魔王城が血反吐塗れになっているのは気のせいだろうかと、セロは額に片手をやったのだった。

「ところで、ルーシー様には敵いませんが、配下の私どもからもセロ様に差し上げたいものがございます」

と、いきなり切り出してきたのは人狼メイドのトリーだった。

今日のお昼に現場監督代理として休みも取らずによく動き回っていたなあと思っていたら、どうやら魔王城改修の内装作業はダークエルフの精鋭や他の人狼メイドたちに任せて、午後の間はずっと得意の裁縫に精を出していたらしい。

「セロ様がいつまでも神官衣だけではとお悩みのようでしたので、改めて魔王に相応しい衣服を手掛けてみました」

「ええと……一応聞くけど、魔王城風とかアイアンメイデン風とかじゃないよね?」

「もちろんです」

トリーはそう断言して、またもや「むふー」と一気呵成にまくしたててきた。

「何しろ、今回の衣装はピラミッド風でございます。金のセロ様像は不要だということでしたので、その余った金をこのピラミッドに流用させていただきました。どうかセロ様もご試着くださいませ」

ご試着ください、と言うわりにはすでにセロの周りには人狼メイドたちが控えていて、着々とセロをピラミッドで囲っている。というか、ピラミッドってそもそも着るものなんだろうか……

あと、服というよりこれって新しい棺桶じゃない? もっと言うと、前のアイアンメイデンといい、このピラミッドといい、実はさりげなく殺意が込められているんじゃない? と、セロはピラミッドの頂点から頭だけ出して思案しながらその後の晩餐会を過ごすしかなかったわけだが、最終的にピラミッドの上にチュニックを被せて服らしき体裁はとっているものの、手足は出せない仕様になっているので、最早何もすることが出来ない……

そんなタイミングで、人狼メイドのドバーがやって来る。

「そういえば、ドバーはあれからも掃除をしっかりやってくれたのかな?」

セロはドバーに声をかけた。たしか、お昼に会ったときにはチェトリエに小突かれて、きちんとした方の清掃をするように命じられていたみたいだったが……

すると、ドバーは低い声で答えた。

「セロ様たちが掃除してくれましたので……」

どうやら勇者パーティーのことを言っているらしい。

そうか。あれも掃除のうちだったかと、セロはつい遠い目をした。もっとも、チェトリエの説明によると、本業の方はきちんとこなしたらしい……ていうか、本業ってどっちだっけ？

そんなふうにセロが考え込んでいると、よりによってピラミッド状態のときにダークエルフの近衛長エークが一人の女性を連れてやって来た。

「セロ様、ご紹介したい者がおります」

そう言って、エークが跪くと、その女性も倣ってから挨拶を始めた。

「第六魔王こと愚者セロ様。お初にお目にかかります。当方は迷いの森に所属しております、ダークエルフのドルイド、ヌフと申します。以後、お見知りおき頂けましたら幸甚でございます」

「あ、はい。こちらこそ、よろしくお願いします」

セロにしては簡素な返答だったが、実のところ、魔王の帝王学というわけではないが、ルーシーからは「挨拶なぞ適当に相槌だけ打っていればいい」と教わっていた。

だが、魔王城の封印の仕事をお願いするわけだから、丁寧に対応しようと考えた。まあ、外見はピラミッド状態ではあったが……

「そうだ。ヌフさん――」

「セロ様。ヌフと、呼び捨てで構いません」

「分かりました。では、ヌフ。これから貴女には魔王国防衛の為の封印について色々と相談するかと思います。何か気にかかったことなどあったら、気兼ねなく言ってください」

「畏まりました。こちらこそよろしくお願いいたします」

その返事に対して、セロもヌフに肯いてみせた。

それよりも、エークが散々、とっつきにくい最長老と言っていたので、セロにとってドルイドのイメージはもっと頑固で険のある年寄りみたいな印象だった。

それに反してこのヌフはというと、白いマントのフードを目深に被ってはいるものの、妖艶なお姉さんといった雰囲気を醸し出している。しかも、明らかに下着みたいな際どい格好を堂々と見せつけて、セロのすぐそばまで来て誘惑してくる。

「うふふ」

これはもしや新たな試練なのだろうか……

何にしても、そんなヌフが挨拶を終えて席にいったん戻ったのを見送ってから、セロはエークにこっそりと聞いてみた。

「ところでさ、エーク」

「はい。何でございますか？」

「ダークエルフって長寿だって聞くけど……皆、何歳くらいなの？」

「まず、ドゥやディンですがまだ十歳です」

「そうなんだ。年相応だったんだね」

セロはそう応じてから、二人にちらりと視線をやった。

ダークエルフの双子のドゥは十歳にしてはやや幼く感じるし、ディンは博識なことも含めて大人びている。

本来はセロとルーシーのお側付きの役回りだが、今は晩餐会ということで二人とも席に着いて食事を楽しんでもらっている。子供なのだから年相応に真っ直ぐ育ってほしいものだ。

「で、当のエークは？」

「はい。私は三百歳超です。エルフ種の亜人族としてはちょうど脂が乗ってくる時期ですね」

なるほど。だから迷いの森の管轄長をやっていたわけか。人族と比べると、十倍くらい年齢の感覚が違うといったところだろうか。

というところで、セロは口もとを片手で隠してこっそりと尋ねた。

「じゃあ、ドルイドのヌフは？」

「………………」

その瞬間、エークは押し黙った。

それから広間に間諜用の呪詞が漂っていないことをしっかりと確認した上で、さらにエークも手で隠すようにしてセロの右耳に囁いた。

「おそらく優に千歳は越えているかと……そもそもドルイドという職業に選ばれる者は極めて特殊で、ダークエルフの中でも最も長寿で、いわば森の樹木、もしくは木霊のような存在とされています。少なくとも私の両親が生まれたときには、長老然としていたそうなので、正直なところ、私にもその年齢については正確には分かりません。古の時代以前から生きていたという噂もあります」

それを聞いて、セロが「ふうん」と相槌を打つと、逆の左耳で微かな声がした。

「セロ様、あまり女性の年齢を詮索するのは好ましくありませんよ」

ギョっとしてセロが向くと、そこにはいつの間にかヌフが突っ立っていた。

テーブルにちらりと視線をやると、座っていたヌフがうっすらと消えかけている。ということは、あちらはダミーで、本人はずっとセロのそばにいたということになる。気配を探知するのに長けたエークでも見抜けなかったということは相当なものだ。

上には上がいるものだなあと、セロが改めて感心していると、

「あくまでも封印や認識阻害の闇魔術が得意分野というだけです。戦えばセロ様にはまず勝てません」

ヌフはそう言って、今度こそテーブルに戻っていった。

それが本当なのかどうか、セロには確かめる術はなかったが、何にしても一芸に長けるというのは凄いものだなと思い直した。

すると、今度はピラミッドの中から声が聞こえてきた。

「小生も同じぐらい生きていますよ、終了」

もっとも、セロもこの中に何かいるなあと薄々気づいていたので別に驚きはしなかった。

どうやらピラミッドの背の部分が開けられるらしく、そこから人造人間エメスが出てきた。すごくどうでもいい機能だ……

「それより、エメス。急にどうしたんだ?」

「はい、セロ様。折り入って相談があるのです」

「相談?」

「小生の研究室を作ってほしいのです、終了」

セロがエークに視線をやると、エークはいったん顎に手をやってしばらく考え込んでから、

「それでは、魔王城地下階層にある牢獄を改修してみては如何でしょうか?」

「たしかに牢獄なんていらないよね」

セロも同意すると、食事を楽しんでいたルーシーがこちらを向いた。

「何だかんだで牢獄は必要になるぞ。たとえば、今日とてもし勇者と聖女を捕まえていたなら、あそこに放り込むしかなかったわけだからな」

「では、小生から具申しますと、研究室兼牢獄にいたしましょう。そうすれば捕えた者を実験体にも出来ます。一石二鳥とはこのことです。終了」

「………………」

セロは何だか違う気がして目を閉じた。

「それと、セロよ。貴方はどうしても性善説に傾きがちだが、もし仲間内に罪を犯す者が出てきてしまった場合もやはり牢獄が必要だ。見せしめにして罰を与えなくては他の者に示しがつかないからな」

「では、小生から具申すると、罰として何らかの実験を施すようにしましょう。適材適所とはまさにこのことです。終了」

「………………」

もしかして、エメスが必要なのは研究室じゃなくて実験体の方なんじゃないのかな、とはセロも言わずにおいた。それを指摘したら、さらにねだられるような気がしたからだ。今のところはアジーンとエークだけでお願いしたい。早々、そんな特殊な性癖の人なんて見つからないのだから……

とはいえ、ルーシーの言うことももっともだったので、エメスが捕まっていた魔王城地下最奥にある広間を研究室に改修して、牢屋の部分はそのまま残すことにした。

「さて、と」

セロはそう言って、ピラミッドの服を脱いだ。

そして、広間から繋がっているバルコニーへと出る。

風がひんやりとしてとても心地良い。それにここからだとトマト畑がよく見える。どうやらコウモリたちも気持ち良く飛んでいるようだ。イモリたちは血のプールを噴水みたいにして遊んでいる。こんな夜だというのに、ヤモリたちは魔術で土を耕してくれているようだ。どんどんと畑が拡張している。

「いったい、どうしたのだ？」

すると、すぐ背後からルーシーが声をかけてきた。

出会ったのはつい一週間ほど前のはずなのに、今ではかけがえのない同伴者だ。

人族として冒険してきた数年間よりも、魔族となったここ数日の方がよっぽど濃密だったように思えるから不思議だ。

とはいえ、王国に対して勇者バーバルと聖女クリーンに熨斗を付けて送り返してあげたわけだから、これからも、きっと、もっと、濃い日々がやって来るに違いない。

そんなふうにセロが考えているると、唐突にルーシーが上目遣いで覗いてきた。

「そうそう、セロよ。ちょっとだけ口を開けてみよ」

「え？　どうして？」

「いいから早く」

セロは仕方なく、「はい」と開けた。

次の瞬間、ルーシーはそっと、セロの片頬に左手を添えた。

そして、右手の人差し指をルーシー自身の唇の端にかけて、横に引っ張ると、吸血鬼の犬歯をまじまじと見せつけた。

「セロにも似たような牙があるのだぞ。気づいていたか？」

「本当に？」

セロがそう尋ねると、まるで慈しむかのようにルーシーはセロの両頬を両手で触れた。

「どうやら魔核も安定してきて、しだいに魔族としての特徴がはっきりと出てきたようだな。もしや妾と同じく吸血鬼になるやもしれないぞ」

そう言って、微笑むルーシーは心の底から美しくて、愛おしい女性だと思った。

戦って死ぬことこそが本望だと、セロは新たな生き様を定めたわけだが、果たして何と戦うのかについてはまだ明確にはしていなかった――勇者バーバルと聖女クリーンがまたやって来るのか、それとも王国の聖騎士団などの軍隊が動くのか、他の魔王か、あるいはもっと他に蠢いている者どもがいるのか。

何にしても、誰と戦うのかは分からなかったが、誰の為に戦うのか――セロはとうに決めていた。

だからこそ、セロはバルコニーから遠くを見つめながら右拳をギュっと握った。

「僕たちの戦いはこれからだ」

「たしかに、あの程度の勇者と聖女が相手では、妾たちの戦いはまだ始まってすらいないものな」

こうして第六魔王こと愚者セロを中心として、新たな魔王国は始動した。

後世の史書にはこう残されている――混迷を極めたこの時代において最も賢くあった国こそ、愚者の王国だったと。もちろん、このときのセロにはまだ、そんな世界の中心にいる自覚など持ち合わせていなかった。


セロたちの晩餐会から時間を少しだけ前に戻したい――

聖女クリーンはセロたちから逃げようと、聖鶏の翼を宙に放った。

その瞬間、クリーンの身は光に包まれて、空高く舞い上がった。そして、鳥となって羽ばたいた。

もっとも、自ら行き先を決めて飛んでいるわけではない。ただ、風の流れに身を任せて、定められた地点へと帰巣しているだけだ。

そうはいっても、先ほどまでの緊迫した死地から逃れられたこともあって、クリーンはとても心地良く空中飛行を楽しんでいた。

そうやってしばらくすると、王都が見えてきた。おそらく大神殿のそばにでも着地するのかと思っていたら、その上空でいきなり謎の渦に巻き込まれてどこかに転送させられた。

「どういうことかしら？」

聖女クリーンは焦った。

だが、痛みや悪寒などはなかった。

気がつけば、巨大転送陣の門が置いてあった大神殿の地下に強制的に戻されていた。

もしかしたら、クリーンが知らなかっただけで、大神殿の上空には侵入者に対する設置罠でも張ってあったのかもしれない。何にしても、最後だけは想定外だったが、聖鶏の翼でこうして無事に帰ってこられたわけだ。

「他の人たちは――？」

聖女クリーンが見渡すと、勇者パーティーは全員揃っていた。

勇者バーバルはどこか虚ろな目をしていた。モンクのパーンチはお腹を押さえて蹲（うずくま）っていた。そして、エルフの狙撃手トゥレスは特に怪我などもなく、二人のそばで静かに腰を下ろしている。

さらには、そんなパーティーを遠巻きに囲むようにして、黒服の不気味な神官たちが立ち尽くしていた。たしか、研究棟でたまに見かける者たちだ。この塔や禁書庫などに出入りして、表には全く出て来ず、古の時代の研究だけに没頭している狂信者みたいな連中だ。

「…………」

聖女クリーンは無言になった。明らかにおかしかった。

曲がりなりにも神官がこれだけいるというのに、勇者バーバルも、モンクのパーンチも、いまだに法術による回復を受けていない。

そのことをクリーンが指摘しようとすると、こつ、こつと、遠くから足音が上がった。

直後だ。一人の男が広間に入って来た――

大神殿の主教イービルだ。三主教の一人で、教皇の有力候補と目されている男だ。

まだ三十代後半のはずだが、その顔つきは情熱と狂気と冷徹と気難しさが不可解に結合した合成人間(キメラ)みたいで、宗教家というより政治家で、その思想も独裁や全体主義にほど近く、高潔さなどとうに溝(どぶ)に吐き捨てたといった苛烈な人物だ。もちろん、敵対する者は手段を選ばずに全て容赦なく葬り去ってきている。

いわば、大神殿の闇のような存在こそイービルだった。教皇の候補とはいえ、光の当たる場所には相応しくない。そのことを本人も自覚しているのか、あくまでも黒子に徹している。だからこそ、イービルは重宝された。

「最悪だわ……」

聖女クリーンはそう呟いて、すぐに目を伏せた。

今回の出来事が主教イービルにいったいどれだけバレてしまったのか……

それだけが気がかりだった。イービルとは祭祀祭礼でわずかに言葉を交わした程度の付き合いしかなく、派閥的にも敵対はしていない。だから、ここを上手く乗り切れば、クリーンも神殿内での地位を脅かされずに済むはずだと計算した。

が。

「まさか優等生の君がこんな火遊びをするとはね」

主教イービルは蛇のように絡みつく声音で聖女クリーンの前に立った。

どうやら完全にバレてしまったようだ……

クリーンは瞬時に狙撃手トゥレスを睨みつけた。だが、トゥレスはいかにも心外だといったふうに、顎でくいっと勇者バーバルこそ密告者だと指した。

何にしても、イービルはそんな仲間割れも気にせずに淡々と言葉を続ける。

「北の魔族領にて新たな第六魔王が誕生して、その魔王に勇者バーバル様が敗北したことについては……まあいいでしょう。勝敗は兵家の常です。聖職者たる私がどうこうと言えるものではありません」

そこでいったん言葉を切ると、主教イービルは聖女クリーンのそばに来て、息がかかるほどに顔を近づけてからその耳もとで囁いた。

「しかしながら、そんな勇者パーティーに聖女が独断で加わって、さらにこの門や聖遺物まで無断使用していたとなると話は別です。君は品行方正で通っていましたから、多少の情状酌量はあるでしょうが、良くて独房入り、悪くて人知れず流刑となるでしょうね」

「――――っ!」

それはあまりにも重すぎる処罰だった。

聖女クリーンが憤慨してまじまじと見つめ返すも、主教イービルは顔色一つ変えない。

ということは、今回の件だけではなく、セロを追放して新たな第六魔王にしてしまったことまで含めて勇者バーバルは全て漏らしたわけだ。クリーンは額に片手をやって、ズキズキと痛む頭痛を抑えつけた。

すると、別のところから声が上がった。

「俺たちは……いったいどうなる?」

聖女クリーンとは対照的に、勇者バーバルはぼんやりと尋ねた。

「さあね、勇者様。それを決めるのは私ではないですよ。王侯貴族です。まあ、勇者様についてはせいぜい蟄居にて自由は奪われるでしょうね。その後のことは知りませんよ。社交界は魑魅魍魎の世界です。控えめに言って、玩具にされるのは間違いないでしょう。お察ししますよ」

主教イービルの口調には全く察するような気配りなどなかったが、勇者バーバルは「はあ」と息をついて俯いてしまった。もっとも、その直後にイービルが周囲の神官たちに意味ありげな目配せをしたのを聖女クリーンは見逃さなかった。

しばらくの間、地下の広間には静寂だけが続いた。

そんな静けさを破るかのように、イービルは広間の中央にて芝居がかった仕草で両手を広げてみせると、

「とはいっても、新たな魔王が立つような混迷の時代には勇者パーティーが必要です。そもそも、すぐにでも聖剣を取り戻さなくてはいけません。その責任が貴方がたにはあります」

そんなふうに糾弾しておきながらも、主教イービルの口ぶりにはどういう訳か、聖剣などどうでもいいといったふうなニュアンスがあった。聖女クリーンが訝しんでいると、イービルはさらに大げさな身振りで言葉を続ける。

「勇者バーバル様の蟄居にてパーティーも一時的に解散となるでしょう。となると、代わりの勇者パーティーが必要になります。いや、この場合、聖剣に選ばれていないわけですから、勇者と名乗るべきではないのでしょう。むしろ、救国の英雄パーティー、もしくは贖罪の――」

そこまで言って、主教イービルは聖女クリーンを真っ直ぐに指差した。

クリーンは内心で、「まさか！」と叫んだ。イービルが『贖罪の聖女パーティー』と言いたげだったのは明らかだ。

もちろん、クリーンからすれば願い下げだった。北の魔族領は化け物たちの巣窟だ。あんなところ

に二度も行きたくはない。だが、イービルはどうやらすでに全て知っているようだ。クリーンに向けていかにも死刑宣告でも告げるかのように含み笑いを浮かべてみせると、

「もちろん、私の一存では決められません。ただ、今回の不祥事を贖って独房入りや流刑となるのか、それとも決意を新たに魔王討伐に赴くのか――君に残された選択肢はそれほど多くないと思いますよ。そもそも、君自身は祭祀祭礼用のお飾りには飽いていたのでしょう？」

その瞬間、黒服の神官たちが動き出して、聖女クリーンを拘束して強引に連行していった。

「そんな！　私は、この国の為に良かれと思って――」

「時間は差し上げますよ。まずは懲罰房でよくよく考えることです。己の運命(さだめ)についてね」

こうして聖女クリーンは暗闇の中に数日ほど放り込まれた。

ほとんど日が入らず、トイレもなく、ネズミがたまに肌を齧り、虫が幾匹も体を這いずり回るような劣悪な環境で、クリーンは手足を縛られて横になってじっと過ごした。

食事はスープだけで、それも床にぶちまけられた。主教イービルが語った通り、「良くて独房入り」ということは、最悪の場合はここよりもさらにひどい環境でずっと幽閉されることになるわけだ。

だから、懲罰房からやっと出されたときには、クリーンは日のもとを無様によろめきつつも、パーティーを再編して魔王セロと対峙することを選ばざるを得なかった――

そんな暗闇と似たような場所ではあったが、王都の外縁部にある貧民街(スラム)にとある人物はじっと潜ん

でいた――魔女のモタだ。

あれからモタには追っ手がついていた。北の魔族領に行く為にも冒険者組合にでも寄って、さっさと前衛を見繕いたいところだったが、どうにもしつこくモタをつけ狙う者がいた。何とか自分に認識阻害をかけて、ごまかしたはいいものの、このままでは一人で魔族領に行かざるを得ない状況だ。さすがにそれはモタでも厳しい。

「うー。せめて一人だけでもいいから前衛がいてくれればなー」

もっとも、このとき魔女モタはまだ出会っていなかった――モタの人生を百八十度も変えてくれる人物に。モタの本当の冒険は、これから始まろうとしていたのだ。


また、そんな暗闇とは対照的な華やかさの中に女聖騎士のキャトルはいた。園遊会の初日は終わったばかりだったが、貴賓や行事などを変えてまだ幾日かは続く――

武辺者のキャトルにとっては苦痛以外の何物でもなかったが、もちろん、このときキャトルもまた知らなかった。そんな煌々と明るい場所にもかかわらず、世界そのものを陥落させる為のドス黒い陰謀がこの場で渦巻いていたことなど。

さて、王城から離れた塔上の一室に勇者バーバルは蟄居させられることになった。

ランプの明かりだけで、窓もなければ、隙間風さえ入ってこない。外の音とてろくに聞こえない薄暗くて狭い部屋だ。ここに入れられてからというもの、現王も、王女プリムも、あるいはパーティーの仲間たちも一切訪れては来ない。

「俺も勇者ノーブルと同じ運命か……ふん。憧れに近づけたとでも思うべきかな」

そんな皮肉を言う余裕ぐらいはあったが、バーバルは己をほとんど死んだ人間同然だと認めていた。

勇者として返り咲くことはもう決してないだろう。魔王に二度も負けたのだ。かつてノーブルは奈落王アバドンを討伐せずに封印しただけで失脚させられた。今頃、女聖騎士キャトルの出ている園遊会ではバーバルに対する罵詈雑言で埋め尽くされているに違いない……

それに、身分をはく奪されて、改めて冒険者になることだって出来やしないはずだ。よりによって聖剣を魔王国に置き忘れてきたのだ。その罪をどのように贖わせるか。王国の上層部はすでに考えていることだろう。

「なぜ……俺はあれほど……セロに嫉妬してしまったんだろうな」

とても不思議な気分だった。

勇者と呼ばれていた頃は、あんなにセロに執着していたのに……

今となってはそれがあまりに馬鹿げた負の感情だったと理解出来る。己の愚かさを客観的に分析して、そんなふうに冷めた目で自身を捉えることも可能になっていた。

そもそも、セロ討伐を思いついたのはなぜだったのかと考えを巡らす――たしか、どうしようもないほどに他愛のない思いつきでしかなかったはずだ。第七魔王こと不死王リッチの討伐失敗後に、王女プリムの寝室にて寝物語で話したことがあった。

「不死王リッチなど俺の敵ではなかった。俺一人で十分に倒せたはずなのだ」

「では、聖女クリーン様が邪魔をしたと？」

「その通りだ。屑野郎(セロ)ほども役に立たない女だった」

「ですが、バーバル様は幼馴染のセロ様が抜けてから、ずっと調子がよろしくないと噂で――」

「そんな噂を信じるな！」

「……………」

「勘弁してくれ、プリムよ。貴族どもはいつも無責任に好き勝手なことばかり言うものだ」

「では、セロ様が魔族になっていたならば、白黒はっきりとさせるタイミングなのかもしれませんね」

「全くだよ。すぐに分からせてやるさ。どちらが本当の主役なのかな」

こうして王女プリムに誇示するかのようにしてバーバルは決断してしまったわけだ。

もっとも、今となってはさながら熱き血潮が凪のように静まってしまったかのように。そんな短絡的な決定をした自分をなじってやりたい気分だった。

おそらく熱に浮かされていたのだ。聖剣に選ばれ、勇者となって、王女プリムと結ばれて、王国の未来を一身に背負い、皆を導けるように自分をより大きく見せつけたかった――そんな子供じみた誇りの為に、ずっと仲良くしてきた幼馴染を追放してしまった。

バーバルは己の仕出かしたことに苛(さいな)まれて頭を両手で抱えた。

不可能だとは分かっていたが、もう一度だけセロに会って確かめたかった。二人の間にまだ友情があるのかと。あるいは、セロはバーバルを赦してくれるのかとも。

もちろん、それがどれだけ身勝手な言い草かは分かっていたし、バーバルも今度こそセロに誠心誠意謝罪するつもりでいた。


が。


そのときだった。

こん、こんと——部屋のドアが叩かれたのだ。

そして、バーバルが返事をするまでもなく、ドアは勝手に開くと、入って来たのは黒服を来た神官たちだった。

「何の用だ?」

「バーバル様、是非とも我々に協力していただきたいのです」

「セロを倒せというのなら土台無理だぞ。最早、人の手に負える存在ではない」

「ならば、簡単な話です。貴方も人でなくなればいい」

「はあ? ……いったい、何が言いたい?」

黒服の神官の一人が代表してバーバルに近づくと、何事かをその耳もとで囁いた。バーバルはつい鸚鵡返しする。

「人工人間(ホムンクルス)に……なれだと?」

「かつて我々の祖先は人造人間(フランケンシュタイン)という失敗作を生み出しました。しかし、今の我々ならばそれを超える技術を持っていると自負しております」

「俺に化け物になれというのか?」

「魔王を倒す為です。もちろん、すぐに答えを求めているわけではありません。じっくりとお考え下さい」

「馬鹿な。そんなモノになるわけなどなかろう?」

「どのみち貴方に選択肢はさほど残っているとは思えませんが?」

「…………」

そう言って、黒服の神官たちは恭しく部屋を出ていった。

薄暗い塔上の一室でバーバルはまた両手で頭を抱えた。たしかに黒服の神官の言う通りだった。

バーバルには選択肢などろくにない。人知れず死罪になるか。そうでなければ化け物になるかだ。

もちろん、このときバーバルは知らなかった――彼の運命はすでに悲劇という名の軛から決して逃れられないものになっていたことを。


この世界は三つの層に分かれている。

天界、地上世界、地下世界だ――このうち地下世界は統治者の性質によって、霊界、魔界、地獄の三つに分かれている。それぞれ順に、第四魔王こと死神レトゥス、第二魔王こと蝿王ベルゼブブ、第一魔王こと地獄長サタンが治める領域だ。

地下世界は天界と比して『冥界』と称されることもあるが、何にしても冥界はこの三勢力によって長らく拮抗していた。かつては数十もの魔王が乱立したこともあったが、結局のところ、そのほとんどは叩き潰されるか、そうでなければ現在の三王の配下になっている。

一方で、地上世界は『大陸』と称され、東西南北を四人の魔王が支配していた。東の砂漠地帯を第五魔王こと奈落王アバドン、西の湿地帯を第七魔王こと不死王リッチ、南の険しい山岳地帯を第三魔王こと邪竜ファフニール――そして、穏やかな自然の広がる北の魔族領については第六魔王こと愚者セロが改めて治め始めたばかりだ。

もっとも、大陸で最も大きな支配領域を持っているのは人族が治める王国だ。

本来、魔族が本気を出せば、王国など簡単に滅ぼされて然るべきはずだが……人族の国家は地政学上でも絶妙なバランスの上に立つことでこれまで存続してこられた。

というのも、いずれかの魔王が王国を滅ぼせば、地上で最大の版図を持つこともあって、一気にパワーバランスが崩れてしまう。必然的に古の時代のような大戦が再発するし、王国を支配した者が狙い撃ちにされる。

結局のところ、他の魔王を全て叩き潰すだけの戦力が整っていないうちは、地上の魔王たちも身動きが取れないジレンマに陥っていたわけだ。もちろん、それ以外にも天族に絡んだ理由もあるのだが、何にしてもそれぞれの魔王も指を咥えて、膠着した状況を見つめていたわけではない。

ある者は興味など一切示さず完全に無視していたし、ある者は秘密裏に人族と親密な関係を築いていたし、もしくはある者は背後から権謀術数にて支配しようとしていた。

地上の魔王ではセロだけがまだ立場を明確にはしていなかった。その間にも、他の者たちはとうに蠢いていたのだ――


「お義父様。なぜ動かないのです？　真祖カミラが討伐された以上、この地上ではお義父様こそが最強。今こそ、大陸に覇を唱えるべき時宜ではないのですか？」

海竜ラハブは玉座の前で義父を叱責していた。

もっとも、玉座とはいっても、城もなければ広間も椅子もない。今、『天峰』にあるのは天まで届きそうな塔と、巨大な山だけだ。

その大山がラハブの詰問を受けて、「ん？」とぴくりと動いた。土竜ゴライアスと比しても遜色のない、山の如き強大な存在――それが第三魔王こと邪竜ファフニールだ。

ただし、土竜とは違っていかにも禍々しい魔力を放っている。魔紋は螺旋を描くようにして両角に現れて、ため息一つで周囲には害が及ぶ。かつては毒竜と呼ばれて、古の大戦では西の魔族領に広大な血の湿地帯を作り上げたとされる大物こそファフニールだ。

対照的にラハブは長い金髪を誇る、美しい女性だった。さながら邪竜に対する巫女のようだ。

涼し気なハーレムパンツを穿いて、透明なベールをなびかせている。また、不思議なことにラハブの周辺には水が様々なものに象られて浮かんでいた――頭部には魚とも、角とも取れないモノがあったし、その背には透明で煌めく羽が出来ていた。

「そもそも、お義父様の力があれば、地上はおろか、地下をも統治することが出来るはずです」

ラハブはそう言い切るも、当のファフニールは「ふう」と小さく息をつくだけだ。

「義娘よ。人族の国家などと絡むのは止めておけ」

「なぜです？」

「人族の背後には天族がいる。天使どもと関わるなぞ……ただ、ただ、煩わしいだけだ」

「ただの面倒臭がりではないですか」

「そもそも、勇者を侮ってはいかん」

「……え？」

「あれは人族最後の希望だ。人族が減れば減るほど、その力が増すように『深淵（ビュトス）』によって設計されている。古の大戦でほとんどの人族が滅んだ後に、勇者によって盤上全てをひっくり返されて、魔族が天族なぞと調停に持っていかされたのもそのせいだ」

「義父様らしくありません。今さら、勇者程度を恐れているのですか？」

ラハブがそう言って挑発するも、やはりファフニールは面倒臭そうに鼻で息をついた。

「ふん。当代の勇者如きなぞ知らんよ。そもそも、真祖カミラが討伐されたとはいうが――」

邪竜ファフニールはそこで言葉を切って、「まあ、いい」と急に話すのが億劫になったようで、またごろんと山のように横になってしまった。

ラハブはというと、「もう！」と頬を膨らませたが、ファフニールは微動だにしなかった。いっそ自分で全ての魔王を討とうかとラハブは思いついたが、兄竜たちがわらわらと現れてラハブを猫可愛がり始めるものだから、出端を挫かれてしまった……

こうして第三魔王国は王国にもセロにも興味を示さずに、しばらく沈黙を貫くのだった。

「おや？　来るのでしたら、事前に連絡ぐらい欲しかったものですな」

第七魔王こと不死王リッチは不機嫌そうに言った。

華美を極めた悪趣味なマント、それに煌めく王冠でリッチはその身を着飾っている。もっとも、中身は骸骨なので傍から見ても表情はいまいちよく分からない……

今は西の魔族領にある要塞のような墳丘墓の石室にいて、棺に腰を掛けて一人で魔術書を読んでいた。古墳内の一室とはいえ、ここには宝石類や金貨などが山のように積み上げられている。もしかしたら、大陸で最も裕福なのはリッチかもしれない。

すると、石室に入ってきた男はリッチの小言に対して小さく笑みを浮かべてみせた。

「これは失礼しました。しかしながら、このような場所に逐一やって来られる連絡員など、王国中を探しても見つからないものでしてね」

直後、生活魔術で灯された明かりがその男の表情を照らした――

その人物は王国の現王の側近、宰相ゴーガンだった。

宰相とは言ってもまだ若い。王国の貴族には武門貴族と旧門貴族といって、いわば武家と公家のような大きな派閥があるのだが、ゴーガンは後者を代表する公爵家の家督をすでに継いでいる。

若くして実務にとても長けていたというのもあるが、このゴーガンは現王に対するおべっかが何より上手かった。社交界でも花形で、バーバルのように傲岸な顔つきをしているものの、意外なことに敵対勢力の取り込みを得意としていて、実際に今も人族の天敵である亡者――その親玉とでも言うべき不死王リッチと親密そうに話している。

が。

不思議なことに、ゴーガンは園遊会にも行かずに墳丘墓に赴き、さらにその手には不死将デュラハンの鎧を引きずっていた。

「やれやれ。デュラハンを召喚するのも、ただというわけではないのですが？」

「これればかりは仕方ないでしょう？　墳丘墓に入ろうとしたら襲われたわけですから」

「まあ、自動的に侵入者を撃退するように命じていますからね。だからといって、壊す必要もなかったでしょう？」

「ならば、次からは湿地帯で呼びかけたら素直に誘導してくださるようにしていただきたいものですね」

「誘導すれば、本当に素直に来ていただけるのかな？」

不死王リッチはその部分を強調して尋ねた。

だが、宰相ゴーガンは口の端を歪めると、デュラハンの鎧を握力だけで砕いてしまった。

「少しだけむしゃくしゃしたことがあったのよ。せっかく可愛がっていた犬がおいたをしちゃってね」

しかも、口調が女性のものに変わっている。

不死王リッチはまたやれやれと肩をすくめてみせるも、王国の宰相ゴーガンが勇者バーバルでも倒せなかったデュラハンを容易に捻り潰したことにも、それに加えて口ぶりが変じてしまったことにも気に留めずに話の先を催促した。

「それで、可愛がっていた犬というのは？」

「貴方のところにもキャンキャン吠えにきたでしょう？」

「ああ。あの……雑魚のことですか」

「そう。あまりに雑魚過ぎて、新しく立った第六魔王にも返り討ちにあってしまったわ」

「それはお悔やみ申し上げますとでも言うべきところですかな」

不死王リッチが皮肉を返すと、宰相ゴーガンは「所詮、駄犬よね」とため息をついた。

しばらく二人は言葉を交わさずに沈黙だけが続いた。いや、より正確にはリッチが魔術書をめくる音だけが石室に響いた。その魔術書にも興味が失せたのか、リッチは本をぱたんと閉じると、やっと宰相ゴーガンに向き合った。

「ところで、わざわざここまで愚痴を言いに来たわけではないのでしょう？」

「良いこと思い付いちゃった」

「は？」

「近々、第六魔王国に攻め入る予定なのよ」

「王国がですか？　しかしながら、勇者がやられたとなると、一筋縄ではいかないのでは？」

「それは問題ではないわ。王国にはまだ英雄もいるし、長生きしている妖怪みたいな爺さんもいるし、それに虎の子の聖騎士団だって控えている。そもそも、勇者パーティーなんて冒険者上がりの徒党でしかないわけだし」

「それはとても頼もしいことですね」

「で、頼もしいついでに、貴方にお願いしたいわけよ」

「今度は何ですか？」

「一緒に第六魔王国を攻めない？」

「………」

不死王リッチは眉をひそめた。

もちろん、骸骨なので表情は全く読み取れない。ただ、気が乗らなかったのはたしかだ。

そもそも、リッチは戦場で死ぬことこそ誉れなどという古い考え方を持った魔族ではなかった。もとは第四魔王こと死神レトゥスの配下だったこともあって、いかに強者から逃れて世捨て人同然に生き永らえるかに関心があった。

だからこそ、リッチは独自の嗅覚で考え込んだ——果たしてこの誘いは断れるものなのかどうかと。もし断ったら、先の話に出てきた英雄、妖怪爺や聖騎士団の矛先がこちらに向かうのではないかと考慮したわけだ。

今でこそ宰相ゴーガンとは親密なふりをして話し合ってはいるが、生を謳歌する人族の国家と、その生を憎む亡者の国家がいつまでも親しく出来るはずもない……

とはいえ、共通の敵を作っておけば、少なくともその間は王国から攻め込まれることはないし、それに宰相ゴーガンに貸しを作っておくのも悪くない。リッチはそう考え直して、鷹揚に肯いてみせた。

「構いませんよ。段取りはそちらでお願いします」

「ありがとう。じゃあ、また連絡をしに来るから」

宰相ゴーガンは満足げに言うと、踵を返そうとしていったん立ち止まった。

「そうそう、貴方の部下を一人貸してもらえる？」

「なぜですか？」

すると、ゴーガンは手にしていたデュラハンの鎧の残骸をぽいと適当に投げ捨てた。

「もちろん、ただでとは言わないわ」

その答えを聞いて、不死王リッチは「はあ」と息をついた。何に使うのか、おおよそ見当がついたからだ。もっとも、亡者は金銀財宝の触媒さえあれば幾らでも召喚出来るので、リッチとしては部下が潰されても、投げ捨てられても、痛くも痒くもないわけだが……

「分かりました。適当なのを見繕って持っていって構いませんよ」

不死王リッチがそう伝えると、宰相ゴーガンはまた「ありがとう」と言って、今度こそ石室から出て行った。リッチはその後姿を見送りながらも、けたけたと笑った。

「それでは、しばらくは第六魔王国と王国との戦争を傍観するとしましょうかね。楽しませてもらいたいものですよ」


（第一部　了）

追補01　勇者

王都にやって来ると、駆け出し冒険者のバーバルは暇になった。

パーティー仲間のセロは聖職者として、またモタは魔術師として、それぞれ法術や魔術の上級職（エキスパート）の資格を得る為に、大神殿や魔術師協会へと修行をしに行ったのに対して、剣士であるバーバルは特にやることもなかった。

王都の剣術道場は貴族の子弟にしか門戸を開いていなかったし、そうでないところはお世辞にも柄が良いとは言えず、どちらかと言うと野盗や無法者の巣窟になっていた。

「仕方ない。こつこつと依頼（クエスト）をこなすか」

バーバルは王都の冒険者組合（ギルド）に登録し直して、名を上げる為に魔物退治をしようと考えたが、単独（ソロ）ではやれることが限られた。

それに、モンクのパーンチみたいに他のパーティーにゲストとして参加して依頼をこなしてみたが、どうにも肌に合わなかった。セロたちと一緒にいるときのようには上手く動けずに、大言壮語したわりには実力が出せなかったのだ。

「やれやれ。連携の違いだろうか……それとも、結局は仲間意識の問題なのか……」

バーバルはぶつぶつと呟きながら王都の中央通りを歩いていた。

今日は初心に返って、古書でも漁ろうかと思い立った。バーバルが子供の頃から憧れてきた高潔の勇者ノーブルについて書かれたものでも読んで、自らを奮い立たせようと考えたわけだ。

バーバルやセロの故郷はド田舎で、書物は村の教会に幾つか置いてある程度だった。

だが、勇者ノーブルについては村に伝承として語り継がれてきた。曰く、真祖カミラや邪竜ファフニールといった二人の魔王の戦いを仲裁して、奈落王アバドンの放つ蝗害も収めた大人物――

バーバルたちの育った地方でも、勇者ノーブルは魔物や魔族を退治して幾つかの村々を救っていたこともあって、その活躍譚はまだしっかりと口伝で残されていた。

が。

「そんな馬鹿な……」

バーバルは王都の古書店で思わず目を疑った。

地方の伝承と、中央の書物とでは、勇者ノーブルの扱いが全く違ったからだ。

奈落王アバドンを封印したはいいものの、討伐出来なかったとして、勇者ノーブルはどこかに流刑に処されていた。バーバルからすれば、勇者ノーブルはその役目を終えて、目立つことを嫌ってひっそりと天寿を全うしたものだとばかり思っていただけに、これには大きなショックを受けた。

「たった一度のミスで……王侯貴族や民衆の熱狂はこうも冷めてしまうものなのか」

高潔と謳われて崇拝されてきただけに、その反動も大きかったのかもしれない。

何にせよ、バーバルはどこか夢から覚めたような気分だった。守るべき人々がすぐ背後から武器で突いてくる裏切り行為――バーバルはなぜかその大衆の中に幼馴染のセロを見出していた。

もちろん、バーバルはすぐに頭をぶんぶんと横に振った。

「い、いったい……何を考えているのだ、俺は……」

バーバルはため息をついた。質(たち)の悪い冗談みたいな話だ。

だが、これ以降ずっと、バーバルはどこか違和感といったものを拭いきれずにいた。

パーティーの中心はバーバルであって、リーダーとして皆を導いてきたつもりだった。おかげでセロやモタと一緒に組んだときはどんな依頼でも簡単にこなすことが出来た。

それなのに二人から離れると、バーバルはただの力不足の剣士として他のパーティーでは疎まれた。若くて野心家でもあったバーバルには到底理解出来ない現実だった。いや、納得したくなかったのだ——バーバルこそが逆にセロに導かれていたという事実に。

バーバルは主役であって、世界の中心たりえると自負してきたからこれまで戦ってきた。セロをよく守ったのも、バーバルの方が強かったからだ。まさかそのセロに守られていたなど、バーバルにとっては二律背反以外の何物でもなかった。

とはいえ、セロは大神殿で修行して司祭となって、モタも師匠について魔女となった。バーバルは焦っていた。自分だけが何者にもなれていない。それどころか、最近では自らの力を疑いだした始末だ。


ちょうどそんなときだった——

王都にて聖剣の一般公開の噂が流れたのだ。

バーバルは冒険者組合の入口広間にいた同業者の男に詳しいことを尋ねてみた。

「聖剣とは、伝承に聞く勇者が携える宝剣のことか?」

「そうだよ。何だ、よく知っているじゃねえか?　今は大神殿にあるんだぜ」

「では、それを抜けば、勇者になれるということか?」

「まあな。勇者様なんて三十年以上も出てきちゃいないが……」

「それでも勇者になれる可能性があるのだろう？　お前は抜きに行かないのか？」

「無理だよ！　無理！　そもそも勇者になったら魔王討伐に行かなきゃならねえんだぜ？　死にに行くようなものじゃねえか」

「ふむん。そういう考えもあるのか」

自ら主人公になることを放棄する男の考え方に対して、バーバルはわずかに首を傾げた。

もっとも、その男はさらに奇妙な話を付け加えた。

「そもそも、昔から妙な噂もあるんだ」

「妙だと？」

「ああ。聖剣を抜きに行ったやつが帰って来ないとか、化け物になってどっかに現れたとか、そんな突拍子もない奇怪な話さ」

バーバルは「ふん」と眉をひそめた。

大神殿に行ってそんなことになるならセロはとうに化け物になっているはずだ……

おそらくこれは聖剣を抜かせに行かせない為のデマに違いないとバーバルは踏んだ。他に有力な者が現れないようにと誰かが仕組んだ話が、三十年も経って信憑性を帯びてしまったのだろう……

何にしても、その夜、バーバルは宿屋でじっくりと考えた。

勇者ノーブルにずっと憧れてきた。いずれは世界の中心的な存在になりたいとも夢想していた。

ノーブルが高潔ならば、バーバルは熱血の勇者と謳われるようになりたかった。バーバルの体内に流れる野心という熱き血潮で七体もの魔王を討伐してみせる――そんな夢物語を幾度、小さなときから思い描いたことだろうか。

もちろん、全ては子供の頃の単なる空想に過ぎなかった……

それに同業者の男が言ったように、魔王の討伐に行くなど、今のバーバルの実力からすれば死地に赴くようなものだ……

「だが、聖剣があれば……あるいは『勇者』の称号さえあるならば……」

バーバルはベッドに横になりながら、片手を真っ直ぐ宙に伸ばした。

何かを掴み取れると信じて。何者かになれると願って。そして、セロやモタを今度こそ己の力で導けると祈って——

翌日、バーバルは大神殿に向かった。

そして、見事に聖剣を抜いてみせたことで、三十年ぶりの勇者誕生の報が王都に流れたわけだが、このときに生じた熱き血潮がかえってバーバルを狂わせていくことになるなど、バーバル自身も気づいてはいなかった。

勇者パーティーが結成されるのは、それから数日後のことだった。

追補02　王女

王国の民は王女プリムのことを人形姫と呼んだ――

人形のように可愛らしく、また大人しく、少女時代に王国祭などで見せたあどけなさは吟遊詩人によって幾度も歌われることになった。

白い花がよく似合うと、誕生日には王城の門前に献花の列が出来るほど親しまれた。いずれはただのお飾りの人形ではなく、聡明で美しい大人の女性へと花開いていくのだと、誰もが信じて疑わなかった……

そんなプリムはというと、何一つとして不自由のない暮らしを王城で過ごした。

実母が病気ですぐに亡くなってしまったことだけが不幸だったものの、継母は良くしてくれたし、父である現王はその分、娘に愛情を多くかけてくれた。

年の離れた異母兄は四人もいたが、政争に絡まないプリムに対しては皆が目に入れても痛くないほどに甘やかしてくれた。普段はいがみ合っている兄たちが妹の前でだけ、争わずに仲良くしてくれることがプリムにとってはうれしかった。

現王ですらそんな子供たちの様子に冗談交じりで、「プリムを玉座に置いたら、継承者争いなど起きぬかもしれないな」と語ったほどだった。

普通ならそんな迂闊で軽率な発言だけで、プリムを嫉妬してつけ狙う勢力が出てくるものなのだが、兄たちは団結して可愛い妹を守った。ドロドロとした醜い色に塗れた社交界に置くには、プリムはあまりに幼くて、真っ白に過ぎたからだ。

プリムはこうして王城の最奥に大切にしまわれて、純真無垢なまま育てられた。

そう。結局のところ、王女プリムが大人になっても、王国民はいまだに人形姫と呼び続けることになった――

手垢のついていないお人形のような、どこか世間知らずのお姫様。

王国民の貧しさを知らず、生活の苦しみも分からず、魔物の怖さも経験せず、魔族はただの隣人でしかなく、何よりプリムが願えばほとんどのことは容易に叶う――この醜くも過酷な世界はプリムにとって、ただの人形遊びの為の箱庭でしかなかった。

王城の玉座、現王の隣でプリムはにこにこと笑みを浮かべた。

民の生活、魔物や魔族の討伐といった報告があっても、プリムには全く関係のないことだった。

もっとも、転機は突然訪れた。

「お兄様がた、行ってらっしゃいませ」

あるとき、王子たちが魔物討伐に赴くことになったのだ。

バーバルがまだ聖剣を抜いておらず、勇者がいなかった時分には、王家こそが人族の守護者だった。王子たちは騎士団を率いて、魔物や魔族の退治をしに王領を回ったわけだ。

そのときに最も成果を挙げた者が次の王となる――

とてもシンプルだが、王家の血を存続させるには危険な制度でもあった。とはいえ、そうやって王家は王国民の支持を受け続けてきた。

もちろん、王子が魔王退治に勤しむことはないし、本当に危険な魔物や魔族は冒険者に依頼が流れるので、そういう意味では内情を知っている者にとっては出来レースでしかなかったわけだが……それでも王子たちはしっかりと剣の道を生きて、王家の務めを果たした。

いがみ合ってはいたものの、四人とも優秀な王子たちだった。

誰に任せても、王国は数十年安泰だろうと、王国民も信じて疑わなかった。

が。

「四王子ともに……魔物や魔族の手にかかり、逝去なさいました」

プリムの箱庭に初めて悪意のドス黒い色が落ちた。

まるで誰かが仕組んだかのように、王家は男子を一気に全員失ったのだ。

喪服を纏ったプリムは神前にて祈り続けた。

良くしてくれた兄たちの冥福ではなく、むしろ自らの箱庭にこれ以上の汚れた色が紛れ込まないことを願って――

欲をほとんど持たない人形姫の絶望は、それほどに浅くて薄いものでしかなかった。

だからこそ、逆に言うと救いやすくもあった。

大神殿の祭壇でプリムが祈りを捧げていたときのことだ。ある日、そこに一条の光が降りてきた。

その光の中にプリムは天使を見出してしまったのだ。

「天使様……どうか私をお救いくださいませ」

プリムがそう告げると、温かい光が全身を包んでいった。

箱庭の世界はその光によって、さらに真っ白に煌めいたように感じられた。

さらに運命の皮肉と言うべきだろうか——バーバルが大神殿で聖剣を抜いたのは、それからしばらく経ってからのことだった。こうして四人の兄たちが注いでくれた無償のやさしさをプリムはバーバルにも求めることになっていく。

同時に、プリムは自らにも課した。

このような穢れを王国民に経験させない為にも——

「汚物は浄化しなくてはいけませんよね」

プリムは小さく笑みを浮かべた。

それはまるで天使のように、この醜くも過酷な世界にはどこか馴染まない、色の全く付いていないような超然とした微笑だった。その瞬間、世界は不幸の連鎖を始めたのだった。

追補03　暇（いとま）

人狼のアジーンは王国北部の辺境の森にいた。

「はてさて、釣りでもするか、狩りでもするか、それとも女でも求めるか……」

第六魔王こと真祖カミラから急に暇を出されたものの、何をやろうかと考え事をしながら適当にぶらぶらと南下していたら、いつの間にか、王国領に入っていたのだ。

人狼は魔族だが、一瞥しただけでは獣人の亜人族にしか見えないので、人族の領土であってもほとんど警戒されない。実際に、人狼メイドたちは王国最北の城塞都市にこっそりと行って、朝市などで買い出しをすることもあるくらいだ。

そもそも、種族特性として月の満ち欠けによって体内の魔力濃度が左右されるので、昼間はむしろ普通の獣人にほど近い。

逆に、満月の夜などは巨狼になるし、魔紋も現れて禍々しい魔力を放出するわけだが……

何にしても、よほど魔族に詳しい冒険者、あるいは斥候系のスキルを持った騎士や魔力探知に長けた魔術師でもない限り、今のアジーンを見かけて人狼だとすぐに気づく者はいないというわけだ。

それに、人狼は数が少ない。ほとんど絶滅危惧種と言ってもいい存在だ。

もとは亜人族の犬人（コボルト）が魔族化したものが人狼だとされるが、実のところ、アジーンも本当かどうかは分からない。それだけ犬人も、人狼も、大陸では見かけないのが実情だ。

その理由は、古の時代に人族によって追いやられたせいだ。

犬が人の良き友人であるように、犬人も良き仲間——のはずだったが、かつて大戦が起こると、人族は犬人たちを体の良い奴隷兵として飼い慣らそうとした。結果、犬人たちはこの地から離れていった。

おかげで希少種となった人狼も物珍しさから追い立てられて、結局、第六魔王国に庇護を求めた。

アジーンたちが真祖カミラの使用人として働いているのも、そんな経緯があったからだ。カミラは良き主人ではあったが、たまにこうして使用人全員に暇を出すことがあった。

男でも連れ込んで自由気ままに過ごしているのかなと、アジーンは家宰として気にはなったが、余計な詮索はしなかった。それだけ今の魔王城は住み心地が良かったし、カミラの庇護下で人狼の再興が叶えばいいとも考えていた。

「きゃあああ！」

すると、どこか遠くから女性の悲鳴が聞こえた。

気取られないように素早く近づくと、どうやら山菜取りに森へと入ってきた人族の若い女性と男の子が山賊らしき者たちに襲われているようだ。子供が健気に木の枝を持って、女性の前に立って守ろうとしている。

「今は子供に用はねえ。その女を寄越しな。なあに、ちょっとばかし楽しむだけだよ。げへへ」

「嫌だ！　絶対に渡すものか！」

「じゃあ、しょうがねえ……テメエは死んどけや！」

「やめてください！」

男の子を守るように覆いかぶさった女性の背中に、山賊がナイフを振りかざした。

その直後だ。

「仕方あるまい」

かつては名うてのプレイボーイとして、ぶいぶい言わせていたアジーンだ。

たとえ人族であっても困っている女性——いや、全く困っていなくても、悉く女性は助けてすぐに口説くべきだという信条を持っていたので、アジーンは颯爽と現れ出て、山賊たちを一瞬で蹴散らした。

「ありがとうございます、旅の方」

若い女性は神官服を身に纏っていた。

小さな男の子と一緒にいるということは、近くに教会付きの孤児院でもあるのだろうか……

「すっげー。強えー」

一方で、男の子は元気よくアジーンを小突いてくる。

さっきも山賊たちから女性を守ろうとしていたぐらいだから、正義感があって、戦いにも興味があるのだろう。そのうち冒険者にでもなって、魔族退治をするかもしれない……

「パーンチ兄ちゃんよりも強いかもなー」

「ほう？　それは光栄だな」

パーンチ兄ちゃんが誰なのかは知らなかったが、アジーンは「よくやったぞ」と男の子の頭を撫でて褒めてあげて、早速女性を口説きにかかろうとした。

が。

ぴくりと片耳が動いて、「ふう」と息をついた。

「それではお気を付けください。さすがに女性一人、子一人でこんな森に来られると危ないですよ」

アジーンは執事らしく洗練された仕草で会釈をすると、二人から遠く離れて、また森の深くに戻っていった。

そこには同じ人狼のドバーがいた。さらにドバーの周囲には二十人近くの山賊たちが倒れている。

どうやら先ほどの連中の仲間のようだ。

ここに人攫いの為の拠点でも作るつもりだったらしい。つまり、教会付きの孤児院そのものが狙われていたということか。王国も物騒になってきたものだなと、アジーンはやれやれと首を横に振った。

すると、ドバーがわずかに肯いて、アジーンに淡々と告げた。

「真祖カミラ様が崩御なさいました」

「…………」

アジーンはしばし絶句した。

カミラは古の大戦を戦い抜いた魔王だ。当然、この大陸でも指折りの実力者であって、満月時の人狼二十人が総員でかかっても倒すことは出来まい。

「……い、いったい、誰にやられた？」

「王国の勇者パーティーです」

アジーンは珍しく項垂れた。

先ほどまで自身に認識阻害をかけて、人族のように振舞っていたが、今ははっきりと狼の両耳がぴょんと出て、尻尾も見えていて、それらがしゅんとしな垂れたようになっている。

魔王が勇者と戦う瞬間に立ち会えなかったことがやるせなかった。

カミラがこのタイミングで暇を出したということは、おそらく何かしら予期していたのだろう。そんな主人の機微に気づけなかったことにも後悔しかなかった。

そして、何よりその主人が人狼たちを最期に必要としていなかったことにも打ちのめされた。

だが、アジーンは頭を横にぶんぶんと振ると、何とか気を取り直してドバーに聞いた。

「ルーシー様は？」

「いまだ確認出来ておりません」

「たしか、手前どもよりも先に魔王城を出て、第二真祖モルモ様の居城に向かわれていたはずだよな？」

「はい」

「至急、ルーシー様の生存確認をせよ。それと各地に散った人狼も集めよ。魔王城に戻る。ルーシー様が望むならば、人狼の全てを賭けてでも王国に一矢報いるぞ」

アジーンはそう言うと、北の魔族領へと駆け出した。

その後、夜陰に紛れて魔王城の入口広間にて、なぜかダークエルフの精鋭たちと戦うことになるのだが——それはほんの数日後の話だ。

追補04　手料理

　第六魔王国の魔王城二階の広間に隣接している台所の扉が、こん、こん、と叩かれたので、人狼のメイド長チェトリエはいったん手を止めて振り向いた。

「すまない。妾にも場所を貸してほしいのだが？」

　そう言って扉を開けて入ってきたのは、意外なことにルーシーだった。

　だから、チェトリエは「あら？」とわずかに首を傾げたが、即座に作業を中断すると、他に作業をしていた人狼メイドに目配せして、「どうぞ、お入りください」と、ルーシーに仕えることを優先した。

　そもそも、ルーシーが台所も含めた使用人たちの作業場に来るのは初めてのことだった。それもまあ当然だろう。ルーシーはこの魔王国で長らく真祖カミラに次ぐ地位にいた。愚者セロが新たな魔王となった今でも、その同伴者として以前とほぼ変わらない立場だ。

　身分の高い者が下働きを手伝うほど第六魔王国は貧しくなく、また真祖カミラも、ルーシーも変わり者ではなかったので、こうして主人が作業場にぶらりと立ち寄るのは非常に珍しい事態だ。

　これはもしや他の同僚が何かやらかしたのかしら……と、チェトリエが申し訳なさそうな顔つきで近づくと、ルーシーはそんな内心を読んだのか、

「安心してほしい。ここに来たのは単純に、妾が料理をしたくなったからだ」

「ええと……ルーシー様ご自身がこの台所で調理をなさるということでしょうか？」

「うむ。その通りだ。実は、セロが……手料理を食べたいと言っていたのでな……ごにょごにょ」

ルーシーは言葉を濁して、両指の先をつんつんしながら照れ隠しをしたのだが……実のところ、セロはそんなことをこれっぽっちも言っていない。

これまでセロが切実に主張してきたのは、しっかりと調理された物が食べたいということであって、必ずしもルーシーの手料理に限ってはいなかった。そもそも、セロとてルーシーが料理出来るとは到底思っていないのだ。むしろ、このまま素材そのものが食卓にずっと出されるのならば、いっそセロ自身で調理しようかと考えていたぐらいだ。

だが、ルーシーからすれば、好きになった男性に何かしらプレゼントしたい——いや、可能ならば手ずから作って渡したいという一心で、どこか思い詰めた様子で調理場までやって来てしまった。

「妾も料理とやらをして、セロに喜んでもらいたいのだ」

ルーシーはそう言って、健気にも両頬をぽっと赤らめた。

一方で、チェトリエは「ふう」と小さく息をつくと、ルーシーに生活魔術をかけて清潔に保ってから調理服を纏わせた。そして、中央にある大きな調理台、隅にあるレンジやオーブン、あとは流しなどの簡単な説明をして、

「何を作られるおつもりなのですか？」

そう尋ねると、ルーシーは一冊の古書を取り出してきた。

古の時代よりも遥か以前に作られた料理雑誌のようで、色褪せや虫食いなどもなくほぼ新品同様だ。どうやら真祖カミラの書斎からそれらしきものを持ち出してきたらしい。

早速、ルーシーはその古書に掲載されている目的の料理の頁を広げると、「ふむふむ」と作業手順を確認して、いかにも慣れた手つきで真祖トマトなどを切り始めた。これにはチェトリエだけでなく、他の人狼メイドたちも唖然とするしかなかった。

もっとも、チェトリエたちはよく知っていた――そもそもルーシーは天才なのだ。一を教えれば十に応用して、十も教えればそのもの全てを理解する。もちろん、頭に入れるだけでなく、身をもって実行してみせる。

真祖カミラには三人の娘たちがいたが、もちろん、それぞれに才能の傑出した、とても優れた吸血鬼だった。

だが、カミラが下の二人の娘たちの家出を簡単に許して、長女のルーシーのみ手もとに置いて大切にしてきたのには理由があった。さほどにルーシーは天才に過ぎたのだ。カミラが次代の第六魔王をルーシーにと願ったのも肯けるほどに――

そんなルーシーはというと、あっという間に手順通りに作業をして、見事な料理を作ってみせた。

「意外と簡単なものだな。もっと難しいかと思っていたのだが……」

それはルーシー様だからこそですよとチェトリエは言いかけて、ふいに昔の出来事が脳裏を過った。

たしか、あの日も唐突に調理場を訪れる者がいた。真祖カミラと一緒に次女の吸血鬼の夢魔(サキュバス)のリリンがやって来たのだ。どうやらリリンがカミラに料理を教えてほしいと頼み込んだようで、

「ほら、リリン。よく見ていなさい。まずは真祖トマトをこんなふうにがーんと切って、次に塩をこんな感じでどーんと散らして、最後にばーんと煮込めば何とかなるものよ」

「……母上様。全くもって何とかなっていないのですが？」

「おかしいわね。私の方はこんなに美味しく出来上がっているのに。貴女、もしかしてセンスがないんじゃないかしら」

「そんなあ！」

名選手が必ずしも名コーチになれるわけでもなく、最強の魔王の一角である真祖カミラの教え方はだいたいにおいてこんなふうに感覚的なものだった。これでルーシーがきちんと育ったのだから、その天才性がかえって如何ほどかよく分かるというものだ。

それはさておき、そんな出来事から数日後にリリンは見事に出奔してしまったわけだが、果たしてカミラの教え方に問題があったせいかどうかはさすがに分からない。何にしても、リリンが苦戦した料理をルーシーは古書を片手にいとも簡単にやってのけた。

「ふむ。どれどれ味見をするか……おや、レシピ通りに作ったものも悪くはないのだが、やはりインパクトが足りないな。やはり手料理となると、もう一捻り欲しいか」

いかにもメシマズ嫁が言いそうなセリフではあったが、そこはさすがに天才――

このとき、ルーシーはすでにプロの調理人の域にまで達していた。だからこそ、「そうだ。あれを混ぜてみようか」と、ぽんと手を叩いて、ルーシーはとある赤いものを調理場に持ち込んできたのだが……

これがきっかけとなって、数年後、王国の有名レストランでもあれが隠し味として重宝されていくことになるなど、もちろん、チェトリエも、他の人狼メイドたちも、またルーシーにしても想像すらしていなかった。

さて、ルーシーが口笛まじりに着々とセロの為に料理をしていた頃、出奔したとされていた吸血鬼の夢魔(サキュバス)リリンは王国最北の城塞都市から離れた田舎道で、ハーフリングの商隊と交渉していた。

もっとも、今は認識阻害で人族の女性になり切っている。

当然、女性が一人きりで郊外にいるのは不自然なので、単独(ソロ)行動の冒険者を装っているわけだが、目敏いはずのハーフリングたちでもリリンの正体に気づけないのだから、他者を惑わすことに長けた夢魔がいかに精神作用系の魔術を得意としているか、これだけでもよく分かるというものだ——

「とりあえず、干し肉と……あとは煮込み用に野菜の切れ端が幾つか欲しいんだ」

「いいっスよー。それよりお嬢さん。気をつけた方がいいっス」

「急にどうしたんだ？」

「最近、ここらへんに盗賊がよく出るらしくてねえ。お姉さんはたしかに強そうだけど、あんまり一人きりでうろうろしない方がいいっスよ」

「そうか。わざわざ情報ありがとう。これはチップとして受け取ってくれ」

夢魔のリリンはそう言って、金貨袋から追加の一枚を取り出そうとして、ついつい袋を地面に落としてしまった。

どうやら袋を吊っていた紐が緩くなっていたようだ。おかげで中に入れていた金貨などが田舎道に散らばってしまったのだが、ハーフリングたちと一緒になって何とか全て回収することが出来た。もちろん、商隊の者たちがちょろまかすこともなく——

「ほいじゃ、お嬢さん、気をつけてなー」

「ああ。そっちも第六魔王国に行くのなら、魔物（モンスター）には注意するんだぞ」

夢魔のリリンはそう声をかけて、商隊と別れて王都への帰路についた。

「さて、今晩は何を作ろうかな」

そんなふうに目当ての食材を外でたまたま手に入れたことで浮かれていたせいか、このときリリンの後をつけ狙うようにして、幾人かの盗賊が距離を取って迫っていたことなど、リリンはまだ気づいていなかった……

追補05　商隊

大陸を代表する亜人族と言えば、エルフ、ダークエルフ、ドワーフ、それに蜥蜴人(リザードマン)がまず挙げられる。

なぜこの四種族が真っ先に挙がるのかというと、四竜から庇護、もしくは加護を受けているからだ。

四竜とは、空竜ジズ、土竜ゴライアス、火竜サラマンドラ、水竜レビヤタンのことで、このうち第六魔王国と縁のあるゴライアス様はよくご存知であろう。事実、古の大戦にて、エルフとダークエルフが袂を分かった際には、当時のダークエルフのリーダーがわざわざ岩山の洞窟内に隠遁していたゴライアス様に庇護を求めた。

もっとも、これら四種族はそういった庇護や加護を受けているだけあって、気位がやたらと高く、人族とはほとんど交わらない。今ではせいぜい、古の盟約にて狙撃手トゥレスが勇者パーティーに参加しているぐらいだ。

一方で、人族に最も馴染みのある亜人族はと言えば、誰もがハーフリングを間違いなく挙げる。

ハーフリングは一般的に獣人の括りに入るのだが、この大陸で獣人は様々な種族と混ざって、最早、その原形をほとんど保っていない。つまり、犬人(コボルト)も、猫人(キャットピープル)も、人族や他の種族と交わり過ぎて、歴史の中でその形態をずいぶんと変えてしまったわけだ。

だから、はたしてハーフリングのもとが犬人なのか、猫人なのか、はたまた全体的に背が小さいことからドワーフの血がよほど強く流れているのか、何にしてもよく分かっていないというのが現状だ……

とまれ、ハーフリングたちはそんなことなど全く気にしない。

小さくて敏捷性が高いことから、そのほとんどが冒険者になるか、もしくは旅の商人になって世界を自由気ままに放浪するような種族だ。そういう意味では、セロやバーバルの隣村に住み着いたモタの両親がよほど特殊だったとも言える。

さて、今日も今日とて、王都最北の城塞都市にハーフリングたちはいた――

それなりに大きな商隊だ。商人の職業を持つ者が三人……おそらく親子だろうか、娘は馬車の御者となって、父親と母親は車内で先ほどの冒険者の女性に売った干し肉や野菜の切れ端の在庫などの帳簿をつけている。

もちろん、三人以外にも、四人ほどのハーフリングが馬車のそばにロバをつけて警護している。おそらく狩人の職業を取って、斥候系のスキルに長けた者たちだろう。ハーフリングも四種族ほどではないが長寿なので、蓄積してきた経験値の差もあって人族の騎士や兵士より強い。盗賊たちがこの商隊ではなく、単独行動(ソロ)の冒険者に化けたリリンの後を追ったのも、そんなハーフリングたちの実力を高く評価したからだ。

すると、商隊の仲間と思しきハーフリングが一人、ぱか、ぱか、とロバで駆けてきた。

「おおい！　もうすぐ城塞都市は厳戒態勢に入って、北の街道への門を閉じるってよー」

その言葉に御者をやっていたハーフリングの娘の耳はぴくりと動いた。

「聞いたっスか？　父さん、母さん、どうします？」

実は、本来ならこの時期にはとうに第六魔王国に入って、真祖トマトの買い付けを行っている予定だった。

だが、第六魔王こと真祖カミラが勇者バーバルに討たれたと聞いて、魔王国の現状を確認しないまま赴くのはさすがに危険だということで、王国北部で足踏みしていたところだ。

すると、娘に話を振られたハーフリングの父親が「ふむん」と顎に手をやった。

他のハーフリングたちより恰幅がよく、どちらかと言うと外見はどこかタヌキに似ている。丸眼鏡をかけていて、いかにも油断のならない商売人といった雰囲気だ。

「いやはや、いまいち理解が覚束ないな。そもそも、カミラ様は勇者に討たれてしまったのだろう? それなのになぜ、今さら王国が厳戒態勢を敷く必要があるのだ?」

そんな疑問に今度はハーフリングの母親が答えた。

こちらはウサギっぽい印象だ。白い毛で、年齢不詳の可愛らしさがある。

「もしかしたら、長女のルーシー様が新たな魔王に就かれたのかもしれないわ。報復に出てくるのかもしれないわよ。つまり、第六魔王国と王国との正式な戦争よね」

「だとしたら、何にしても魔王就任のお祝いを持っていかなければいけないよな。この場合、どのぐらいの出費になる?」

「あら、嫌だ。あなた……わたしたち、真祖トマトの交易で散々稼がせてもらったのよ。わざわざ算盤なんて弾いて、出し渋る必要なんてあるのかしら?」

ハーフリングの母親がそう言って、父親を見下してみせると、娘がぴょんぴょんと跳びはねた。こちらは両親とは違って、どこかリスに似た愛くるしさがある。

「そうっスよ。恥ずかしいっス。最近、父さんが趣味で仕入れた『火の国』の刀とか、甲冑とか、全部差し上げていいんじゃないっスか？」

「や、やめてくれ……あれだけは……頼む後生だ」

結局、父親の威厳もへったくれもなく、刀などは献上品のリストに加わってしまったわけだが……

ちなみに、人族とはほとんど交流を持たなくなった四種族だが、その一方でハーフリングとは今でも仲良くやっている。ハーフリングがとても気さくで嘘をつかない種族だと長年の付き合いで知っているからこそだし、そもそも四種族とも、ハーフリングと交流を持つことで世界情勢を仕入れてもいる。

だから、たとえ人族と魔族とが戦争になろうと、ハーフリングたちには全くお構いなしではあったわけだが、王国最北の城塞都市が厳戒態勢を敷くとなると、ここから魔王国に繋がる北の街道は間違いなく封鎖される。

ハーフリングの娘は父と母に深く肯いてみせると、出発の支度をすぐに終えて、

「では、いざ行くっスよ。第六魔王国へ！」

こうしてハーフリングの商隊は北の街道へと進んだのだった。

もちろん、このとき誰も知るはずなどなかった――大陸史上最大の経済戦争とまで謳われた、トマト通商貿易紛争の火蓋がたった今、切られたことなど。

（第一巻　了）

あとがき

はじめまして、一路傍と申します。まずは拙作を手に取っていただき、本当にありがとうございます。ところで、挨拶もそこそこに皆様に問いたいのですが——

あとがきの存在意義とは何でしょうか？

もちろん、かつては作者の声を届ける意味があったのでしょう。しかし、これだけソーシャルメディアが発達して、作者の考えなどが簡単に伝えられるようになった昨今、果たしてあとがきは必要なのでしょうか。

さて、紙幅も少ないので先に私見を述べますと、あとがきとはたとえるならば刺身における菊の花のようなものなのではないかと考えています。なくても困らないもの。あるいはその存在にあまり価値を見出せないもの……

とはいえ、刺身になぜ菊の花が付いているのか調べてみたところ、実はあの花には魚の切り身に彩を添える以外にも、解毒効果、香りづけや薬味などといった役割もあって、さらには食用なのだと書いてありました。

さらに詳しく調べると、メインの刺身よりも食用の菊を楽しむファンもいて、その置かれ方の芸術性、はたまた江戸時代から綿々と続く文化的かつ学術的な位置付け、しかも最新の研究では高い栄養素を含んだ健康食だという指摘まであって、私はいかに刺身用の菊の花を知らな過ぎたのか、痛感させられることになりました。

そう考えてみると、あとがきとて同じ事が言えるのかもしれません。ちょっと調べただけでも、ラノベ作家のあとがき番付なるものを同人誌即売会で発表している有志がいるようです。

また、あとがきだけあってこうして本編の後に置かれているわけですが、別に本の見返しの部分に書いたり、カバーのそでに書いたり、何なら本の天(あたま)に記してもいいわけです。今回はいたって普通にこの位置にしましたが、もし拙作に続刊があるならば、あとがきの置かれ方の芸術性を求めて、次からは気づかれにくい箇所に置いてしまうやもしれません……


というわけでまえがきが長くなりましたが、拙作は第十回ネット小説大賞の小説賞受賞作です。

まずはその運営をしてくださったクラウドゲート社様、掲載してくださった投稿サイトの『小説家になろう』を提供するヒナプロジェクト様、誠にありがとうございました。

また、投稿サイト掲載時に読んでくださった読者の皆様、感想や応援コメントを下さった皆様、そして拙作を世に出す為に、校正、編集や営業等で尽力してくださったスタッフの方々、それと美麗なイラストを描いてくださったＮｏｙ先生、本当にありがとうございました。

投稿サイトではさほど高いポイントを得られず、改稿を続けたり、別サイトに掲載したり、ネット上の公募に出したりと、こうして商業出版というスタートラインにたどり着くまでに色々と試行錯誤してきたわけですが、読者の皆様お一人ずつと二人三脚しつつも、やっと完成にこぎつけたのが拙作となります。皆様の人生のちょっとした暇潰しに、ちょこんと座っている菊の花のような存在になれれば幸甚でございます。

こんな可笑しな作者ではありますが、今後とも、何卒、よろしくお願いいたします。

GC NOVELS

魔王スローライフを満喫する

勇者から「攻略無理」と言われたけど、そこはダンジョンじゃない。トマト畑だ

1

EVIL KING ENJOYS THE SLOW LIFE
VOL.ONE
ICHIROBOU PRESENTS
GC NOVELS

2023年2月5日　初版発行

著者　一路傍（いちろぼう）

イラスト　Noy（ノイ）

発行人　子安喜美子

編集　坂井譲

装丁　AFTERGLOW

印刷所　株式会社平河工業社

発行　株式会社マイクロマガジン社

URL:https://micromagazine.co.jp/

〒104-0041
東京都中央区新富1-3-7　ヨドコウビル
TEL 03-3206-1641 FAX 03-3551-1208(販売部)
TEL 03-3551-9563 FAX 03-3551-9565(編集部)

ISBN978-4-86716-389-4 C0093

本書は小説投稿サイト「小説家になろう」(https://syosetu.com/)に掲載されていたものを、加筆の上書籍化したものです。

ファンレター、作品のご感想をお待ちしています!

宛先　〒104-0041　東京都中央区新富1-3-7　ヨドコウビル
株式会社マイクロマガジン社　GCノベルズ編集部　「一路傍先生」係　「Noy先生」係

アンケートのお願い

二次元コードまたはURL(https://micromagazine.co.jp/me/)をご利用の上本書に関するアンケートにご協力ください。

■ご協力いただいた方全員に、書き下ろし特典をプレゼント!
■スマートフォンにも対応しています(一部対応していない機種もあります)。
■サイトへのアクセス、登録・メール送信の際にかかる通信費はご負担ください。